# 理性与感性

## Sense and Sensibility

简·奥斯汀
Jane Austen

## 图书在版编目(CIP)数据

理性与感性/(英)奥斯汀(Austen,J.)著;詹圣耀译.
—北京:华艺出版社,2009.8
(世界名著经典文库系列)
ISBN 978-7-80252-173-5

Ⅰ.理… Ⅱ.①奥…②詹… Ⅲ.长篇小说-英国-近代
Ⅳ.I561.44

中国版本图书馆 CIP 数据核字(2009)第 128247 号

## 理性与感性

**著　　者:**奥斯汀
**译　　者:**詹圣耀
**责任编辑:**华仁
**封面设计:**崔娱
**版式设计:**天麦艺擘设计制作
**出版发行:**华艺出版社
**社　　址:**北京北四环中路 229 号海泰大厦 10 层
**邮　　编:**100083　电话:82885151
**印　　刷:**北京市顺义兴华印刷厂
**开　　本:**880×1230　1/32
**字　　数:**200 千字
**印　　张:**9.375
**版　　次:**2009 年 8 月北京第 1 版第 1 次印刷
**书　　号:**ISBN 978-7-80252-173-5/I·509
**定　　价:**15.00 元

# 目 录

# 作品导读

# 智慧而幽默的平凡人生
## ——简·奥斯汀和她的爱情小说

　　英国汉普郡的斯蒂文顿村四面环山，到处是幽谷丛林，景色秀丽迷人。18 世纪后期，在这个宁静的小山村住着奥斯汀一家人，父亲乔治·奥斯汀是位乡村牧师，做了四十多年的教区区长，母亲是位勤劳善良的家庭主妇，他们养育了七个孩子，其中五个男孩，两个女孩，简·奥斯汀就是其中之一。1775 年 12 月 16 日，简·奥斯汀（Jane Austen）出生在美丽的斯蒂文顿，并在这里度过了快乐的童年。乔治·奥斯汀不仅学识渊博，还能即兴赋诗，对各种文学形式具有浓厚的兴趣，收藏了许多古典文学书籍和当时的流行小说。在父亲的影响下，孩子们逐渐培养起了对文学、戏剧的兴趣，毫无疑问，简·奥斯汀是受影响最为深刻的一个。大哥詹姆斯比简·奥斯汀大十岁，对英国文学有相当的造诣，这对简·奥斯汀从小对优美的文体产生浓厚兴趣有很大的帮助。

　　简·奥斯汀一生对历史和文学的阅读非常广泛，而且记忆力惊人，她最欣赏的作家是英国古典诗人乔治·克莱布（George Crabbe，1754—1832）和作家詹森（作品有《格雷传》）、威廉·考柏尔（William Copwer，1731—1800，英国古典浪漫主义诗人），也喜爱菲尔丁（作品有《汤姆·钟斯》）、理查生（作品有《克莱丽莎》）、司各特（作品有《艾凡赫》）、拜伦（作品有叙事长诗《恰尔德·哈罗尔德游记》）等人的著作。十四岁时，简·奥斯汀撰写了处女作《爱情和友谊》，十六岁时开始创作《第一印象》，即后来的《傲慢与偏见》，并于 1795 年完成。尽管这部作品遭到了出版商的拒绝，但简·奥斯汀并不气馁，仍然醉心于她的文学创作，在 1796 至 1799 年间，先后完成了《理性与感性》（Sense and Sensibvlity）、《诺桑觉寺》（Northanger Abbey）。

　　长大成人之后，简·奥斯汀从一个文静的少女变成了一个举止娴静优美的姑娘，具有非凡的个人魅力，不仅声音甜美、容貌姣好、气质典雅，而且敏感、仁慈、理性，她喜欢绘画、音乐，品位相当高雅，还喜欢跳舞，且精于此道。简·奥斯汀的性情与她的智慧一样，优雅而精致，而她的气质神韵与她的性情又是那么融洽，快乐、温暖、和善。她对一切总是满怀希望，名和利并不能侵蚀她智慧而幽默的心灵，她完全是因为趣味和爱好而成为一个饱含热情的文学创作者。同时，简·奥斯汀是个虔诚的基督徒，无论她对上帝的爱还是对人的爱，从来没有止息过，她的仁慈总是使她能找到原谅、宽恕他人的理由。

　　1801年，一生恪尽职守的乔治·奥斯汀把牧师职位让给长子詹姆斯，带着妻子和女儿们去了巴思，在这里消磨了四年时光，直到乔治·奥斯汀去世。巴思在当时是英国著名的疗养休闲胜地，这里聚集着各种各样的人物，简·奥斯汀敏锐的观察力捕捉到了这些讯息，并保存在她的脑海里，成为日后创作的素材。在这期间，简·奥斯汀到德文郡（Devonshire）旅行时认识了一位绅士，他们彼此爱慕，很快就坠入爱河。但世事难料，热恋中的男友突然不幸去世，简·奥斯汀深陷痛苦之中。尽管第二年简·奥斯汀曾答应了一个富有的乡绅的求婚，但是第二天早上就改变了主意，因为她清醒地意识到，没有爱情的婚姻是不幸福的，也是不道德的，单纯为了财产和地位而结婚是错误的。后来，简·奥斯汀再没有遇到自己喜欢的人，因而终生未婚。

　　1806年，为了让身体衰弱的母亲得到更好的休养，简·奥斯汀一家搬到了萨伍塞姆顿，萨伍塞姆顿临海，海风清新宜人。1809年，简·奥斯汀与母亲、姊姊卡珊多拉（Cassandra）来到汉普郡阿尔顿小城西南一英里处的查乌顿村，并一直居住在这里。这个惬意的小山村距离简·奥斯汀的出生地斯蒂文顿仅十英里，和英国的其他乡村景色一样，风景如画，令人陶醉。简·奥斯汀居住

的房屋是一幢朴实无华的两层楼建筑，一面临路，三面有花园环抱，芳草萋萋，绿树成荫，在这里她创作出了《曼斯菲尔德庄园》（Mansfield Park）、《艾玛》（Emma）、《劝导》（Persuasion）。

因为写作过度，创作几乎耗费了简·奥斯汀的全部身体能量，但是开始时衰弱总是缓慢而隐蔽的，直到1816年的春天，结核病的各种症状才显现，这令她的亲人痛苦万分，但她仍然坚持写作。1817年5月，在家人的再三劝阻下，简·奥斯汀停止了写作，来到温彻斯特治疗，但奇迹并没有出现。在经历了两个月的痛苦、苦闷之后，她提出要提前接受圣礼，以免越来越虚弱的身体使她难以完成自己的意愿。在医院里，她只要能握住笔，就进行写作，当水笔使她感到乏力了，她就使用铅笔，就在她去世的前一天，她还在创作。1817年7月18日，星期五，也许简·奥斯汀感觉到了上帝的召唤，在询问她的遗愿时，她平静地说："除了死去，我不需要任何东西。"一会儿，简·奥斯汀躺在姊姊的臂弯里安然辞世。

简·奥斯汀长期居住在乡村小镇，接触到的大多数人过着悠闲、恬静、舒适的生活，但是，狭窄的生活圈子并没有束缚她的创造灵感和想象力，她以女性细致入微的敏感观察力，真实地描绘了她周围平凡的社会生活，尤其是绅士、淑女间的婚姻和爱情，被著名作家司各特誉为"英国摄政时期最敏锐的观察家"。

简·奥斯汀的作品可贵之处在于，她继承了菲尔丁的古典现实主义写作风格，是如实地描写平凡生活中的平凡人物的小说家，她的作品艺术地再现了18至19世纪之交的社会关系和人情世态。从18世纪末到19世纪初，英国文坛充斥着"感伤小说"和"哥特式小说"，表现的大多是夸张传奇的虚幻故事，简·奥斯汀则一反夸张的文学创作潮流，以优雅的散文笔法、巧妙曲折的故事结构和细节、机智和风趣，将现实生活中一个个平凡的有血有肉的人物鲜活地呈现在人们面前，在英国小说的发展史上有着承上启下的意义。

简·奥斯汀善于从本质里抓取人物、从平凡中揭示不平凡，她创作人物的能力看起来是直觉的，也几乎是没有局限的，侧重于探索少女成长中丢掉幻想错觉、认识现实、自我发现的过程，尤其是关于年轻女性婚姻和爱情的描写更是别具一格。她的作品具有独特的风格，格调轻松诙谐，富有喜剧性冲突，因而深受读者的喜爱。

在简·奥斯汀看来，只有男女彼此平等、尊重、相爱的婚姻才是合乎人性和道德的，这样的婚姻才会有幸福，女性和男性具有平等的追求爱情的权利，并把自己对恋爱婚姻的理想寄托于她的小说中。英国文艺评论家安·塞·布雷德利说："简·奥斯汀有两个明显的倾向，她是一个道德家，同时是一个幽默家，这两个倾向经常混同在一起，甚至是完全融合的。"

《理性与感性》是简·奥斯汀的早期小说，它开创了作者独特的幽默风格——模仿加反讽的讽刺风趣手法，写作技巧已相当成熟，笔法朴实、细腻，故事情节构思巧妙，结局给人出乎意料的喜剧效果。

《理性与感性》围绕着姊妹埃丽诺、玛丽安两位女主人翁的恋爱和婚姻展开，文中表现了"理性"与"感性"的矛盾冲突。姊姊埃丽诺头脑冷静，既重感情又有理智，玛丽安是理性不足而感情有余，约翰·达什伍德夫妇是理性有余而感性不足，而威洛比在感情上则表现得十分虚伪，表面上似乎很有情感，实际上却冷漠无情，自私透顶。简·奥斯汀在小说中表达了她的观点，那就是人不能没有感情，但感情应受理性的制约。

《傲慢与偏见》是简·奥斯汀的代表作，透过四对男女的恋爱婚姻的描写，即伊丽莎白和达西、珍和宾利、夏绿蒂和柯林斯、丽迪亚跟韦克翰的婚姻，展开了当时社会生活的一幅幅平凡画面，表达了作者对婚姻的见解和看法，即主张女性和男性在思想感情的平等交流与沟通，女性有选择男子的自由、有追求幸福婚姻的自由。

《理性与感性》和《傲慢与偏见》可以说是姊妹作，两部作品都描述了英国逝去的那个年代的恋爱和婚姻，透过平凡的社会生活，鲜活地展现了人物的内心世界和时代带给人物的悲喜剧，以幽默的手法表达了作者对婚姻的理想——有感情的婚姻才是幸福的。

《曼斯菲尔德庄园》也表达了同样的爱情理念，那就是爱情是两个人心灵和灵魂的美好结合，有爱情的婚姻才是合乎道德和理性的，才会有真正的婚姻。女主人翁范妮宽容、善良、美丽，她拒绝了拥有财产和地位的亨利，而爱上了人品正直的埃德蒙，在经历了一系列的事件后，范妮与埃德蒙幸福地结合在一起。

《爱玛》被评论家看作是简·奥斯汀最成功的作品，主要情节围绕女主人翁爱玛与海伯里村几个主要家庭中人物的关系展开，栩栩如生地刻画出了19世纪初英国社会的众生相。艾玛是个受到娇惯、满脑子门第观念的自负的姑娘，不过，她和简·奥斯汀小说中其他女主人翁一样，是有理性思维能力、能进行独立分析判断的自主的人，而不是寻求男性保护的没有头脑的弱女子。在小说的结尾处，当一切真相大白之后，艾玛在震动中认识到了自己的错误，并获得了真挚的爱情。

最后，值得一提的是，简·奥斯汀生活在女性地位低下的时代，她生前发表的作品《理性与感性》（1811年出版）、《傲慢与偏见》（1813年出版）、《曼斯菲尔德庄园》（1814年出版）、《艾玛》（1815年出版）等作者名字都是虚构的，直到简·奥斯汀因病去世之后，1818年她的哥哥亨利主持出版《诺桑觉寺》和《劝导》时，才公布了她的真实名字和身份。

# 延伸阅读

## 1. 《曼斯菲尔德庄园》（Mansfield Park）1814 年

范妮·普莱斯十岁的时候被送到富有的亲戚贝特伦家抚养，过着寄人篱下的生活。长大之后，范妮出落成一个既有思想又有理性的漂亮姑娘。有钱有势的亨利喜欢上了范妮，但是范妮认为亨利人品不端，拒绝了亨利的求婚，范妮真正爱的是亨利的弟弟，聪明而正直的埃德蒙。此时，埃德蒙一心爱着美丽而富有的贵族小姐克劳福德，但克劳福德却是一个冷酷、自私的人。经过一段时间后，埃德蒙终于认清了克劳福德的冷漠无情、自私自利，同时也发现范妮是个温柔善良、和蔼可亲、聪慧理性的姑娘。最终，范妮与埃德蒙结婚，过着甜蜜幸福的生活。本书表达了这样一个观点：爱情要以理智为基础，心灵的美好和灵魂的契合，才是婚姻最重要的条件。

## 2. 《傲慢与偏见》（Pride and Prejudice）1813 年

透过描写四对男女的恋爱婚姻，表达了女性和男性在思想感情的交流与沟通上是平等的，都有选择自己喜爱的人的自由，都有追求幸福的权利。

女主人翁伊丽莎白聪明伶俐、知书达理、幽默机智、善良活泼，她对爱情与婚姻有着自己的见解。有身份有地位并且将来会继承一大笔遗产的柯林斯向她求婚，但伊丽莎白果断地拒绝了，因为她并不爱他，认为这样的婚姻是不可能有幸福的。年轻英俊的贵族达西富有而傲慢，被伊丽莎白的卓越见识所吸引而向她求婚。因为门第观念作祟，达西认为自己向伊丽莎白求婚是对她的

抬举，应该被愉快地接受，不料却遭到伊丽莎白的坚决拒绝，因为在伊丽莎白看来，达西十分傲慢，他们之间的婚姻必然是建立在不平等、不尊重的基础上的，而这样的婚姻一定是不可能使人幸福的。后来，达西和伊丽莎白两人透过不断的相处，逐渐了解和体谅了对方，达西抛弃了自己的傲慢，他们彼此欣赏、彼此理解，最后结婚了，而且是世上最幸福最美满的婚姻。

# 理性与感性
## Sense and Sensibility

# 1

达什伍德家族定居在苏塞克斯（英格兰东南部）已经很久了，他们拥有丰厚的财产，包括占地广大的诺兰田庄，好几代人都居住在田庄中心的诺兰庄园里。这个家族的人一直过着受人尊敬的优雅生活，在周围乡邻赢得了好声誉。已故诺兰庄园主人是个年老的单身汉，他妹妹长年陪伴着他，替他料理家务，不料妹妹比他早十年去世，突发的变故让他有些不知所措，不知道日后的生活该怎么办。为了填补妹妹离去留下的空虚，也为了管理庞大的家业，老绅士邀请侄子亨利·达什伍德一家到庄园居住。亨利·达什伍德先生原本就是诺兰庄园的法定继承人，老亨利打算把财产留给他。有了亨利·达什伍德夫妇和他们的孩子们的朝夕相伴，老亨利孤独的心得到了慰藉，日子过得十分快乐，并越来越喜爱侄子一家人。亨利·达什伍德夫妇心地善良，他们之所以决定来诺兰庄园，并不单单是因为利益关系，更基于善良的天性，希望能够照顾好老亨利，使他晚年享受到天伦之乐。夫妇俩总是顺从老亨利的意愿，孩子们也为老亨利的生活增添了许多乐趣。

亨利·达什伍德先生与已故的前妻生有一个儿子——约翰·达什伍德，与现任的太太生有三个女儿。约翰是个稳重而有教养的年轻人，他的母亲留下了一大笔遗产，其中的一半到他成年时交给了他，使他有了殷实的家产，另一半遗产则由父亲掌管，但亨利先生在有生之年只能从中领取利息，去世后这一半也归儿子继承。后来，约翰结了婚，婚姻又给他带来了一笔财产。因此，对于约翰来说，父亲是否继承诺兰庄园远远不如他的几个妹妹那么重要。不过，即使父亲继承了田庄，妹妹们的财产也会少得可怜，因为她们的母亲一无所有，而父亲掌管的钱仅仅只有七千镑。

老亨利死了，人们宣读了他的遗嘱，而就像大多数遗嘱一样，老人的遗嘱既令人高兴，又令人失望。老人把田庄的财产遗留给了侄子，但是却附加了条件，这使得亨利·达什伍德先生继承的遗产价值丧失了一半。本来，达什伍德先生希望这份遗嘱更有利于他的妻子和女儿，而不是他的儿子，因为约翰已经拥有了一大笔财产，但是，这份遗嘱却确保了他的儿子和四岁的小孙子哈里的利益，达什伍德根本无权动用田庄的财产或变卖田庄的林木。现在，为了小哈里的利益，全部产业都被冻结了。当初，哈里只是偶尔随父母来到诺兰庄园，和其他两三岁的孩子一样，乖巧的举止总是惹人怜爱，具有奇特的吸引力，比如口齿不清的发音、稚气十足的任性、顽皮的小把戏、无拘无束的嬉笑等，由此赢得了老亨利的欢心，老人对这孩子的感情胜于对侄子一家人的——尽管多年来他们无微不至地关怀照顾他。不过，老人并非无情的人，为了表示对三个女孩的疼爱，他给了她们每人一千镑。

达什伍德先生起初感到十分失望，不过他生性开朗、乐观，觉得自己并不算老，希望日后能改善经营、勤俭持家，在几年时间内为妻子和女儿攒下一笔可观的钱财。但是，天总不从人愿，老亨利死后一年左右，亨利·达什伍德也撒手人寰，给他的妻子和女儿留下的财产，包括老亨利的遗产在内，总共只有一万镑。

当亨利·达什伍德感到自己即将离开人世时，把约翰叫到跟前，强撑着虚弱的身体，反复嘱托儿子照顾继母和妹妹们。

约翰·达什伍德不像家里其他人那样有同情心，可是，面对父亲在生命垂危时刻的嘱托，他也深受感动，答应一定尽力照顾她们，让她们过舒适的生活。听到这样充满感情的承诺，亨利·达什伍德先生平静地走了。之后，约翰先生开始考虑，在自己所能承受的范围内，能够为继母和妹妹们做些什么事。

约翰的心眼并不坏，除非你把冷漠无情、自私自利视为坏心眼。总之，约翰做事一向得体，受人尊敬，不过，如果他娶了一

个温和善良的女人的话，也许会更受人尊重，而他自己也可能会变得温和善良一些。但是，约翰太早结婚了，十分宠妻子芬妮，而芬妮比丈夫更为冷酷自私，是一个心胸狭隘、脾气乖僻的人。

约翰在向父亲承诺照顾继母和妹妹们的时候，打算赠与三个妹妹每人一千镑，当时他确信自己有能力做到这一点。对于约翰来说，在他父亲去世后，除了得到他母亲留下的另一半遗产外，每年还可望从诺兰庄园获得四千镑的收入，再加上定期的收益，这使他成为一个非常富有的人，踌躇满志的他认为慷慨一点也无妨。

"是的，我要给她们三千镑，这能让她们过得十分安稳、舒适。多慷慨大方啊！三千镑，尽管一下子要拿出这么一大笔钱，但这对于我的财产来说并没有什么损伤。"

接连好几天，他一直在考虑这件事，也未曾感到丝毫后悔。

亨利·达什伍德的葬礼刚一结束，约翰·达什伍德夫人（芬妮）没有告知任何人，就带着孩子、仆人住进了诺兰庄园。根据老亨利的遗嘱，从亨利先生死去的那一刻起，这所房子就属于她丈夫了，谁也无权指责她，不过她的行为实在很无礼。按照人之常情，任何一个女人处在亨利·达什伍德太太（婆婆）的位置上，对媳妇的冒犯都会感到不愉快，更何况，达什伍德太太还是个自尊心强、慷慨大方、洒脱开朗的女人，受到如此粗鲁的对待，应该也会感到难堪和厌恶。约翰·达什伍德夫人在婆家从来就不讨人喜欢，不过直到今天，她才有机会向达什伍德太太和女儿们摆明她的姿态——在别人需要安慰的时候，她可以冷酷无情、完全不顾别人感受。

达什伍德太太十分鄙视媳妇这种无礼的行为，恨不得马上离开庄园，永远不要回来，但是在大女儿埃丽诺的再三劝阻下，她开始冷静思考离开庄园是否妥当，加上对三个女儿的疼爱，为了避免她们和哥哥闹翻而影响女儿的利益，她最后决定留下来。

大女儿埃丽诺温柔善良、思想敏锐、头脑冷静，虽然只有十九岁，但却能为母亲分忧解难。达什伍德太太性格急躁，冲动时难免做出一些不理智的事，而埃丽诺则会顾全大局，婉言劝阻母亲，这一次又是她的劝解发挥了作用。埃丽诺是个感情丰富的姑娘，但她却能克制自己的感情，而这正是她的母亲和妹妹玛丽安所欠缺的。

玛丽安聪慧、敏感，对所有事物都充满热情，在许多方面的才能都可以与埃丽诺相媲美，但她单纯、任性，总是毫不掩饰自己的情感，无论是忧伤，还是快乐，都会在脸上表露无遗。玛丽安为人宽容、亲切，也很风趣，具备一切优点，只是处事缺乏慎重。

埃丽诺看到玛丽安过于感情用事，不免有些担心，但是亨利·达什伍德太太却格外珍视这种率真的性格。如今达什伍德太太和玛丽安一直沉浸在极度悲哀之中，她们互相感染，一遍遍地回忆起过去所有的悲伤和不幸，而且越想越觉得悲痛欲绝，仿佛什么也无法安慰她们。其实，埃丽诺也很痛苦，但她尽量控制自己的情感，努力去做她该做的事，比如和哥哥商议事情、在嫂子来到庄园时礼貌地接待、劝说母亲多多忍让等等。

最小的妹妹玛格丽特十三岁，是个性情温和的小姑娘，但因为受到玛丽安浪漫气质的影响，她也表现出了感情用事的一面，再加上年纪尚小，又缺乏理智，所以不可能像两个姊姊那样懂事。

## 2

约翰·达什伍德夫人俨然已是诺兰庄园的女主人，而达什伍德太太和女儿们反倒成了客人，不过她待她们还算客气。约翰对她们也以礼相待，还恳请她们把诺兰庄园当做自己的家。对于

达什伍德太太来说，在找到合适的房子之前，住在这里是最好的选择，于是接受了约翰的挽留。

事实上，达什伍德太太是很乐意继续留在诺兰庄园的，这里的一切都能勾起往昔美好的回忆。每当想起那些快乐的日子，没有人比她更快乐，或者说没有人比她对幸福充满更乐观的期待，仿佛期待本身就是一种幸福；而每当想起那些悲伤的日子，同样没有人比她更悲哀，仿佛什么也无法抚慰她那颗痛苦的心。

约翰·达什伍德夫人根本不赞同她丈夫打算为他的三个妹妹所做的事，因此她请求丈夫慎重考虑。在她看来，从他们的儿子的财产中拿走三千镑，无异于把小哈里变成穷光蛋，而哈里可是他们唯一的孩子，他怎么能狠心夺去孩子的一大笔钱呢？达什伍德小姐们和她丈夫之间的关系只不过是同父异母的兄妹，这等于没什么关系，她们凭什么得到这么一大笔钱呢？众所周知的是，同父异母的兄弟姊妹之间从来就毫无感情可言，可是她丈夫为什么要把自己的钱送给同父异母的妹妹，而毁掉可怜的小哈里呢？

"我一定要帮助她们，这是我父亲临终时对我提出的最后请求。"

"我敢肯定，你父亲当时已经神志不清了，根本不知道自己在说什么，要不然他就不会要求你把自己的一半财产送人，而不是留给你的儿子。"

"亲爱的芬妮，他并没有要求我给她们多少钱，只是要我帮助她们，让她们过得舒适一些。就算我父亲没有向我提出请求，也许我也会这么做的，他从来没想过我会弃她们于不顾。可是，既然他让我许下诺言，我就得遵从，至少我当时是这么想的，而且必须履行诺言。无论她们什么时候离开这里，那时我都得为她们做点什么。"

"好呀！那我们就为她们做点什么吧！可是也用不着拿出三千镑啊！你想想，你妹妹们将来都会出嫁的，这笔钱一旦出手，我

们可就永远失去了。如果这笔钱以后能还给可怜的小哈里……"

"是啊！情况当然会不一样。如果将来哈里的家庭人口众多，这笔钱可就派上用场了，那时哈里一定会怨恨我们的。"约翰严肃地说。

"那当然！"

"要不然把钱减一半，这对大家都好一些，五百镑也让她们的财产增加不少了。"

"啊哈，真是太伟大了！世上哪个做哥哥的能为他的妹妹——即使亲妹妹——做到你所做的一半呢！更何况你们只有一半血缘，而你却如此慷慨。"

"我不想太吝啬，在目前这种情况下，与其小气不如大方一些，至少不会让人觉得我亏待她们，也不会让她们产生这样的看法。其实，她们根本不会有太多的奢望。"

"我们怎么清楚她们有什么奢望，也用不着考虑，关键是你能做什么。"

"我想，就我的能力而言，我可以给她们每人五百镑。其实，即使我不给她们这笔钱，她们在母亲死后每人也会得到三千多镑，对于一个年轻小姐来说，这一笔钱够用啦！"

"是啊！在我看来，她们三个人可以平分一万镑，根本就不需要再增加财产了。如果她们结婚了，一定会过得很舒适，如果她们不结婚，靠这一万镑的利息也可以很惬意地生活在一起。"

"是啊！就各方面的情况来说，我倒有一个好主意，只是不知这样做是不是更妥当。与其给她们一笔钱，还不如为她们的母亲做点事，我的意思是，给她一笔年金。我想，她们一定会赞同，一年一百镑够她们过得非常舒适。"

可是，约翰·达什伍德夫人对这个主意并不满意。

"当然啦，这比一下子拿出一千五百镑要好些。但是，如果达什伍德太太再活十五年，我们可就亏大了。"

"十五年？亲爱的芬妮，她连这一半的时间也活不到。"

"我知道，但是世事难料。你仔细观察一下就会发现，人们如果能领到一笔年金，往往活得很长久，更何况她还不到四十岁，她还健康、精力旺盛。一笔年金可不是儿戏，必须一年又一年地支付下去，完全摆脱不掉。你根本不了解支付年金的后果，我太清楚其中的麻烦了，因为我母亲就是遵照我父亲的遗嘱，支付年金给三个老仆人，结果被弄得烦恼不堪。她必须每年分两次支付年金，而且把钱交到他们手里也是挺麻烦的，后来听说一个仆人死了，结果发现并没有这回事。我母亲的钱每年就这样不断地支付出去，她感觉自己的财产都成了别人的，为此伤透了脑筋。这一切都是我父亲造成的，如果不必支付年金，我母亲就可以自由地支配这笔财产。所以，我非常讨厌提供年金的做法，无论如何，我才不会给别人一笔年金而束缚自己的手脚呢！"

"每年给别人一笔钱的确是件不偷快的事，你母亲说得对，这样做就不能自由地支配自己的财产，并且完全受此约束，无异于剥夺了一个人的自主权。"

"而且人家也不会感激你，因为她们认为年金是自己应得的，而你每年又不会多给半毛。如果我是你，就会把一切权利掌握在自己手中，绝不让自己受到任何束缚，也绝不向任何人许诺。想想吧！每年从我们的收入中拿出一百镑，甚至五十镑，都可能招来很大的麻烦。"

"亲爱的，你说得对，那就不给年金了。我想，偶尔给她们一点钱，会比给年金对她们的帮助更大些。如果钱给多了，她们认为每年都有一笔固定的收入，花起钱来自然阔气，一年下来剩不了多少钱；如果我们不定时地给她们五十镑，她们永远不会觉得缺钱用，而我也履行了对父亲许下的诺言。"

"好极了！说真的，我认为你父亲要你帮助她们，根本不是要你给她们一笔钱，只是要你为她们做些力所能及的事，比如替她

们找一所舒适的房子、帮她们搬搬东西、给她们送些鲜鱼和猎物等等，我敢以性命打赌，你父亲根本没别的意思，否则就不合乎情理了。你好好想一想，你的继母和三个妹妹单单靠七千镑的利息，就可以过舒适惬意的生活，更何况你的妹妹们每人还有一千镑，这能给她们每人每年带来五十镑的收入，她们会从中拿些钱给她们的母亲的。这样一算，她们一年有五百镑的收入，对于四个女人来说，这笔钱还不够用吗？她们只需要很少的生活费，她们的家务简单，不需要支出管理费；她们用不着使用马车、马匹，也用不着仆人，她们也不跟外人来往，无须任何交际费用！你完全可以设想她们的生活将会多么舒适。天哪，一年五百镑！我看她们根本连一半也花不完，假如你再给她们钱，也未免太荒唐了，她们还有能力给你钱呢！"

"太正确了，亲爱的，我相信，你所说的正是我父亲对我的要求。好啦，现在一切都清楚了，我将要像你讲的那样亲切地对待她们、帮助她们，严格履行我的诺言。等我母亲搬家的时候，我会尽力帮助她们，到时送一些家具之类的礼物也会令她们感到心满意足。"

"理当如此！但是，有件事你还得考虑一下。你父母搬到诺兰庄园来的时候，虽然把斯坦希尔的家具都卖了，可是所有的瓷器、金银器皿和亚麻台布都带来了，现在全留给你母亲，一旦她们把这些东西搬进新居，那她们的屋子就太阔气、漂亮了。"约翰·达什伍德夫人说。

"这的确应该考虑到，那可是一笔珍贵的财富，如果一些金银器皿能归我们所有就太棒啦！"

"是啊！那套早餐用的瓷器就比我们现在用的漂亮多了，我看她们的房子里根本不配摆设这么精美的东西。但是，事情就是这样不公平，你父亲心里只想着她们。依我看来，你根本不必对你父亲心存感激之情，也不必按照他的遗愿去做，因为我们都清楚，

如果可能的话，他会把所有的财产都留给她们。"

这的确是不可辩驳的事实。达什伍德先生被妻子说服了，最后决定按照她所说的那样，像对待邻居一样对待他父亲的遗孀和女儿，只给予她们适当的帮助就可以了，其他的根本无需考虑。

## 3

达什伍德太太在诺兰庄园又住了几个月，情绪逐渐稳定，不再触景生情，不再沉溺于痛苦的回忆中，开始做一些有意义的事。她迫切地想要离开庄园，但又不愿远离诺兰庄园这个可爱的地方，因而不辞辛劳地在附近四处寻找房子，不过一直没有找到一处理想的居所——既要让她自己感到舒适自在，又要符合大女儿埃丽诺的谨慎要求。达什伍德太太本来对几幢房子都十分满意，打算租下其中一所，不料埃丽诺坚决反对，她认为房子太大，她们的收入恐怕负担不起房租。

达什伍德太太从丈夫那里得知他儿子许下的诺言，这不仅让临终的丈夫放心而去，她也和丈夫一样，深信他儿子一定会履行诺言。对于她来说，即使少于七千镑，生活也会过得称心如意，但是女儿们就不一样了，她为女儿们能得到哥哥的帮助感到高兴。以前她一直认为约翰是个吝啬的人，没想到他的心地这么善良，不由得责怪起自己真不该错怪他。很长一段时间以来，约翰对待继母和妹妹们的亲切态度，使达什伍德太太相信他非常关心她们的幸福，并一直对他的慷慨充满期待。

达什伍德太太从一开始就看不起媳妇，如今同住了半年，对媳妇的为人有了进一步的了解后，打从心里更加鄙视她，如果不是因为发生了一件事，她和媳妇恐怕不可能同住这么长的时间。

这件事就是埃丽诺和约翰·达什伍德夫人的弟弟爱德华·费

拉尔斯之间萌发了爱情，这使得达什伍德太太认为女儿们继续住在诺兰庄园会更合适。爱德华是位彬彬有礼的年轻人，在他姊姊住进诺兰庄园不久就与达什伍德母女相识，之后大部分时间也都住在庄园里。

爱德华是一位已故富翁的长子，有些母亲基于利益考虑会鼓励他们的感情，而有些母亲基于慎重考虑会制止他们的感情，因为爱德华除了拥有一笔微不足道的财产外，最终能获得多少财产完全取决于他的母亲。可是，达什伍德太太根本不在乎这些，她绝不赞同两个相亲相爱的人因为财产的多寡而分开。在她看来，爱德华和蔼可亲，爱她的女儿，而埃丽诺也爱他，这就够了。

爱德华之所以能得到她们的赞赏，并不是因为他人品或谈吐出众。其实，他并不英俊，而且还很腼腆，只有熟悉他的人才觉得他讨人喜欢，不过，一旦他克服了羞怯的天性，他的举止完全展现出他是一个心胸坦率、感情深沉的人，而且头脑机敏灵活，而他所受的教育更凸显了这些优点。但是，他的母亲和姊姊对他并不满意，她们期盼他出人头地。他的母亲希望他关心政治，能够进入国会，或结识一些政界要人。他的姊姊也对他抱有同样的愿望，不过，现在要是能看到弟弟驾着一辆四轮马车，就能让她感到心满意足了。但是，无论从能力还是性格上来看，爱德华并不能满足她们的愿望，他一心追求的是平凡而幸福的家庭生活，幸运的是，爱德华有一个有出息的弟弟。

爱德华在诺兰庄园逗留了几个星期后，才引起了达什伍德太太的注意。当时，达什伍德太太一直沉浸在悲痛之中，对周遭的事漠不关心，只觉得爱德华安静、谨慎，从不扰乱她痛苦的心灵，因而对他颇有好感。有一天，埃丽诺偶然谈到爱德华和他姊姊大不相同，达什伍德太太这才开始留意他，并立即喜欢上了这个年轻人。

"只要说他不像芬妮就行了，这意味着他是个讨人喜欢的人，

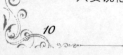

我已经喜爱上他了。"达什伍德太太说。

"我想，如果你对他多了解一些，你一定会喜欢他的。"埃丽诺说。

"喜欢他！我认为没有什么赞赏的感情比喜爱更好。"母亲微笑着答道。

"你会尊重他的。"

"在我看来，尊重和喜爱从来就是密不可分的。"

从此以后，达什伍德太太总是设法接近爱德华，她亲切和蔼的态度使他不再拘谨。也许是因为深信爱德华喜爱埃丽诺的缘故，她的眼光相当敏锐，很快就了解到他的所有优点，确信他人品高贵。在了解到他待人真诚热情、对埃丽诺一往情深后，甚至也不在意他那沉稳的性格了，其实她原本是不喜欢有这样性格的年轻人的。

当达什伍德太太刚发觉爱德华倾心于埃丽诺，就认定他们是彼此真心相爱的，于是期盼着他们能够尽快结婚。

"亲爱的玛丽安，再过几个月，埃丽诺应该就会出嫁，我们会想念她的，不过她会很幸福。"

"哎呀！妈妈，没有了她，我们该怎么办呢？"

"亲爱的，我们不会分开的，我们的房子相隔不过几英里远，天天都能见面。我相信爱德华是个心地善良、品德高尚的人，你会得到一个慈爱的哥哥。瞧你严肃的神情，玛丽安，难道你不赞成你姊姊的选择吗？"

"也许是我对这件事感到有些惊讶吧！爱德华确实和蔼可亲，我也很喜爱他，但是，他身上缺乏一些重要的性格魅力，那种真正能吸引姊姊的人应当具备的魅力。他的外表普通，两眼空洞无神，没有透露出智慧的光芒。除此之外，他在许多方面恐怕都缺乏真正的鉴赏力，音乐对他几乎没有吸引力，也不懂绘画，尽管他总是认真地看埃丽诺画画，也十分赞赏埃丽诺的画，可是那只是对情人的赞赏，而不是内行人所发出的称赞。对我来说，要让我垂青的人，必须同时具备这些重要的性格魅力，我们必须情趣相投、感情融洽，爱好同样的书、同样的音乐，否则我是不会幸福的。喔，妈妈，昨天晚上爱德华为我们朗诵的时候，那情景是多么乏味啊！那些常常令我激动不已的优美诗句，被他朗读起来竟然毫无感情、平淡无味，我几乎听不下去了。唉，真替姊姊感到难过，可是她倒很镇静！"

"我想，他一定善于朗诵质朴优雅的诗句，但你却让他念考柏尔（英国浪漫主义抒情诗人和赞美诗词作者）的诗。"

"噢，妈妈，如果考柏尔的诗歌都感动不了他，还有什么作品能够打动他呢？当然，我必须承认每个人的鉴赏力都不同，埃丽诺没有我这样的情趣，可以忽视他的这一缺陷，所以和他在一起感到很幸福，可是，如果换做是我的爱人这样乏味地朗读，我的心会碎掉。妈妈，我越了解世事，就越相信自己这一生根本找不到能让我真心去爱的人。因为我的要求太高了，我的他不仅必须具备如爱德华般的高贵品格，而且要容貌俊秀、举止优雅，外表要为他的内在修养增添光彩。"

"亲爱的，你还不到十七岁，对幸福感到失望似乎还过早。你怎么会没妈妈幸运呢？玛丽安，我只希望在这一点上你的命运与我的不同。"

## 4

"真遗憾，埃丽诺，爱德华对绘画缺乏鉴赏力。"玛丽安说。

"对绘画缺乏鉴赏力？你怎么会这么想呢？他自己不画画，但对绘画充满兴趣，绝不缺乏鉴赏力，如果他学过绘画，我相信他一定会画得很出色。他只是没自信，所以不愿轻易对一幅画发表

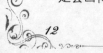

看法，但他对绘画有一种天赋的感受力，而且他的评论相当准确。"埃丽诺回答说。

玛丽安不想惹姊姊生气，所以没有接续话题，但她并不认同埃丽诺的说法。在她看来，一个人只有狂热地喜欢绘画，才能有真正的鉴赏力，而爱德华对绘画根本没有达到狂热的程度。尽管玛丽安在心里对姊姊的错误理解感到好笑，但她尊重姊姊对爱德华的这种盲目的爱。

"玛丽安，希望你不会认为他缺乏鉴赏力。当然，你对他的态度很亲切，相信你不会这么认为，否则你绝不会对他彬彬有礼。"埃丽诺继续说。

玛丽安既不想伤害姊姊的感情，又不愿说些违心的话，于是回答说：

"埃丽诺，如果我对爱德华的称赞与你的看法不同，请你不要生气，因为我不像你有那么多机会去深入了解他的内心思想、爱好和鉴赏力，但是，我认为他有最好的德性和理性，他不仅品德高尚，而且和蔼可亲。"

"我想，你已经以最热情洋溢的语言称赞了他，即使是他最亲密的朋友，也不会对你的赞美感到不满意的。"埃丽诺莞尔一笑。

看到姊姊脸上快乐的神情，玛丽安感到十分高兴。

埃丽诺接着说："我认为，每一个了解他的人都不会怀疑他的德性和理性，只是他生性腼腆、寡言少语，他的出色见解和高贵品格很难被人发现，而你对他已有足够的了解，所以能公正地评价他的优点。至于你谈到他的内心思想，你天天和母亲在一起，而我时常和他相处，你当然没有我了解。我观察了他的各个方面，仔细研究过他的情感、对文学和鉴赏的看法，总之，他见多识广、酷爱读书、想象力丰富、看法客观公正、鉴赏力细腻。初次和他接触，的确会觉得他谈吐一般，长相平平，但是，你对他越熟悉，就越能发现他举止得体、风度优雅，而且各方面的能力都很出众。

现在，因为非常了解他，所以在我眼里他是英俊的，或至少可以说称得上是英俊的。你认为呢？玛丽安。"

"埃丽诺，即使我现在认为他不英俊，那我很快也会认为他英俊了。当你告诉我要像爱哥哥一样爱他的时候，我将看不到他外貌上的不完美，就像我现在看不到他心灵有什么不完美一样。"

埃丽诺听到这话愣了一下，后悔自己不该在说起爱德华时流露出热烈的情感，因为玛丽安已深信他们相互爱恋着对方。她觉得，自己对爱德华十分敬重，而且她相信他也同样敬重她，只是她需要对这份恋情有更大的把握时，才能明确地告诉母亲和妹妹。埃丽诺知道，母亲和玛丽安一旦有了这种看法，很快就会信以为真，对她们来说，意愿就意味着希望，希望就意味着指日可待，可是她不想给她们造成这种感觉，想把这件事的实际情况解释清楚。

"我并不否认，我非常欣赏他，也非常敬重他、喜欢他。"埃丽诺说。

听姊姊这么说，玛丽安大发脾气：

"敬重他！喜欢他！你因为害羞才这样说。冷漠的埃丽诺，喔，你比冷漠更无情！你再说这些话，我马上就离开这个房间。"

埃丽诺忍不住笑了。

"原谅我！玛丽安，我之所以这样平静地谈论我的感情并不是想惹你生气，请相信我的感情比我表白的还要强烈，再加上他有那么多美德，我保证这种感情不是轻率的、愚蠢的，除此之外，你绝不可相信更多的东西。我并不确定他是否真的钟情于我，有时我甚至怀疑，在没有充分了解他对我的情感前，我不希望自己深陷其中，对此你也不应讶异。从我内心来说，我感觉他是喜爱我的，但是，这种事情除了他的意愿外，还需要考虑别的问题。他的生活受他母亲费拉尔斯太太的支配和控制，尽管我们不知道

他母亲是什么样的人，但从芬妮偶尔谈到的情况来看，我想他母亲应该不会是个和蔼可亲的人。爱德华一定也考虑到了，如果他想和一个既无一笔财产又无显赫地位的女子结婚，一定会困难重重，这一点是我绝对不能忽视的。"

埃丽诺的一番话使玛丽安惊讶地发现，她和母亲的想象与实际情况相去甚远。

"所以到现在你们都没有订婚，但这件事很快就会发生的。不过，推迟这件事倒是有两个好处，一是我不会这么快就失去你，二是爱德华有更多的机会去提升他自己的鉴赏力，使你们有共同的爱好和兴趣，这对你们将来的幸福是不可少的。噢！如果你能激发他学习画画的热情，那就太棒了。"

而后埃丽诺告诉了妹妹自己的真实想法。她认为自己和爱德华之间的感情并不像玛丽安想象的那样如意。有时，爱德华一副无精打采的样子，如果不表示他态度冷淡的话，也说明着某些事正困扰着他。假如爱德华不爱她，大可不必表现得这样沮丧，更加合乎情理的原因是，受制于母亲的他根本无法根据自己的意愿选择爱情。埃丽诺知道，他母亲既没有让他在家里过得舒服，又不允许他可以不遵从她的意愿，在取得一定的政治地位之前就结婚，因此，对于她和爱德华之间的感情，埃丽诺并不寄予希望，只有她母亲和妹妹对此深信不疑。不！应该说，她和爱德华相处得越久，他们之间的感情似乎越令人怀疑，有时她甚至觉得他们的关系没有超出友谊的范围，一想到这点就令她难过不已。

实际上，无论他们的关系达到什么程度，一旦芬妮察觉到丝毫端倪，都会令她感到不快，并抓住一切机会无礼地嘲弄。有一次，当她和达什伍德太太单独相处时，她得意洋洋地说起她弟弟的远大前程，谈到她母亲费拉尔斯太太决心要帮两个儿子找一门好亲事，还说那些企图引诱她弟弟的女子都不会有好下场，这使

达什伍德太太既不能假装不知，又不能故作镇定，她轻蔑地回敬了一句，随即走出了房间。因此，达什伍德太太决定，无论花费多少，也要马上离开这里，一个星期也不能待下去了，她绝不能让埃丽诺遭受这种含沙射影式的中伤。

这个时候，达什伍德太太接到一封信，信中提出一个很好的建议：为她提供一栋条件优惠的小房子。信的内容充满友善和关心，写信的人是房主约翰·米德尔顿爵士——德文郡一位有钱有势的绅士，他是达什伍德太太的亲戚。信中写道，他知道她需要一个住所，尽管他提供的房子——巴顿别墅面积不大，但只要她喜欢，他保证为她准备一切所需的东西。在详细介绍了房屋和花园的情况后，他诚恳地劝说她带着女儿们一起来德文郡，先住在他自己的房子——巴顿庄园里，等巴顿别墅修缮完工后，如果她觉得满意再搬进去。看得出来，约翰·米德尔顿爵士的信充满真挚的友情，他确实想要帮助她们，尤其是在她遭受媳妇无礼对待的时候，这样一封信让她感到格外欣慰和快乐，于是她立刻就做出了决定。

巴顿距离苏塞克斯很远，如果是在几个小时前，达什伍德太太一定不会采纳这个建议，而现在它却成为令她非常向往的地方。此刻，远离可爱的诺兰已不再是一件不幸的事，与继续做媳妇的客人比起来，这简直就是一种幸福。她立即回信给约翰·米德尔顿爵士，除了感谢他的好意之外，并接受他的建议，然后把两封信给女儿们看，大概是希望征得她们的同意。

埃丽诺一向认为，离开诺兰庄园比住在哥哥家里更为明智一些，而根据约翰·米德尔顿爵士的信里所介绍的情况，房子虽很小，但租金非常便宜，因此，她没有理由反对迁居德文郡。尽管这不是埃丽诺心中理想的计划，她也不愿意远离诺兰，但她并不想阻止母亲寄出那封回信。

# 5

达什伍德太太刚一发出回信，就立即向儿子和媳妇宣布，她已经找到了房子，等一切准备妥当之后，便不再打扰他们了。他们先是吃了一惊，随后约翰·达什伍德夫人没有说一句话，她丈夫倒是客气地希望她们不要住在远离诺兰庄园的地方，而达什伍德太太得意地告诉他，她们要搬去德文郡。

爱德华一听这话，连忙带着关切的语气反复问道："德文郡！你们真的要去那里吗？离这儿这么远！在德文郡的什么地方？"

达什伍德太太亲切地告诉了他，房子就在埃克塞特以北不到四英里的地方。

"那不过是一座小小的乡舍，但我希望能在那里接待我的朋友们，这房子可以再增加一两个房间。我相信，如果我的朋友从远道赶来看望我都不觉得有什么困难的话，那我妥善地安置他们，一样没有什么困难。"达什伍德太太说。

最后，她客气地邀请约翰·达什伍德夫妇到巴顿做客，又真诚地邀请了爱德华。其实，达什伍德太太根本没把她和芬妮之间的那次谈话放在心上，虽然她已决定，除非万不得已，否则绝不在诺兰庄园多住一天，但她的目的绝不是为了把爱德华和埃丽诺分开，她想透过邀请爱德华向芬妮表示，她才不会理睬芬妮对这门婚事的反对呢！

约翰·达什伍德先生反复告诉他的继母，她的房子离诺兰庄园这么远，所以她们搬家时他就无法帮忙了，对此他深感遗憾。现在他的内心真的感到有些不安，他已经把对父亲的诺言定义在"帮忙"上，不料这样的安排却让他连帮忙这样的小事也做不到了。她们的家具全部经由水路运走，主要是一些绫罗绸缎、金银

器皿、瓷器和书籍，还有玛丽安一架漂亮的钢琴。当约翰·达什伍德夫人眼睁睁地看着家具被运走时，心痛不已，在她看来，达什伍德太太的收入与他们的收入差很多，根本就不应该拥有半件漂亮的家具。

达什伍德太太签订了一年的租房契约。巴顿的房子里各种设施齐全，她可以马上住进去，但是为了处置在诺兰庄园的财物，她并没有立即动身西行。她丈夫留下的马，在他死后不久就卖掉了，如今在埃丽诺的恳切劝告下，再考虑到女儿们，她同意卖掉马车，如果是依照她的愿望，就会留下这辆马车。也因为埃丽诺的明智决定，她们只保留了三个仆人——两个女仆，一个男仆。那个男仆和一个女仆马上被派往德文郡整理房子，为迎接主人的迁居做准备。因为达什伍德太太并不认识约翰·米德尔顿爵士的太太米德尔顿夫人，所以她不愿去巴顿庄园做客，决定直接去别墅，而且她完全信任约翰·米德尔顿爵士，在入住前并不打算先查看一下房子。

达什伍德太太很快就要离开诺兰庄园了，媳妇明显流露出满意的神情，只是假意地请她晚几天再走。现在，该是约翰·达什伍德兑现对他父亲的许诺的时候了——既然他刚刚搬到诺兰庄园时没有履行诺言，如今她们即将离开，也许是他履行诺言最适当的时机。但是，达什伍德太太很快就放弃了这类幻想，从他的谈话来看，他对她们的帮助最多不过是让她们在诺兰庄园免费寄住了六个月。他在她面前总是没完没了地抱怨家务开支越来越大，总是入不敷出，看来他自己需要更多的钱，而不是给别人钱。

从接到约翰·米德尔顿爵士第一封信的几个星期后，达什伍德太太和女儿们就把一切事情料理妥当，她们可以启程前往巴顿了。在向可爱的诺兰庄园做最后的告别时，母女们不禁流下了悲伤的眼泪。

留在诺兰庄园的最后一个晚上，玛丽安一个人在房前徘徊。

"亲爱的诺兰庄园，我的家乡啊！什么时候我才能不再怀念你呢？什么时候我才能把他乡当做故乡呢？啊！幸福可爱的家园！我凝视着你，不知何时能再相见，你可知道此刻我多痛苦？还有你们，多么熟悉的苍翠的树木啊！你们的叶子不会因我们的离去而枯萎，你们的枝条不会因我们不能再观赏而停止摇曳！不，你们将依旧葱茏翠绿、婆娑起舞，全然感觉不到你们带来的快乐和悲伤，也全然感觉不到绿荫下漫步的人已换了容颜！但是，还有谁能欣赏你们呢？"

## 6

旅途中，弥漫着伤感的气氛，令人厌倦和疲乏，但在旅程即将结束时，她们被周围的乡村美景深深地吸引，因而不再忧郁和悲伤；而进入巴顿山谷后，土地肥沃，林木繁茂，牧草丰盛，秀丽的田园景色更令她们心情欢畅。沿着蜿蜒的山谷走了一英里多后，她们到达了新家，屋前是一个绿草如茵的园地，打开一道整齐的小门后，她们母女进入院里。

巴顿别墅是一个普通的建筑，屋顶铺瓦，百叶窗没有漆成绿色，墙上也没有爬满忍冬藤，作为住宅也小了一些，但规划得不错，再加上年代并不久远，修缮得很好。

一条狭窄的走廊穿过房子，通向屋后的花园，进门的两旁各有一间十六平方英尺的客厅，客厅后面是厨房、储藏室等下房以及楼梯，另外还有四间卧室和两个阁楼。与诺兰庄园比起来，房子确实简陋得多，这使她们感到了几分酸楚。不过，一进入屋内，仆人高兴地迎接主人，她们也快乐起来，每个人脸上都洋溢着欢快的神情。

九月初，正是黄金时节，秋高气爽，气候宜人，这地方给她

们留下了美好的第一印象，使她们喜欢上了这里。房子周围的环境十分幽静，两旁和后面不远处是高高的山冈，有的覆盖着绿草，有的生长着茂密的树林。巴顿村坐落在一座小山上，从别墅临窗远眺，视野十分开阔，整个山谷和远处的原野可以尽收眼底，景色十分宜人。环绕别墅的山冈阻断了山谷，不过在两座最陡峭的山冈之间出现了另一条山谷（后来得知叫艾伦罕山谷），一直延伸向远方。

达什伍德太太对房子还算满意，尽管依照她过去的生活方式，这里还需要增添不少的家具，但是这对她并不是什么烦心事，而是一种乐趣，而且她现在手里有足够的钱，可以把房子装饰得漂漂亮亮的。

"当然啦，对于我们家来说，这房子的确太小了，不过现在已是秋天，来不及改建了，等到了明年春天，如果我手头宽裕的话，可以考虑改建的事，我想一定会有钱的。我希望经常有许多朋友来这里聚会，但是这两间客厅太小了，我准备把一间客厅、走廊和另一间客厅的一部分改建成一间很大的客厅，把那间客厅剩下的部分改作前厅，再扩建一间新客厅、一间卧室和楼上的用人房，这样一来，我们的小屋就非常舒适了。我原本想把楼梯也加宽，让它看起来漂亮些，虽然这并不是什么难事，但一个人不能太贪心，一下子就想把所有的事情完成，等到明年开春的时候，我会根据手头有多少钱来制定房屋改建计划。"

达什伍德太太一生从不懂得节俭，改建计划需要的费用必须从一年五百镑的收入中节省出来，因此，其他人对此并不抱持太大希望，而是明智地对房子的现状感到满意了。她们各自忙着布置，把书和其他东西安置妥当，玛丽安的钢琴放在了恰当的位置，埃丽诺的画则挂在了客厅的墙上。

第二天早餐后不久，当她们正忙碌的时候，房东来了，他热情地欢迎她们来到巴顿，表示随时可以为她们提供家里和花园里

需要的物品。约翰·米德尔顿爵士四十岁左右，外表英俊，他以前曾去过斯坦希尔，不过那是很久以前的事了，他的三个表妹当时还很小，所以不记得他了。约翰·米德尔顿爵士和蔼可亲，言行举止就像他在信中表达的一样充满友爱，看得出来，他对她们的到来感到由衷的高兴，并且真诚地关心她们。他热切地希望他们两家人能和睦相处，并极力劝说她们在把家安顿好之前，每天到巴顿庄园吃饭。尽管他的热忱和恳求显得有些失礼，但却使她们感到温暖。他的热情并不是说说而已，他走后不到一个小时，就派人送来一大篮蔬菜、水果，天黑前又送来了野味。他还坚持要替她们传递往来邮件，并把自己的报纸每天送给她们看。

米德尔顿夫人托丈夫捎来了一个礼貌性的口信，表示准备在她们方便的时候前来拜访，她们当然也渴望见到这位给她们提供了安居之所的人，达什伍德太太立即礼貌地提出了邀请。第二天，爵士夫人就与达什伍德母女见面了。

米德尔顿夫人大约二十六七岁，身材苗条，容貌美丽，气质高雅，风姿迷人，她的举止更是得体优雅，而这正是她丈夫所缺少的，不过，如果她能像她丈夫一样坦诚和热情的话，举止会更加动人。但是，尽管她受过良好的教养，但却颇为矜持、冷淡，在整个拜访的过程中，她除了简单的问候和评论外，几乎无话可说，这令达什伍德母女对她的赞赏稍稍降低了一点。

尽管如此，两家人还是有话可说的，因为约翰·米德尔顿爵士很健谈，而米德尔顿夫人则带来了他们的大孩子，一个六岁左右的漂亮男孩，这样一来，一旦谈话陷入僵局，女士们总会找到话题的。她们一会儿问那孩子的名字、年龄，一会儿又谈论他长得如何俊美，还问他一些其他的问题，不过所有的问题总是由他母亲代为回答，因为孩子一直低着头紧靠在母亲身边，这使米德尔顿夫人十分惊讶，她不明白为什么这孩子在家里那么顽皮，而在生人面前却如此腼腆。一般来说，在正式的拜访场合，人们喜

欢带着孩子，他可以提供谈论的话题。而现在，大家花了十分钟时间谈论这孩子的长相，他究竟是像父亲还是像母亲，以及在哪些地方像哪个人，但每个人都各持己见，而且都对别人的看法表示讶异。

达什伍德母女获得了去巴顿庄园谈论另外几个孩子的机会，因为如果她们不答应第二天去庄园做客，约翰·米德尔顿爵士说什么也不肯离去。

## 7

巴顿庄园距离别墅大约半英里，达什伍德母女沿着山谷进来时曾从它旁边经过，但是，因为两栋房子中间隔着一个山冈，因此无法从别墅望见。巴顿庄园宽敞、漂亮，米德尔顿夫妇过着一种既殷勤好客又风雅的生活，约翰·米德尔顿爵士满足于殷勤好客，他的夫人则喜欢风雅。他们家里几乎总是宾朋满座，比附近任何家族的交际都多，这对他们夫妇的幸福生活来说至关重要，因为无论他们在性情和举止上有多么不同，但有一点却是相同的，那就是缺乏才能和鉴赏力，而这也限制了他们的社交范围。约翰·米德尔顿爵士喜欢打猎，但一年只有一半的时间在外面打猎，米德尔顿夫人则喜欢哄孩子，一年到头都待在家里，非常娇惯孩子们，但是，在家里和外面的社交活动却帮助他们弥补了天赋和教育上的不足，一方面使约翰·米德尔顿爵士生气勃勃，另一方面使他的妻子获得了良好的修养。

米德尔顿夫人以她家里的装饰优美、典雅而感到骄傲，每次聚会时的最大享受就是听到客人的赞赏，这让她的虚荣心得到极大的满足；而约翰·米德尔顿爵士在交际中获得的满足感就实在得多了，他喜欢一大帮年轻人聚集在身旁，他们越喧闹，他越高

兴，而附近的年轻人更因此享受到了他的恩惠：在夏天，他总是组织大家在野外举行冷餐会，吃火腿或鸡肉；在冬天，他常常举行家庭舞会，能使所有喜欢跳舞的十五岁年轻小姐感到心满意足。

每当附近搬来了一个新家庭，约翰·米德尔顿爵士总是很兴奋，而现在，他为自己的别墅找到了这样一个家庭，更让他陶醉于快乐中。三位达什伍德小姐年轻漂亮，毫不矫揉造作，颇让他欣赏，因为在他看来，年轻小姐只要不矫揉造作，只要心灵和外表一样富有魅力，就已经非常了不起了。约翰·米德尔顿爵士生性善良，对于达什伍德太太一家的不幸遭遇深感同情，因此，能够为表妹们提供便利并表示友善，使他感到由衷的高兴。

约翰·米德尔顿爵士在门口迎接达什伍德母女，真诚地欢迎她们来到巴顿庄园。在陪同她们步入客厅的路上，他提起了昨天他关切的话题，那就是不能找到几位年轻漂亮的男士来欢迎她们。今天早上，他专门拜访了好几个人家，希望能找些人来参加这次聚会，无奈正值月光皎洁的日子，大家都有约会，他希望她们能谅解，并保证这样的事以后不会再发生。他说，这里只有一位绅士，是他的好朋友，但他既不年轻又不活泼，还有米德尔顿夫人的母亲，她刚刚抵达巴顿，是个快乐、随和的人，他希望小姐们能发现，聚会并不像她们想象的那样沉闷、乏味。能够结识两位客人，几位小姐和她们的母亲已经感到心满意足，并没有其他的希求。

米德尔顿夫人的母亲詹宁斯太太是个上了年纪的胖女人，脾气温和，性格开朗，总是说个不停，看起来很开心，但也相当俗气。她的笑话不断，笑声不绝，晚餐还没结束她就已经讲了不少男女之间谈情说爱的俏皮话，还说希望小姐们没有把心留在苏塞克斯，随即又声称看见她们脸红了。玛丽安为埃丽诺感到很窘迫，于是将目光转向姊姊，看看她如何忍受这样的攻击，但是，妹妹的眼神带给埃丽诺的痛苦，远远超过了詹宁斯太太陈腐的嘲弄所给予她的痛苦。

　　布兰登上校是个沉默严肃的人，从举止上来看，他和约翰·米德尔顿爵士似乎并不适合做朋友，两人的性格没有半点相似之处。上校的外表并不令人讨厌，虽然他的五官长得不漂亮，但他的神情却富有感情，言谈举止也颇有绅士风度。当然，按照玛丽安和玛格丽特的看法，上校已年过三十五岁，这辈子只能做一个老单身汉了。

　　米德尔顿夫人态度冷冰冰的，实在令人厌恶，相形之下，布兰登上校的严肃、詹宁斯太太饶舌快活的样子倒有趣得多。看起来，米德尔顿夫人似乎只有在晚餐后见到她的四个孩子才会感到开心，这些孩子吵吵嚷嚷地跑到妈妈身边，把她拉来拖去，扯她的衣服，于是聚会的话题转移到了孩子们身上。

　　晚上，大家得知玛丽安很有音乐才华，就请她表演。玛丽安一边弹奏钢琴，一边演唱，她的歌声非常优美、动听。随后，在大家的请求下，她演唱了米德尔顿夫人结婚时带来的乐谱中的歌曲。米德尔顿夫人结婚后放弃了音乐，这些乐谱自从带到这里就摆放在钢琴上，一直没人动过，尽管据她母亲说她的钢琴曾经弹得非常出色，而且夫人也说她自己非常喜欢音乐。

　　玛丽安的表演赢得了热烈的掌声。约翰·米德尔顿爵士在每一支歌曲结束时都大声称赞，而在玛丽安演唱过程中又总是与别人大声说话。米德尔顿夫人不断告诫丈夫遵守礼貌，说她难以理解一个人怎么能从美妙的音乐中分心，而她自己却请玛丽安演唱一支刚刚才唱完的歌曲。在这些人中，只有布兰登上校没有表现出激情盎然的样子，而是专注地听玛丽安的演唱，在其他人表现出对音乐缺乏感受力的时候，上校的行为让玛丽安对他产生了敬意。当然，玛丽安同样意识到，上校毕竟是三十五岁的上了年纪的男人，对任何事情恐怕都不可能有强烈的感受，他对音乐的喜爱，虽然不像玛丽安那样达到痴迷的程度，但是与其他毫无音乐感受力的人相比，却显得十分难得，所以受到玛丽安的尊敬。

## 8

　　詹宁斯太太拥有丈夫留给她的一大笔遗产，而她的两个女儿都先后嫁给了有钱、有地位的人，因此，她在世上除了撮合年轻人的婚事之外几乎无事可做，而且乐此不疲。对于男女之间的眉目传情，詹宁斯太太有着惊人的洞察力，总是含沙射影地提到某位小姐迷住了某位男士，把年轻的小姐说得又羞又喜。凭着多年的经验，詹宁斯太太刚到巴顿后不久就断然预言，布兰登上校爱上了玛丽安。在他们第一次聚会的晚上，她看见上校听玛丽安演唱时的专注神情时，便有此猜测，后来米德尔顿一家人回访别墅时，上校以同样专注的神情听玛丽安演唱，她便更确信无疑了。自从第一次见到布兰登上校后，詹宁斯太太就急于想给他找个好太太，她认定他们会是很好的一对，因为上校有钱，而玛丽安很漂亮。

　　詹宁斯太太对这个发现很得意，总是拿他们两人开心，她在巴顿庄园取笑布兰登上校，在别墅取笑玛丽安。对于上校来说，只要她的玩笑仅仅关乎他自己，他可以毫不在乎，但是对于玛丽安来说可就完全不同了。当玛丽安搞清取笑的是什么事时，她不知道是该嘲笑其荒谬，还是该指责其无礼，因为在她看来，上校是一个上了年纪的人，这样的玩笑似乎太荒唐了。

　　上校只比达什伍德太太小五岁，因此，达什伍德太太从来没有想过，这样一个上了年纪的古板男人和自己那充满青春活力的女儿之间会有什么关系，于是断定詹宁斯太太只不过是在拿上校的年龄开玩笑。

　　"妈妈，虽然你不认为这是个恶劣的玩笑，但至少不否认它太荒谬了。上校的年纪足以做我的父亲，也许他过去曾经有过爱情，但现在一定早就没有类似的激情了。男人太可怜了，连一个年老

体弱的人都会受到嘲弄！"玛丽安说。

"体弱！你说布兰登上校吗？他的年龄是比你大得多，不过你总不能说他四肢不健全吧！"埃丽诺说。

"你没听他说自己患有风湿病？难道这不是正在衰老的人最常见的病症吗？"

"亲爱的，这么看来，你一直都在为我的衰老担心，如果我能活到四十岁的高龄，你一定认为是个奇迹了。"达什伍德太太笑着说。

"妈妈，你冤枉我了。我的意思是说，布兰登上校有可能再活二十年，但是三十五岁的年纪已经与结婚无缘了。"

"或许，三十五岁的人和十七岁的人谈婚论嫁并不太合适。但是，如果女的是二十七岁，在我看来，三十五岁的布兰登上校和她结婚就不成什么问题了。"埃丽诺说。

"我认为——"玛丽安停顿了一会儿说，"一个二十七岁的女人根本不可能爱上别人或被别人爱上，当然，如果她的家境不好，或她个人只有一点点财产，那么，为了能够成为人妻从而获得稳定的生活，她甚至可以不惜去从事护理工作，因为结婚对她来说无异于做护理人员，因此，与这样的女人结婚没什么不好的，那会是一个皆大欢喜的契约。但是，在我眼里那根本不是什么婚姻，只是一次交易，而且交易的双方都希望损人利己。"

"我知道，我不可能说服你相信，一个二十七岁的女人可以对一个三十五岁的男人产生爱情，并成为他的理想伴侣。不过，我不赞成你对布兰登上校的评论，只因为昨天（一个寒冷潮湿的天气）他感到肩膀有些轻微的风湿痛，他和他妻子就注定会永远待在病房里。"埃丽诺回答说。

"可是他谈到了法兰绒背心，在我看来，法兰绒背心总是与疼痛、抽筋、风湿及其他折磨年老体弱的人的疾病联系在一起。"玛丽安说。

"如果他只是发了一次高烧，你就不会这么不公平地评论他了。玛丽安，你知道吗，发烧时通红的脸颊、凹陷的眼睛、急促的脉搏也挺有趣的。"

埃丽诺说完这句话就走出了房间。过了一会儿，玛丽安说：

"妈妈，我的确对疾病这类事感到恐惧。我想，爱德华一定是身体不好，我们到这儿快两个星期了，他都还没来。如果不是生病，还有什么事情能让他一直待在诺兰呢？"

"你认为他会这么快就来吗？我可不这样认为。我记得，当我邀请他到巴顿做客时，他答应得有些犹豫，这件事让我有些不安。埃丽诺在盼望他来吗？"达什伍德太太说。

"我还没有和她谈论过这件事，但是我猜她一定希望他早点来。"

"我想你弄错了。昨天，我对她说起想给客房添置一个壁炉，她认为没必要，因为在一段时间内不会有客人来。"

"太奇怪了！她的话是什么意思？不过，他们两人在最后告别时态度冷淡、镇静，太让人感到莫名其妙了。在诺兰最后一天的晚上，他们之间的谈话平淡无味，道晚安时爱德华对埃丽诺和我的态度没有什么不同，只是一个慈爱的兄长对两个妹妹的美好祝福。第二天早上我们走之前，我两次故意让他们两人单独待在房间里，可是爱德华两次都紧跟着我离开了，真令人难以理解，而且埃丽诺在离开诺兰庄园时还没有我哭得厉害呢！到现在她还能控制得好好的。唉，什么时候她才会感到悲伤和沮丧呢？什么时候她才会对别人表现出烦躁和不满呢？"

## 9

达什伍德母女在巴顿定居下来，过着相当舒适的生活。在熟

悉了周围的环境后，她们恢复了在诺兰庄园时富有魅力的日常消遣活动，自从达什伍德先生去世后，她们还没有这么快乐过。约翰·米德尔顿爵士在头两个星期里每天都来看望她们，见她们总是忙忙碌碌的，甚感惊讶。

除了和巴顿庄园的人交往，达什伍德家的客人并不多。尽管约翰·米德尔顿爵士劝她们多与邻居交往，并一再保证他的马车可随时供她们使用，可是达什伍德太太一向好强，她婉言谢绝了爵士的美意，凡是步行所不能到达的人家都不造访，这样一来，她们能拜访的家庭便屈指可数，而其中有的还根本无法造访。一次，小姐们沿着蜿蜒的艾伦罕山谷散步，在离别墅约一英里半的地方，发现了一座古老气派的庄园，令她们不禁想起了诺兰庄园，因而非常渴望了解庄园的情况，后来才得知庄园的主人是个性情温和的老夫人，却不幸疾病缠身，不能与人交往，也从不走出家门。

巴顿别墅周围到处都是美丽景色，从窗子望出去，高高的山冈令人神往，每当山谷中云雾缭绕，山冈上便成为小姐们理想的散步场所。一天清晨，连续下了两天的雨终于停了，乌云中透射出缕缕阳光，玛丽安和玛格丽特再也忍受不了待在家里，向一座小山冈走去。尽管玛丽安认为天气已经晴朗，乌云很快就会从山顶散去，但是这样的天气对母亲和姊姊都没有吸引力，她们宁愿待在家里画画、看书。

两姊妹兴高采烈地登上了山冈，云层中隐约闪现湛蓝的天空，一阵西南风扑面而来，沁人心脾，她们为母亲和姊姊没能分享到这份快乐而惋惜。

"世上还有比这更美妙的享受吗？玛格丽特，我们在这儿玩个两小时再说。"玛丽安说。

玛格丽特表示同意。

她们迎着风，欢快地玩了约二十分钟。突然，天色骤变，乌

云聚集，顷刻间大雨如注。她们又惊又恼，以最快的速度往山下跑，径自向花园门口冲去。玛丽安跑在前面，不料一个趔趄摔倒在地，玛格丽特本想去扶她，但因为速度太快，停不住脚步，就直接冲到了山底。

当玛丽安摔倒的时候，一位背着猎枪的绅士正从这里经过，后面还跟着两只短毛大猎犬。他离玛丽安不过几码远，看见眼前的情景，急忙放下枪，向玛丽安跑去。这时，玛丽安已经爬了起来，但是脚扭伤了，几乎站不稳。那位绅士想要帮助玛丽安，但她却因为羞怯而谢绝了，在这种情况下，他毫不犹豫地抱起她向山下走去，穿过打开的花园门，把她抱进别墅，放在客厅的一张椅子上。

埃丽诺和母亲一见他们进来，都惊讶地站了起来，注视着那位绅士，目光中明显透着诧异和赞赏。他解释了突然闯入的原因，并请求她们原谅。这位绅士态度诚挚，举止优雅，相貌英俊，说话时的语调和措词更使他显得魅力十足。对于达什伍德太太来说，即使他又老又丑又粗俗，就凭他救助女儿这一点，也会对他充满感激，更何况还是一个英俊、文雅的年轻人，因而对他更加赞赏。

达什伍德太太再三向他表示感谢，并亲切地请他坐下来。因为浑身又脏又湿，年轻人婉言谢绝了。她询问他的尊姓大名，他说他叫威洛比，目前住在艾伦罕庄园，并希望能允许他第二天早上来看望达什伍德小姐。达什伍德太太马上答应了他的请求，随即威洛比冒着大雨告辞，这使他显得更加惹人喜爱。

威洛比的英俊相貌和优雅风度立即成为达什伍德一家称赞的话题，她们拿他和玛丽安开玩笑。玛丽安并没有看清楚威洛比的相貌，因为当她被他抱起来时已羞得满脸通红，进屋后仍然不好意思正眼打量他。不过，凭着对他的感觉，她给予威洛比最高的评价，他的风度举止简直就是她心目中理想的白马王子，尤其令她赞赏的是，他抱起她时毫不拘谨，而且行动果断，与普通人完

全不同。现在，与威洛比有关的一切都显得那么美好，他的名字很动听，他恰好住在她们非常喜欢的那座古老气派的庄园里，而且他穿的猎装是所有男装中最漂亮的服饰。她浮想联翩，整个人完全沉浸在甜蜜的回忆中，而忘记了脚踝的伤痛。

这天上午，天气才一放晴，约翰·米德尔顿爵士就来拜访她们。她们一边跟他说玛丽安的偶遇，并急切地询问他是否认识一位住在艾伦罕的威洛比先生。

"威洛比！什么，他来乡下了？真是个好消息，我明天就去他那里，邀请他星期四来吃饭。"约翰·米德尔顿爵士大声说。

"喔，你认识他？"达什伍德太太问道。

"当然！哈！他每年都会来这里。"

"那他是什么样的人呢？"

"他可是世上最优秀的年轻人，不仅是个出色的神枪手，而且还是英格兰最勇敢的骑手。"

"关于他的一切就只有这些吗？他与朋友相处得如何？他有什么爱好？有什么才干？有什么能力？"玛丽安埋怨道。

这些问题倒把约翰·米德尔顿爵士难住了。

"我对他的了解并不深，不过他的确是个开朗、温和的年轻人。对了，他还有一条我所见的最棒的黑色短毛猎犬，他今天带着它吗？"

就像约翰·米德尔顿爵士介绍威洛比的情况不能令玛丽安感到满意一样，玛丽安对那条猎犬颜色的描述也不能令爵士感到满意。

"他是怎样的一个人呢？他来自哪里？在艾伦罕山谷有房子吗？"埃丽诺问道。

关于这些情况，约翰·米德尔顿爵士倒是提供了比较确切的情报。他告诉她们，威洛比先生在附近没有产业，他只是来探望艾伦罕庄园的老夫人，他是老夫人的亲戚，是她的法定继承人。

爵士半认真半开玩笑地说："我告诉你，达什伍德小姐（指的是埃丽诺，根据英国当时的习惯，姓加小姐是对大小姐的正式称呼，二小姐以下则是称教名，或是姓加上教名），他真的是值得你设法去吸引的人，除了这里外，他在萨默塞特郡（位于英格兰西南部）还有一份属于自己的小事业。如果我是你，绝不会把他让给妹妹，尽管在山上发生了英雄救美的事情。玛丽安小姐可别想占有所有的男人，她若不注意自己的行为，布兰登上校会吃醋的。"

达什伍德太太微笑着说："我相信，我的两个女儿不会像你所说的那样去吸引威洛比先生，让他感到为难的，我教养她们不是为了做这种事。男士们和我们在一起很安全，完全不用担心失去什么，让他们永远富有吧！不过，听你说他是个值得交往、令人尊敬的年轻人，这让我很高兴。"

"我认为，他是世上最好的年轻人。"约翰·米德尔顿爵士又再次重申，"记得去年圣诞节的时候，在巴顿庄园举行了一次小型舞会，他从晚上八点一直跳到凌晨四点，没有坐下休息过。"

"真的吗？他一直表现得举止优雅、兴趣盎然吗？"玛丽安嚷道，双眼闪闪发光。

"是啊！而且早上八点钟他就起床，然后骑着马打猎去了。"

"噢，这正是我喜欢的。一个年轻男人就应该这样，无论他追求什么，始终都充满热情，并努力奋斗，乐此不疲。"

"啊！我看出来了，我看出来了，你想去引诱他，再也不会想到可怜的布兰登了。"

"约翰·米德尔顿爵士，我讨厌那些自以为是的陈腔滥调，其中最令人作呕的就是'引诱'、'征服'男人什么的，太粗俗了，真是俗不可耐。"玛丽安气冲冲地说。

约翰·米德尔顿爵士没有明白这番指责的含意，倒是开心地笑了，然后说：

"是的，无论怎么样，你一定能征服不少男人。可怜的布兰登啊！他已经遭到了沉重的打击了。不过，我告诉你，尽管发生了扭伤脚踝事件，布兰登上校仍然很值得你去追求。"

## 10

第二天一大早，玛丽安的保护神（玛格丽特对威洛比的称呼）就来到别墅拜访，基于约翰·米德尔顿爵士的介绍及感激之情，达什伍德太太以超乎礼貌的热情接待了他。而经过这次拜访，使得威洛比足以确信，他偶然结识的这家人有见识、有教养，彼此相亲相爱，生活美满、舒适，而且认为每个人都很有魅力。

达什伍德小姐皮肤白皙，容貌端庄，身材窈窕。玛丽安比姊姊更动人，身材高挑，亭亭玉立，婀娜多姿，容貌非常漂亮，即使套用人们礼貌性的赞美之词"美丽的小姐"，也不会被认为是在奉承她。玛丽安的皮肤呈橄榄色，泛着迷人的光泽，这使她的面容显得光彩夺目，她的微笑甜蜜且动人，乌黑的眼眸闪烁着光芒，透出活力、智慧和渴望，令人销魂。玛丽安想起威洛比救助自己的情形，开始时还有些难为情，不过，当她克服了羞怯、情绪镇定下来，当她发现这位具有完美教养的绅士既坦率又热情，更重要的是，当她得知他也酷爱音乐和舞蹈的时候，她向他投了一个眼神，一个饱载赞赏的秋波，于是威洛比在余下的时间里大多是和玛丽安攀谈。

只要一提起娱乐方面的事，玛丽安就开始滔滔不绝，谈起话来既不腼腆也无所顾忌。他们很快就发现，两人都喜欢音乐和舞蹈，而且看法总是一致，这让玛丽安甚感欢欣。为了进一步了解威洛比，她提到关于书的话题，并以一种狂热的感情谈起了自己最喜爱的几位作家的作品——任何一位二十五岁的年轻男士，无

论他以前是否读过这些杰出的著作，如果在听了玛丽安热情洋溢的评论后还无动于衷的话，那他一定对书籍毫无兴趣。威洛比和玛丽安有着极为相似的兴趣，两人崇拜相同的作家、相同的作品，甚至作品中相同的章节和段落，即使出现一点点不同意见，只要玛丽安略一争辩，秋波一闪，分歧都会荡然无存。可以说，威洛比被玛丽安彻底征服了，在他的拜访结束之前，他们俨然已把对方当做知己了。

威洛比刚一离开，埃丽诺说："噢，玛丽安，你表现得相当出色啊！一个上午的时间就几乎了解了威洛比先生对所有重大问题的看法。你知道了他对考柏尔和司各特（英格兰浪漫主义诗人及历史学家）的卓越才华的评价，还知道他十分赞赏波普（英格兰诗人），但是，你们这么快就把所有的话题谈完了，在以后交往过程中还有什么可谈论的呢？照此下去，下次见面他就会谈到对如画美景和再婚的看法，之后你就再也没有什么可问的了……"

"埃丽诺，你这样说公平吗？我的思想就这么贫乏吗？不过，我明白你的意思。我是太随便、太热情了，没有遵守所谓的社交礼貌，不该那么坦率，而应该缄默不语、装模作样。如果我只谈谈天气什么的，而且十分钟才开一次口，就不会受到责备了。"玛丽安嚷道。

"亲爱的，不要生气，埃丽诺只是和你开玩笑，如果她真想阻止你和我们的新朋友快乐地交谈，我也会责备她的。"听母亲这么说，玛丽安才平静下来。

威洛比的行为同样显示他很高兴与她们一家人结识，并乐意继续交往下去。他每天都来别墅拜访，起初还以探望玛丽安为借口，因为一天天受到热情款待，根本无须找什么借口了。因为扭伤的缘故，玛丽安一连几天不能出门，但是一点也没有感到厌倦，这情形从来没有发生过。威洛比年轻、英俊、有魅力，不仅思想敏捷、性格开朗，而且朝气蓬勃、感情丰富，正是玛丽安心仪的

人，再加上他们情趣相投，更使玛丽安钟情于他。

和威洛比的交往逐渐成为玛丽安的最大乐趣，他们一起读书、唱歌、聊天，乐趣无穷。威洛比具有相当高的音乐天赋，朗诵时感情十分丰富，而这正是爱德华所缺乏的。

达什伍德太太对威洛比的看法和玛丽安一致，也认为他是完美无缺的，埃丽诺也觉得威洛比没有什么不好，只是认为他从不注意谈话的场合和对象，总是高谈阔论自己的看法，这一点和她的妹妹十分相似。在埃丽诺看来，完全无视社交礼貌，轻率地发表对别人的看法，高兴说什么就说什么，这样做缺乏应有的谨慎，是不理智的，无论威洛比和玛丽安怎样为自己的行为辩解，她都不赞成。

玛丽安在此时发现，自己十六岁半时产生的绝望想法是多么的幼稚和可笑，当时她认为自己永远也不会找到理想中的完美男人，可是眼前的威洛比正是她一心渴望的白马王子，而威洛比的行为同样显示了他钟情于玛丽安，而且这种愿望十分热切。

因为威洛比前途远大，达什伍德太太心里早就在盘算着他和玛丽安的婚姻问题，而且他们认识还不到一星期，她对这件事就已经充满期待了，并暗自庆幸自己得到了爱德华和威洛比这两个女婿。

布兰登上校的朋友早就发现上校钟情于玛丽安，可是现在他们已经不再取笑他了，而是把注意力完全转移到他那幸运的情敌身上。如今，埃丽诺第一次察觉出了上校对玛丽安的感情，并不得不相信：詹宁斯太太当初为了找乐子而取笑上校对玛丽安有感情，而现在他的这种感情真的被激发起来了。在埃丽诺看来，无论性格的相似性会怎样促进威洛比对玛丽安产生爱慕之情，但是迥异的性格也并不妨碍布兰登上校对玛丽安产生同样的感情，为此她深感忧虑，因为一个三十五岁的沉默寡言的男人与一个二十五岁的活跃开朗的男人进行竞争，还能期望什么呢？她衷心希望，

即使上校无法获得妹妹的芳心，也不要因为过分痴情而受到伤害。尽管布兰登上校严肃、矜持，但是埃丽诺尊敬他，知道他是个温文尔雅的人，而他的矜持与其说是性格忧郁，不如说是某种精神压抑所致——约翰·米德尔顿爵士曾经暗示过上校以前曾受过伤害，这证明他是一个不幸的人，埃丽诺对他深表同情。

布兰登上校既不年轻又不活泼，威洛比和玛丽安对他有偏见，总是贬低他，也许正是因为上校受到了他们两人的轻视，这让埃丽诺更加尊敬他、同情他。

一天，大家一起谈论布兰登上校时，威洛比说："人人都觉得布兰登是好人，但谁也不会在意他；人人都愿意见到他，可是谁也不愿与他交谈。"

"我也这么认为。"玛丽安附和道。

"不要夸大其词，你们两人对他的看法不公平。巴顿庄园的人对他十分尊敬，而我每次见到他时都会与他交谈一会儿。"埃丽诺说。

"那是因为你体谅他的感受，那是他的荣幸，至于说到别人对他的尊敬，他们的称赞本身就是一种责备，谁会接受米德尔顿夫人和詹宁斯太太这样的女人的称赞呢？那简直是一种侮辱，只能使人不屑一顾。"威洛比响应道。

"是呀！也许像你和玛丽安这样的人诋毁布兰登，足以弥补米德尔顿夫人和詹宁斯太太对他的尊敬所带来的损失。如果说她们的称赞是责备的话，那你们的责备就是赞美了，因为她们糟糕的辨别力和你们的偏见及不公平的程度相差无几。"

"为了保护你的被保护人，你变得有些尖酸、刻薄了。"

"玛丽安，我只知道，我的被保护人是个理性的人，而我总是欣赏这样的人，即使他是个三四十岁的人。布兰登先生到过国外，见多识广，又博览群书，善于思考，他有良好的教养和聪慧的天资，教我许多知识，并且总能迅速解答我的疑问。"

"他告诉过你东印度群岛气候炎热，蚊子非常令人讨厌啦！"玛丽安轻蔑地说。

"如果我问他这样的问题，他是会这么告诉我的，不过这些事我早就知道了。"

"也许，上校跟你说过那里的富人、金币和轿子之类的事。"威洛比说。

"冒昧地说，他在那里的见闻之广是你无法想象的，可是我不明白你为什么不喜欢他呢？"

"我不是不喜欢他，我认为他是一个值得尊敬的人。没错，大家都称赞他，可是没人在意他，他几乎无所事事，有花不完的钱、用不完的时间，而且每年还添置两件新外套。"

"还有，他既没有天资，也没有情趣，更缺乏朝气，他的思想平凡，他的感情冷淡，他的声音刻板。"玛丽安大声说。

"你们的想象力也太丰富了，一下子把那么多缺点强加在他身上，相形之下，我对他的称赞就显得过分单调了。我只能说他是一个理性、有教养的人，不仅学识渊博、谈吐文雅，而且性情温和、心地善良。"埃丽诺回答说。

威洛比大声说："达什伍德小姐，你这么说完全是在否定我的看法，并让我违心地接受你的看法。但是，这是不可能的，无论你多么能说善道，我都会坚持己见，绝对不会改变看法。我之所以不喜欢布兰登上校，主要有三个理由：在我希望天气晴朗的时候，他却偏偏说要下雨；他对我的双轮马车的帷幔吹毛求疵；不管我怎么劝，他也不肯买下我的棕色母马。如果我说他除此之外在其他各方面都无可指责，能使你感到满意的话，我打算承认这一点，但如果我承认了这一点又会使自己感到难受，所以，作为交换条件，请你允许我依然像往常一样不喜欢他。"

# 11

达什伍德母女刚到德文郡的时候，根本没有想到会有这么多的约会，他们常常受到邀请，也需常常接待访客，真正属于她们的时间少得可怜。玛丽安的脚伤痊愈后，约翰·米德尔顿爵士规划的一系列室内外娱乐计划就得以展开了，巴顿庄园里一次又一次地举行舞会，甚至在阵雨频降的十月还经常进行水上活动。所有这些娱乐活动威洛比都参加了，在这种欢快的气氛中，恰好有利于他与达什伍德一家人建立起亲密的感情，使他有机会目睹玛丽安的出众之处，表达对玛丽安的爱慕之情，同时也可以让他从她的态度中了解到她是否真的爱他。

埃丽诺对威洛比和玛丽安相爱并不感到意外，只希望他们不要表现得太露骨，曾经有一两次，她忍不住提醒玛丽安要克制一些。但是，在玛丽安看来，流露真情并不丢脸，她讨厌遮遮掩掩，克制情感不仅没有必要，根本就是对世俗陈腐观念的一种屈辱的妥协。而威洛比也有同样的看法。

他们两人的行为随时可以说明他们的观点。只要威洛比在场，玛丽安的目光便投注在他一个人身上，而且认为他所做的一切都很正确，所说的一切都有道理。如果晚上打牌的话，威洛比会竭力作弊，宁可牺牲自己和其他人，也要让玛丽安拿一手好牌；如果晚上跳舞的话，他们有一半时间都一起跳，即使不得不分开跳舞，也尽可能站得近一些，而且几乎不与别人交流。这种行为当然会招来大家的嘲笑，但他们并不觉得难为情，他们根本不在乎。

达什伍德太太完全能体谅他们的感情，不打算制止他们的行为，在她看来，这不过是两个热恋中的年轻人流露爱慕之情的自然表现。

　　这是玛丽安最快乐的时候。她深爱威洛比，他的到来给她的家庭带来了无限欢乐，让她对诺兰庄园的眷念之情渐渐淡薄了。

　　但是，埃丽诺并没有这样快乐，她心绪不宁，任何娱乐和周围的人都不能让她从离别之苦中解脱，也不能使她对诺兰庄园的怀念之情有丝毫减弱。

　　詹宁斯太太是个喋喋不休的人，从一开始就对埃丽诺很友善，经常和她聊天，并把自己的过去对她反复讲了三四遍，尽管每次都有所不同。如果埃丽诺仔细听了詹宁斯太太所说的一切，记忆力又很好的话，或许她早在她们相识之初就清楚了詹宁斯先生临终时的详细病情，以及临终前几分钟对他妻子说了些什么。米德尔顿夫人沉默寡言，在这一点上她比她母亲好多了。不过，在埃丽诺看来，她的沉默并不是因为理性，而是性情冷漠，她对自己的丈夫和母亲也是一副冷若冰霜的模样，更不用说对其他人了，因此不要期望会和她亲密起来。她的冷漠是不可改变的，她的兴致如同她的冷漠性情一样是一成不变的。对于丈夫安排的各种聚会，只要办得体面、气派，两个大孩子又能陪伴她，她就不反对；但看得出来，任何事情都比不上她在家里享受儿女绕膝的快乐。当大家聚在一起谈话的时候，如果不是她关照着顽皮的孩子们，谁也不会想起她在场。

　　在所有新结识的人当中，埃丽诺觉得布兰登上校是唯一值得尊敬的人，他能激发起友情，并给朋友带来快乐，在这方面威洛比根本谈不上。埃丽诺喜欢并敬重威洛比，这是一种如姊妹般的情谊，但他一点也不在意。是啊！威洛比正在热恋中，他的眼里只有玛丽安，恐怕一个远不如威洛比随和的人反而更能使人感到愉快。遗憾的是，布兰登上校做不到眼里只有玛丽安，在受到玛丽安的冰冷对待后，他在和埃丽诺的谈话中获得了最大慰藉。

　　一天晚上，在巴顿庄园举行的舞会上，上校偶然说了几句话，这让埃丽诺猜想他正在承受失恋的痛苦，因而对他更加同情。当

时，大家都在跳舞，他们两人决定休息一下。上校凝视着玛丽安沉默了几分钟，然后带着一丝笑意说："据我所知，你妹妹不赞成第二次恋爱。"

"她的想法总是非常浪漫。"埃丽诺回答说。

"更确切地说，玛丽安认为不可能存在第二次爱情。"

"她是这么认为的，只是我不知道她怎么会有这样的想法，为什么她不想想自己的父亲，他就有过两任妻子。我想是因为她太年轻了，过几年她的想法会成熟一点，就会和大家的看法一致，也更容易被人理解了。"

"可能会吧！但是年轻人的偏见有时候挺可爱的，当他们放弃偏见而接受一般看法时，反倒教人惋惜。"上校回答道。

"我可不同意你的看法！玛丽安单纯、热情，但不能因此就掩盖个性中的不足。她的性格十分叛逆，蔑视一切社会礼貌，而我希望她在更深入地了解世事后，能够有所感悟和长进。"埃丽诺说。

过了一会儿，上校说："你妹妹对第二次恋爱都表示反对吗？她认为所有第二次恋爱的人都有罪吗？那些在第一次爱情中选择错误的人，无论是因为对方移情别恋，还是因为当时境遇的乖戾多舛，他们的余生都只能孤家寡人地度过吗？"

"噢，我不清楚她为什么有这样的看法，只知道她从不认为第二次恋爱是可以宽恕的，无论在什么情况下。"

"这种看法是不会持久的，只要有任何的变化，一种感情上的彻底变化，不！不要指望玛丽安会有这种变化。当一个年轻人沉浸于浪漫、幻想的时候，一旦被迫改变想法，脑中总是会充满各种危险的观点，这样的情况太常见了，我可是经验之谈。从前，我认识一位女士，她的性格、思想和你妹妹很相似，在思考方式和判断方法方面也很像玛丽安，但是后来她改变了想法，并非她个人因素，而是因为一连串不幸的遭遇——"

　　说到这里他突然停下来，似乎认为自己说得太多了。上校的表情使她相信他很后悔把这位女士的事讲出来，这不禁引起了埃丽诺的猜疑。其实，一点都不难想象，上校如此激动一定是让他回想起了往日的爱情。不过，埃丽诺并没多想，如果换了是玛丽安，一定会凭着丰富的想象力，立即构思出一个哀怨伤感的爱情悲剧。

## 12

　　第二天早上，埃丽诺和玛丽安一起散步的时候，玛丽安向姊姊透露了一个消息，尽管埃丽诺深知玛丽安做事不谨慎、缺乏考虑，这个消息还是让埃丽诺大吃一惊。玛丽安欣喜若狂地告诉姊姊，威洛比说要送给她一匹马，那是他在萨默塞特郡的庄园里亲自喂养的，非常适合女士骑乘。达什伍德太太从未打算养马，即使她为了女儿改变计划，那她还必须雇用一个负责遛马的仆人，并且为仆人买一匹马，更重要的是，还得新修一个马厩，而玛丽安根本没有考虑过这一切，就接受了礼物。

　　"他准备立即派他的马夫去萨默塞特，马儿来到这里后，我们就能天天骑马了。你可以和我一起骑着马四处游玩，亲爱的埃丽诺，你想象一下，在美丽的山冈上策马奔驰的快乐情景吧！"

　　埃丽诺提醒玛丽安仔细想想家里的经济状况，可是玛丽安不愿意从幸福的梦幻中清醒过来，她拒绝接受这些令人不快的事实。在玛丽安看来，母亲是不会反对她养马的，至于雇用一个仆人，那也花不了多少钱，仆人骑什么样的马也都可以，或许巴顿庄园可以提供一匹马给他用，而马厩只需要搭建一个简易的棚子就行了。随后，埃丽诺明确地向玛丽安提出了一个问题：接受一个并不了解或交往时间很短的男士所馈赠的这样一件礼物是否恰当？

玛丽安激动地说："你错了！埃丽诺，你认为我不了解威洛比，可是除了你和妈妈之外，我最了解的人就是他。我和他认识的时间的确不长，但是，决定人与人之间关系是否亲密的因素不是时间，而是性格。对某些人来说，即使认识七年也不能相互了解，而有些人则只要七天时间就心心相印了。如果我接受的是约翰送的马，我认为自己的行为没什么不妥，因为我们虽然和哥哥一起生活了许多年，可是并不了解他，而威洛比就不同了，我知道他是什么样的人。"

埃丽诺清楚妹妹的脾气，如果一味地提出反对意见，只会使玛丽安更固执己见，最理性的做法是不要直接谈及这个话题，采用旁敲侧击的办法或许效果更好。于是，埃丽诺和妹妹谈起了她们和母亲之间的深情，如果母亲因为溺爱她而同意增加这项家庭开销（这是很可能的），那么，母亲的经济状况就会变得拮据，生活也会发生诸多改变。玛丽安很快就被说服了，答应不向母亲提出要求，并在下次见到威洛比时谢绝他的礼物。

玛丽安真的信守了诺言。在威洛比来访的时候，埃丽诺听见她低声地向他表示不会接受那匹马，还表达了因为谢绝他的礼物而感到失望的心情；玛丽安也说明了改变主意的理由，使得威洛比无法再次恳求她收下礼物。威洛比不停地安慰玛丽安，话语里充满体贴和关切，最后还低声说了几句话："无论怎样，玛丽安，这匹马仍然是属于你的，我会一直喂养它，当你离开这里去建立自己的家庭时，你将成为'麦布皇后'的主人。"

埃丽诺听到了他们的谈话，她从他们所用词句、从威洛比说话的语气及称呼妹妹的教名等方面发现，他们之间的关系异常亲密，最后她确信他们已经定情终身。不过，唯一让埃丽诺感到惊讶的是，这两个性格直率、蔑视世俗礼貌的人，竟然没有公开宣布他们之间的恋情，她也是偶然发现这一秘密的。

第二天，玛格丽特向埃丽诺透露了一些事，使得他们已经定

情这件事更加明朗化。原来，前一天晚上威洛比来拜访，当时客厅里只有威洛比、玛丽安和玛格丽特三个人，玛格丽特把一切全看在了眼里。

"哎呀！埃丽诺，告诉你一个玛丽安的秘密，我敢肯定她很快就会和威洛比先生结婚了。"玛格丽特嚷道。

"自从他们在山冈上相遇之后，你几乎天天都这么说，而且在他们认识还不到一个星期的时候，你就非常肯定地说玛丽安的脖子上挂着威洛比的肖像，后来才弄清楚那是我们祖父的画像。"

"但这次是另一回事，我确信他们很快就会结婚，因为他有一绺玛丽安的头发。"

"玛格丽特，小心一点，也许那是他祖父的头发。"

"埃丽诺，那真的是玛丽安的头发，我亲眼看见他剪下来的。昨天晚上喝过茶后，你和妈妈出去了，他们马上就凑在一起说悄悄话，好像威洛比先生在向玛丽安乞求什么东西，一会儿，他就拿起剪刀剪下了长长的一绺头发，还亲吻了一下头发，然后用一张白纸包起来，放在他的皮夹里。"

玛格丽特说得这么有凭有据，使得埃丽诺不能不信，更何况这个情况和她自己所看到的和所听到的完全吻合。

玛格丽特聪明伶俐，但有时候却表现得十分笨拙，使她的姊姊陷入尴尬的境地。一天晚上，詹宁斯太太在花园突然问玛格丽特谁是埃丽诺的意中人，并表示自己一直对这件事感到非常好奇。玛格丽特一时反应不过来，看了看姊姊，竟然回答说："我不能说吧？我可以说吗？埃丽诺。"

她的话惹得大家哄堂大笑，埃丽诺也只好勉强挤出了一个笑容。埃丽诺知道玛格丽特心里确认的那个人是谁，如果玛格丽特说出来，那个人就会成为詹宁斯太太永久的谈话笑柄，而这是她无法容忍的。

玛丽安很同情姊姊，见此情景连忙出来解围，不料却帮了倒

忙。她涨红了脸,生气地对玛格丽特说:

"记住,无论你猜的是谁,你都没有权利说出来。"

"我不是猜的,是你亲口告诉我的。"玛格丽特回答道。

大家一听更乐了,热烈地怂恿玛格丽特继续说。

"哎呀!玛格丽特小姐,把所有的事告诉我们吧!那位绅士叫什么名字?"詹宁斯太太说。

"我不能说,太太,不过我知道他的名字,还知道他在哪儿。"

"是啊!我们也猜得出他在哪儿,一定是在诺兰庄园里,我敢说他是那个教区的副牧师。"

"不是!他不是牧师,他根本没有职业。"

"玛格丽特,这些都是你杜撰出来的,这个人根本就不存在。"玛丽安非常气恼地说。

"这么说,他最近去世了,玛丽安,我敢肯定曾经有过这么一个人,他的姓氏的第一个字母是 F。"

这个时候,米德尔顿夫人说了一句话:"好大的雨啊!"把话题转移开了,这让埃丽诺感激万分,尽管她知道米德尔顿夫人转移话题并不是基于对自己的关心,而是因为她不喜欢丈夫和母亲感兴趣的那些无聊的玩笑。不管怎样,米德尔顿夫人岔开了话题,布兰登上校不管在哪一种场合都非常体谅别人,他马上和米德尔顿夫人聊起了下雨的事,而且一直说个不停。这时,威洛比打开了钢琴琴盖,请求玛丽安弹奏一曲。就这样,众人结束了这个话题,但是埃丽诺的心情却仍然处于恐慌中,难以恢复平静。

当天晚上,大家商量第二天去游览距离巴顿约十二英里的惠特维尔。在过去十年中,约翰·米德尔顿爵士每年夏天至少要呼朋唤友去那里游览两次,他对那里的优美景色赞不绝口。惠特维尔属于布兰登上校的姊夫所有,主人现在国外,曾吩咐严禁任何人进入,当然布兰登上校除外,所以如果没有上校同行,谁也别想去那里游览。惠特维尔的湖光山色秀丽,大家决定带上冷餐,

乘坐敞篷马车过去，整个上午都在湖上玩。

这根本是一个大胆的计划，因为此时正值多雨时节，一连十几天都下雨。达什伍德太太因为感冒，在埃丽诺的劝说下同意留在家里。

<h1 style="text-align:center">13</h1>

去惠特维尔游览完全出乎埃丽诺的意料，但她还是做好了可能浑身湿透、筋疲力尽的准备，不过，结果比这还要糟糕，因为他们根本没去成。

尽管昨晚下了一夜的雨，早上的天气却相当清爽宜人。十点钟左右，大家齐聚在巴顿庄园，准备共进早餐后出发。此时乌云正逐渐消散，太阳时隐时现，大家兴致勃勃，对即将到来的游览充满期待。

正在吃早餐时，邮差送信来了，其中一封信是布兰登上校的。他接过信，看了看地址后，脸色大变，随即离开了餐厅。

"布兰登，怎么啦？"约翰·米德尔顿爵士问。

没人知道。

"但愿不是坏消息，不过一定是一件出人意料的事，不然布兰登上校不会没有告辞就突然离开餐厅。"米德尔顿夫人说。

大约五分钟左右，上校回来了。

"上校，不是坏消息吧？"他一进来，詹宁斯太太就开口问道。

"不是坏消息，夫人，谢谢你的关心。"

"信是从阿维尼翁寄来的吗？不会是说你姐姐的病情加重了吧？"

"夫人，信是从城里寄来的，是一封有关买卖的信。"

"如果是信，那你怎么会一接到信就感到不安呢？上校，告诉

我们吧！信里头到底说了什么事。"

"亲爱的妈妈，你在说什么呀？"米德尔顿夫人说。

"也许是说你的表妹结婚了吧？"詹宁斯太太继续追问道，毫不理会女儿的责备。

"不是，真的不是。"

"好呀！不说算了，上校，我知道是谁寄来的了，希望她一切都很好。"

"夫人你指的是谁？"上校的脸有点红了。

"啊哈！你知道我说的是谁。"

"非常抱歉，夫人，今天收到的信，是有关买卖的事，我必须马上到城里一趟。"上校对米德尔顿夫人说。

"去城里！在这个时候，什么事需要你去城里呢？"詹宁斯太太大声嚷道。

"我不得不离开，这对我来说是一种极大的损失，因为和你们在一起实在太愉快了，而让我感到不安的是，惠特维尔之旅恐怕得取消了。"

这对大家来说是多沉重的打击啊！

"布兰登先生，你写个条子给管家，是不是就可以解决问题呢？"玛丽安急切地问。

上校摇了摇头。

"我们一定要去，而且马上就去，不能延期。你今天不能去城里，你明天再去，布兰登，就这么说定了。"约翰·米德尔顿爵士说。

"但愿事情能这么容易解决，但是我的行程一天也不能耽搁！"

"只要告诉我们究竟是什么事，我们就能知道事情能不能延期了。"詹宁斯太太说。

"要不然等我们游览回来你再去城里，最多晚六个小时出发。"威洛比说。

"我一个小时也不能耽搁。"

这时，埃丽诺听见威洛比低声对玛丽安说："有些人总是令人扫兴，布兰登就是这样的人。我敢说，他是害怕感冒才想出这个把戏，我愿意用五十个畿尼（英国旧金币）打赌，那封信是他自己写的。"

"我也这么认为。"玛丽安答道。

"布兰登，我知道，你一旦下定决心，就没人能改变你的主意。不过，无论如何，我还是希望你慎重考虑一下。你想想看，两位凯里小姐是从牛顿赶来的，三位达什伍德小姐是从别墅步行来的，而威洛比先生特意比平时早起了两个小时，大家都是为了去惠特维尔啊！"约翰·米德尔顿爵士说。

布兰登上校再次表示抱歉，但同时又申明他不得不这样做。

"希望你一离开城马上来巴顿庄园，我们等你回来再去惠特维尔。"米德尔顿夫人说。

"谢谢你的体谅，夫人，不过我也不清楚什么时候能回来。"

"不行！他得回来，如果周末他都没有回来，我就去城里找他。"约翰·米德尔顿爵士大声说。

"好啊！就这么说定了，约翰·米德尔顿爵士，到时候你就可以知道他究竟在干什么了。"詹宁斯太太嚷道。

"我并不想去打听别人的事，我想那可能是令他难堪的事。"

这时，布兰登上校的马已经备好了。

"你打算骑马进城？"约翰·米德尔顿爵士问。

"我只骑到霍尼顿，然后乘邮车去。"

"好吧！既然你执意要走，我只好祝你一路顺风。当然啦，如果你能改变主意是再好不过了。"

"请恕我无能为力！"

然后，上校与大家一一告别。

"达什伍德小姐，今年冬天我有幸在城里见到你和你的妹妹

们吗?"

"恐怕没办法。"

"这么说来,我们分别的时间会比较长了,再见。"

他向玛丽安鞠了一躬,什么也没说。

"嗨,上校,临走之前请把你走的原因告诉我们吧!"詹宁斯太太说。

上校对她说了声"早安",然后由约翰·米德尔顿爵士陪同走出了房间。

刚才基于礼貌,大家一直压抑着内心的不满,上校刚一离开,房间里便嘈杂起来,他们把抱怨和懊恼全都发泄了出来。

"尽管他没说,但我猜到他干什么去了。"詹宁斯太太得意地说。

"真的吗?夫人。"大家异口同声地问道。

"我相信事情一定和威廉斯小姐有关。"

"威廉斯小姐是谁?"玛丽安问。

"你连威廉斯小姐是谁都不知道吗?我还以为你听说过!她是上校的一个近亲,一个血缘关系很近、很近的亲戚。喔!我不想说出他们的关系有多近,免得吓坏了小姐们。"

接下来,她稍稍压低了音量,对埃丽诺说:"她是他的亲生女儿!"

"什么?"众人大吃一惊。

"噢,你们一见到她就知道了,她长得太像上校了。我敢说上校一定会把所有的财产都留给她。"

约翰·米德尔顿爵士回到餐厅,对不能去惠特维尔惋惜了一番,然后提议——既然大家都聚在一起了,就应当找些开心事来做。经过商议,大家决定乘坐敞篷马车到野外散心,并吩咐立即准备马车。威洛比乘坐第一辆,当玛丽安跨上车时,表现出了从未有过的快乐。威洛比赶着马车飞快地穿过庄园,转眼间就消失

得无影无踪，之后再也没有人看见过他们，直到大家都返回后，他们才迟迟归来。看得出来，两人对这次马车游历都很开心，但他们却淡淡地说，当大家往山冈上去的时候，他们一直在小路上兜风。

为了弥补不能去惠特维尔的遗憾，大家决定开开心心地过一天，一致同意晚上举行一场舞会。晚餐的时候，凯里小姐家又来了几个人，这样就有将近二十人共进晚餐，约翰·米德尔顿爵士简直乐坏了，这正是他最喜欢的景象。像往常一样，威洛比坐在埃丽诺和玛丽安之间，詹宁斯太太坐在埃丽诺的旁边。他们坐下才一会儿，詹宁斯太太就从威洛比和埃丽诺身后探出身子，用两人都能听见的声音对玛丽安说：

"尽管你们耍了花招，但我还是知道你们上午去哪儿了。"

玛丽安的脸一下子红了，急忙问道："去哪儿了？"

"你难道不知道，我们乘坐我的马车出去了？"威洛比接过话对詹宁斯太太说。

"鲁莽先生，我很清楚。希望你喜欢'你的庄园'，玛丽安小姐。那里的房子非常宽敞，将来我去拜访你的时候，希望你已经把它重新装饰过，因为我六年前去的时候，那里的家具陈设实在太旧了。"

玛丽安窘迫不已，慌忙转过头去，詹宁斯太太开心地大笑起来。埃丽诺发现，詹宁斯太太为了弄清两人的行踪，已经仔细询问过威洛比的马夫，才得知他们去了艾伦罕庄园，先是在花园里散步，然后参观了整幢房子。

埃丽诺几乎不敢相信这是事实。玛丽安与史密斯太太并不认识，当她在家的时候，在没有接到她的邀请的情况下，玛丽安竟然去了她的庄园！可是，看起来威洛比不可能提出这样的建议，玛丽安也不可能同意。

她们刚一离开餐厅，埃丽诺就问玛丽安究竟是怎么一回事。

在震惊之余，埃丽诺对此仍然表示了怀疑，但是玛丽安对姊姊不肯相信这件事感到很不高兴。

"你怎么认为我们没去那里？埃丽诺，你不是也常想去那里看看吗？"

"是没错，玛丽安。但是，当史密斯太太在家的时候，如果除了威洛比先生以外没有别的同伴，我是不会进去的。"

"威洛比是唯一有权利带我去看那座庄园的人，而且我们乘坐的是敞篷马车，只能坐两个人，不可能有别的同伴。啊！我有生以来从来没有过比这更快乐的上午。"

"我认为，做一件事情所感到的快乐并不能证明这么做是合适的。"埃丽诺说。

"恰好相反，我认为这才是最有力的证明，埃丽诺。人们在做错事的时候总会有所意识，如果我的所作所为中有什么不合适之处，那我当时就会感觉到，就不可能感到快乐了。"

"亲爱的玛丽安，既然人们已经在议论这件事，难道你还没有意识到自己的行为有失谨慎吗？"

"如果詹宁斯太太的议论就能证明我的行为不合适，那么，我们的生活中时时刻刻做的事都是错误的。对于我来说，既不会在乎詹宁斯太太的称赞，也不在意她的责备。我不觉得在史密斯太太的花园里散步或参观她的房子有什么错，而且这些花园和房子有朝一日都会属于威洛比先生，而……"

"玛丽安，即使这一切有朝一日属于你，也不能证明你今天做的事是正确的。"

姊姊的话所暗含的意思让玛丽安的脸一下子变得绯红，但她显然对这种说法感到满意，在思考了十多分钟后，她走到姊姊身旁，态度温和地说：

"也许我去艾伦罕庄园有失谨慎，但是威洛比先生非常希望我去那里看看。那座庄园真是太漂亮了，尤其是楼上的一个客厅，

宽敞而舒适，十分雅致，如果再配上新式家具，一定会焕然一新。这个客厅刚好在拐角处，两堵墙上都有窗户，从一边望去，可以看见房子后面的滚球场外一片美丽的树林，从另一边远眺，可以看见教堂和村庄，远处还有令我们常赞叹不已的层峦叠嶂的群山。当然，我并不认为这座庄园就完美极了，因为那些家具摆设实在是太旧了，如果配上新式家具——威洛比说，大约花费两三百镑，它就会成为英格兰最令人愉快的避暑胜地之一。"

如果没有别人打扰，如果埃丽诺有耐心一直听她讲下去，玛丽安会兴致勃勃地把艾伦罕庄园的每个房间逐一描绘一番。

## 14

詹宁斯太太是个好奇心很强的人，对所认识的每一个人都充满兴趣，布兰登上校突然离开巴顿庄园，又不肯说明原因，自然会引起她的好奇，两三天来她一直都在琢磨这件事。她确信上校一定收到了坏消息，并想遍了上校可能遭遇的种种不幸，还认定他难以摆脱这些困境。

"一定是件非常麻烦的事，我从上校的脸色看得出来，可怜的人！我想他的处境可能不太妙。他的哥哥不擅经营，他每年最多只能从德拉福特产业中获得两千镑的收入，我确信他离开一定是为了钱财的事，否则还会有什么事呢？不过，情况是不是这样，我会想办法弄明白。也许是与威廉斯小姐有关的事——我敢肯定与她有关，因为当我提到她的时候，上校显得很不自然。可能是她生病了，我想可能是这码事，因为她一向体弱多病。好啦，我敢打赌，他离开一定与威廉斯小姐有关。现在看来，上校不大可能陷入经济困境中，他是个精明的人，一定早就把产业管理得很好了。唉，真不知道究竟是怎么一回事！也有可能是他姊姊的病

情加重了，他那样匆忙动身，看起来很像是这样。喔，我祝他摆脱所有的不幸，并娶到一个好妻子。"

詹宁斯太太就这样胡乱猜测着，而且认为自己的每一种想法似乎都有可能。埃丽诺虽然也关心布兰登上校，但是她不像詹宁斯太太那样妄加猜测，她认为这么做很失礼，而她的大部分心思都放在妹妹和威洛比身上。让埃丽诺越来越觉得奇怪的是，妹妹和威洛比一直表现得十分亲密，却对他们之间的关系保持着一种异乎寻常的缄默，而这与他们的性情完全不符，她无法理解他们为什么不公开承认相爱的事。

埃丽诺随即想到，其中的原因可能是他们根本不可能马上结婚，因为威洛比并不富有，尽管他在经济上是独立的。按照约翰·米德尔顿爵士的估计，威洛比的产业的年收入大约有五六百镑，但是他的生活花费太大，连他自己也经常抱怨收入太少，根本入不敷出。但是，令埃丽诺难以理解的是，如果他们订婚了却保守秘密就很不正常，以至于怀疑他们之间是否存在婚约，因而不便询问妹妹什么。

威洛比的行为举止表现出他对达什伍德母女充满感情，对于玛丽安，他表现的是一个真心爱人的无限柔情，对于其他人，他表现的是作为儿子、兄弟的深切关怀。他似乎已经把别墅当成自己的家一样热爱，在这里消磨的时光比在艾伦罕庄园要多得多，如果巴顿庄园没有聚会，那么他早上外出活动的终点几乎就是在这里，然后一整天陪在玛丽安身旁，而他心爱的猎犬则趴在玛丽安的脚边。

有一天晚上，达什伍德太太无意间谈到准备在春天改建别墅，威洛比对此坚决地表示反对，爱情已让他觉得这里的一切都是那么完美无缺了。

他不禁叫起来："什么？改建这栋可爱的别墅？不行！我绝不同意，如果你尊重我的感情，就不要添一块砖，或扩大一英寸。"

　　"别紧张，不可能发生这样的事，我母亲永远没有足够的钱来改建房子。"埃丽诺说。

　　"太好啦！如果有钱却派不上好用场，却把它用来改建别墅，我倒宁愿她永远没钱。"威洛比嚷道。

　　"谢谢你。你放心，我不会做任何伤害你的事，也不会做出伤害我所喜爱的人的事，相信我，到了春天清理账目后，即使剩下一大笔钱，我宁可放在那儿不用，也不会拿来做让你感到痛苦的事。不过，你真的这么喜爱这个地方，完全没看到它的缺点吗?"

　　威洛比说："在我眼里它是十全十美的，而且它是唯一能够让我感到幸福的建筑，如果我有钱，我会马上把我在库姆的房子推倒，在那里建造一座和这里一模一样的别墅。"

　　"那你在库姆的房子也会有一个又黑又窄的楼梯和一个烟气熏人的厨房。"埃丽诺说。

　　威洛比激动地说："没错，一切都要一模一样，无论是便利的还是不便利的地方，都不能有丝毫不同。到那时，只有到那时，住在这样的房子里，我在库姆才会感到和在巴顿一样快乐。"

　　埃丽诺回答说："我想即使你住在房间更好、楼梯更宽的房子里，将来也会觉得你自己的房子是十全十美的，就像你现在觉得这座别墅是十全十美的一样。"

　　威洛比说："是啊！从某种角度来说，我可能很喜欢自己的房子，不过这里将永远有值得我喜爱的地方，这是别处无法比拟的。"

　　达什伍德太太高兴地望着玛丽安，看见她那双漂亮的眼睛正含情脉脉地凝视着威洛比，清楚地表示她完全明白他话中的含意。

　　威洛比接着说："我去年来艾伦罕庄园时，多希望巴顿别墅有人住啊！每当我经过这里时，总是对它所处的优美环境赞叹不已，同时又为没有人住而惆怅。当我这次来到艾伦罕时，没想到从史密斯太太那儿得到的第一个消息竟然是别墅租出去了，我的第一反应是满意和兴奋。我之所以有这种感觉，是我的直觉告诉我，

我将从中获得幸福，难道不是吗？玛丽安！"

最后一句他是压低声音对玛丽安说的，接着他又用原先的语调说：

"可是，你想毁掉这幢房子吗？达什伍德太太，这么做只会让它失去自然淳朴的美。这个小客厅真是太可爱了，我们初次见面就是在这里，而且还在这里共度了许多美好时光，但你却想把它变成一个普通的门廊，让人人都从这里穿行。在我看来，这个客厅让人感到既舒适又自在，比我所见到过的最漂亮的客厅更棒。"

达什伍德太太再次向他保证，绝不会改建别墅。

威洛比高兴地说："你真是太好了！你的保证让我放心许多了，不过，如果你能再做出一些承诺，我会更开心。请你答应我，不仅别墅不会改变，而且你和你的女儿们也会和这座别墅一样永远不变，你将永远亲切地对待我，而你的爱会让我对属于你的一切都感到格外亲切。"

威洛比的请求得到了达什伍德太太的允诺，所以整个晚上他都沉浸在爱情和幸福之中。

"明天来吃晚饭好吗？上午我们要去巴顿庄园拜访米德尔顿夫人。"威洛比告辞时达什伍德太太说。

大家约定第二天下午四点见。

## 15

第二天，达什伍德太太去拜访米德尔顿夫人，埃丽诺和玛格丽特一起去了巴顿庄园，而玛丽安找了借口说不去，独自留在家里。达什伍德太太心里非常高兴，因为她断定，昨晚威洛比和她一定约好了，趁她们不在家时来看她。

当母女三人从巴顿庄园回来时，看见威洛比的马车和仆人停

在别墅旁，达什伍德太太更加坚信自己的猜测，但是进屋后见到的情景却出乎意料。她们一走进屋子，就看见玛丽安一边匆忙走出客厅，一边用手帕擦眼睛，表情极度痛苦，以至于没有注意到她们已经回家了。达什伍德太太和埃丽诺惊讶万分，急忙走进客厅，看见威洛比背对她们靠在壁炉一边的墙上。听见她们进来，威洛比转过身，他的神情也和玛丽安一样痛苦。

"出了什么事？玛丽安病了吗？"达什伍德太太大声问道。

威洛比勉强笑了一下回答说："但愿她没有生病，倒是我要生病了，因为我现在非常沮丧。"

"沮丧？"

"因为我不能与你们朝夕相处了。今天早上，史密斯太太仗着钱势，居然指使起一个依赖他们的穷亲戚，她派我到伦敦去帮她处理紧急事务。我一接到吩咐就离开了艾伦罕庄园，赶到这里来向你们告别。"

"去伦敦？今天上午就走吗？"

"马上就要走。"

"太遗憾了。她的命令也实在无法违抗，史密斯太太一定很感激你，希望我们不会分别太久。"

威洛比的脸涨红了，说："你真是太仁慈了。我想，恐怕我无法很快就回到德文郡，因为我在一年之中从来不会有第二次的机会拜访史密斯太太。"

"难道史密斯太太是你在这里的唯一朋友吗？难道这里只有艾伦罕庄园欢迎你吗？你真丢脸！难道你还要等我们邀请吗？"

听达什伍德太太这么一说，威洛比的脸涨得更红，双眼盯着地板，只是嗫嚅着说：

"你人太好了！"

达什伍德太太惊讶地看看埃丽诺，埃丽诺同样感到惊讶。沉默了几分钟之后，达什伍德太太先开口说了话：

　　"我只想补充一句，亲爱的威洛比，巴顿别墅永远欢迎你。还有，我不会恳请你马上回到这里，因为只有你才知道怎样做可以让史密斯太太高兴，关于这一点我既不会怀疑你的愿望，也不会怀疑你的判断力。"

　　威洛比尴尬地回答："我目前的处境其实是……以至于我……我不敢自作主张地……"

　　威洛比没有继续说下去，此刻达什伍德太太已经惊讶得说不出话来，大家又一次陷入沉默之中。最后，威洛比打破了沉默，勉强挤出一点笑容，并说：

　　"继续拖下去是不理智的。既然我现在已经不可能享受到与朋友交往的快乐，还不如离开这里，免得受折磨。"

　　他说完后便匆忙告辞，跨进马车，眨眼间马车就从她们的视线中消失了。

　　达什伍德太太感觉心乱如麻，什么话也不想说，疾步走出客厅。威洛比的突然离去令达什伍德太太感到担忧和惊讶，不由自主地陷入沉思之中。

　　埃丽诺的担忧并不亚于母亲，想到刚刚发生的事，她既焦急又充满疑惑。威洛比告别时神态窘迫、强装笑脸，更重要的是，他不愿意接受她母亲的邀请，这种迟疑的态度不仅完全不像一个热恋中的人，而且与他的性格截然不符。埃丽诺深感不安，开始胡乱猜测起来，一会儿想到也许威洛比从来不曾有过认真地和妹妹恋爱的打算，一会儿又想到也许是他和妹妹之间发生了争吵，可是玛丽安非常爱威洛比，不可能发生争吵；不过，玛丽安走出客厅时表情看起来是那么痛苦，他们之间又很像发生过激烈的争吵。

　　无论他们分别的原因是什么，妹妹的痛苦的确是存在的，这让埃丽诺不由得担心起来，因为以玛丽安的性格，深陷悲伤中不仅可能无法减轻痛苦，反而会使她的痛苦加剧。

大约半个小时左右，达什伍德太太回到客厅，两眼通红，但是神情平静。

"亲爱的威洛比现在离开巴顿好几英里远了，埃丽诺，他离开这里时心情多么沉重啊！"她一边坐下做针线活儿，一边说。

"他就这么突然走了，太奇怪了！一切看起来就像是刹那间决定的事。昨晚他和我们在一起时不是还那么幸福、那么快乐吗？可是现在，他在接到吩咐十分钟后就离我们远去，而且还不打算回来，一定发生了什么事，只是他没有告诉我们。他的言谈举止都很反常，不像是装出来的，我想你也一定看出来了。究竟发生了什么事呢？是他们吵架了？是什么事使得他不愿接受你的邀请呢？"埃丽诺说。

"埃丽诺，他并不是不想接受邀请，这一点我看得很清楚，而是他对此无能为力。我把事情的前前后后仔细思考了一番，完全可以解释我们之前都感到奇怪和惊讶的所有事情。"

"真的吗？"

"是的，我的分析有根有据、合乎情理。你是个猜疑心很重的人，我知道我的看法无法让你满意，但是你也别想说服我放弃这种看法。我相信，史密斯太太怀疑威洛比和玛丽安在谈恋爱，可是她并不赞成，也许她为威洛比另有考虑吧，所以急于让他离开这里，而派他去办事不过是个借口。威洛比也意识到史密斯太太不赞成这门亲事，因而一直没有向她承认他和玛丽安的婚约，他又是处于依赖她的地位，所以不得不听从她的安排，因此决定离开德文郡一段时间。我知道，你会对我的说法有意见，但我不想听你那吹毛求疵的评论，除非你能解释得同样合情合理。埃丽诺，你有什么想法？"

"没有，因为你已经预料到我会回答什么了。"

"你会对我说，也许是这样，也可能是那样。噢，埃丽诺，你真是让人难以理解啊！你宁愿往坏处想，也不愿往好处想，你宁

愿认为威洛比有错，让玛丽安陷入不幸之中，也不愿替威洛比辩护。你之所以执意认为威洛比应该受到责备，只是因为他与我们告别时没有表现出像平常那样的深情，难道你就不能体谅他一下吗？那可能是因为一时疏忽，或是因为这个突发事件让他的情绪沮丧万分所造成的吗？只是因为这些可能性没有得到证实，你就完全排除它们吗？我们有无数理由去爱威洛比，却没有任何理由认为威洛比不好，难道你完全没有考虑到这一点吗？还有，虽然他没有解释离开的原因，可能是有不便说明的苦衷，你究竟猜疑什么呀？"

"我也说不清楚。我们都看见了他刚才反常的言谈举止，让人无法不怀疑一定发生了什么不愉快的事，不过，你极力主张谅解他，你的分析也很有道理。我希望公正地评断每一个人，相信威洛比这么做是有他的理由的，但是，如果他把离开的原因解释清楚，就更符合他的性格，而他却保持沉默，这是最让我感到奇怪的。"

"不要因为他的行为与他的性格不符而责备他，不过，你真的认为我的分析是合情合理的吗？我很高兴，这说明你也认为他没有什么罪过。"

"并非完全如此。向史密斯太太隐瞒他们的婚约（如果他们确实订婚了的话），也许是明智的，如果真是这样，威洛比离开德文郡一段时间倒不失为权宜之计，但是，这并不能成为他和玛丽安对我们隐瞒事实的理由。"

"隐瞒我们？亲爱的，你是在责备威洛比和玛丽安吗？你平时责备他们举止张扬，行为缺乏谨慎，现在又责备他们隐瞒事实，真是太过分了！"

"我确定他们在恋爱，但是他们是否订婚我可没有证据。"埃丽诺说。

"我都坚信不疑。"

　　"但是，关于婚约的事，他们两人都没有向你提起过呀！"

　　"根本无须什么语言，他们的行动已经证明了这一点。至少在过去的十四天里，威洛比对玛丽安和我们的态度，不是已经显示他把玛丽安当做未婚妻来爱吗？不是已经显示他把我们当做亲人爱吗？他的目光、殷勤，不是每天都显示他是在征求我的同意吗？面对这些现象，难道你还对他们的婚约表示怀疑吗？你怎么会有这种想法呢？既然我们都确信威洛比是你妹妹的情人，那怎么会认为他离开前不对她倾吐衷肠、不与她订立婚约就分别了呢？他可能一别就是好几个月呢！"

　　埃丽诺答道："是啊！所有的现象似乎都显示他们已经互定终身了，只有一点无法说明，那就是他们两人都不谈这件事，在我看来，这比任何情况都重要。"

　　"多奇怪啊！在他们两人公开地做出那么多亲密行为后，如果你还要怀疑他们之间的关系的话，那威洛比在你心目中一定是个道德败坏的人。难道这一段时间里他对你妹妹的举动都是假的吗？难道你认为他对玛丽安是虚情假意吗？"

　　"我不这么认为，我相信他一定爱玛丽安，一定很爱！"

　　"但是，如果他就像你所说的那样毫不介意就离开玛丽安的话，那么，他表达爱情的方式也太奇怪了。"

　　"请记住，亲爱的妈妈，我从来就没有肯定地认为他们已经订婚了，我的怀疑是有理由的。不过，现在这些都不重要了，如果我们发现他们通信的话，我的种种疑虑就会烟消云散。"

　　"哎呀！你可真会假设呀！如果你看见他们站在圣坛前海誓山盟，就会认为他们要结婚了！你这冷酷的丫头！我可不需要这样的证据。在我看来，没有什么事是值得怀疑的，他们做事一向坦荡，毫不遮掩，不会故意隐瞒我们什么。我想，你不会怀疑你妹妹，你怀疑的一定是威洛比，为什么？难道他不是个有名誉和感情的人吗？难道他有过见异思迁的举动吗？难道他是虚情假意

的吗?"

埃丽诺大声说:"我希望不是,我也相信不是!我非常喜欢威洛比,怀疑他的诚实同样让我痛苦,而且我的痛苦绝不亚于你,只是我的怀疑是不知不觉产生的。可是,他今天上午的反常态度确实让我吃惊,他所说的话简直不像是他说的,而且对于你慈爱的邀请,他没有半点接受的诚意。不过,依你对他的处境的判断来看,这一切都可以得到合理解释,因为他刚刚和玛丽安告别,也看见她痛苦不堪的模样。但是,如果他为了不冒犯史密斯太太,在短时间内根本不可能回到这里,同时,如果他觉得拒绝你的邀请会被我们认为是一个品行卑劣的人,又会使他感到窘迫不安,那么,在此情况下,我认为他完全可以坦白地承认他的困境,这样做更大方,也更符合他的性格,我们也会谅解他。我不是一个心胸狭窄的人,不会因为别人与我的看法有分歧,或别人的行为前后不一致,就妄加猜测和诋毁。"

"你说得好,我们的确不应该怀疑威洛比。虽然我们和他认识的时间不长,但他每年都来这里,周围的人对他都很熟悉,又有谁说过他的坏话呢?在我看来,如果他可以自己做主马上结婚的话,而他却不向我们显示他们的婚约就一走了之,那他就值得怀疑,但情况并非如此。从某些方面看来,他们的婚约一开始就不顺利,因为什么时候结婚不是他们所能掌控的,婚期根本就遥遥无期,所以没有对任何人说,他们现在这么做应该是对的。"

玛格丽特走了进来,打断了她们的谈话。埃丽诺仔细思考了一番母亲的话,承认有些说法的可能性是存在的,并希望母亲的分析都正确。

晚饭的时候,玛丽安出现了,之前她们一直没有看见她。她一言不发地坐在餐桌旁,两眼又红又肿,看起来仿佛竭尽全力才抑制住了泪水。她避开母亲和姊妹们的目光,既不吃饭,也不说话。过了一会儿,当母亲温柔地默默抚摸她的手时,玛丽安再也

控制不住了，泪水夺眶而出，站起来跑了出去。

　　整个晚上，玛丽安都处于极度的悲痛之中，她无法抑制自己
的情感，也根本没有想过要去抑制。尽管全家人都很焦急，并尽
力安慰她，但是只要她们一说话，不可能完全避免谈到玛丽安和
威洛比之间感情的话题，而每当有人稍微提到一点与威洛比有关
的事，她马上就崩溃了。

## 16

　　与威洛比分别的当天晚上，如果玛丽安睡得着的话，她会认
为自己是不可原谅的；而如果她第二天起床时不比上床时更需要
睡眠的话，那她会觉得自己无颜见家人。正是因为玛丽安把抑制
痛苦视为丢脸的事，所以她根本无法平静下来，整夜都没合眼，
并且绝大部分时间都在哭泣。起床时，她头痛、声音嘶哑得说不
出话来，既不想吃东西，也不接受母亲和姊妹们的劝解，这使她
们更难过。玛丽安的悲伤之强烈超乎寻常！

　　早饭过后，玛丽安独自走出家门，在艾伦罕山谷徘徊，一会
儿沉浸在对往日的欢乐回忆中，一会儿又为现实的不幸而大声
痛哭。

　　晚上，玛丽安依然沉溺于失恋的悲情中，她弹奏了时常给威
洛比演奏的每一首旋律，以及他们同声歌唱的每一首歌曲，然后
坐在钢琴前凝视着威洛比为她抄写的乐谱，直至痛苦得无法自持。
就这样，玛丽安陷入悲伤中不能自拔，总是一连几个小时坐在钢
琴前，又唱又哭，常常泣不成声。她从书籍中得到的痛苦和从音
乐中得到的难过是一样的，因为她阅读经常和威洛比一起读的书。

　　这样强烈的痛苦不可能长久持续下去。几天之后，玛丽安渐
渐平静了下来，变得十分忧郁，但是，在独自散步和沉思中，她

每天都会回想那些事情，仍然不时会感受到和往日一样强烈的痛苦。

威洛比没有来信，玛丽安似乎也没有盼望收到他的信，达什伍德太太对此感到很奇怪，埃丽诺也变得不安起来。不过，达什伍德太太对什么事情总是能找到解释，至少这些理由可以安慰她自己。

"想想吧！埃丽诺，我们的信件通常都是由约翰·米德尔顿爵士传递，既然我们认为他们要保守婚约的秘密，那么，如果约翰·米德尔顿爵士看到他们的信件，秘密就会尽人皆知了。"

埃丽诺不否认母亲的说法是对的。但在她看来，找到他们保持沉默的原因才是最重要的，采取直截了当的办法就能弄清真相，消除困扰他们多日的疑团，于是她向母亲提出了建议。

"你为什么不马上问问玛丽安，问她是不是和威洛比订婚了？你是她的母亲，又非常疼爱她，提出这个问题并不唐突。另外，玛丽安从来都不隐瞒什么，对你尤其如此。"

"我是绝对不会去问她的。如果他们没有订婚，这个问题会使玛丽安受到多么大的打击啊！无论如何，这么做最不应该了。我了解玛丽安，知道她很爱我，如果她愿意说出真相，绝不会最后一个告诉我。我不会强迫任何人说出不愿意告诉别人的事情，更不会强迫自己的孩子，因为如果我去问她，基于做女儿的义务感，会使她不得不说出她想要拒绝的事。"

埃丽诺认为妹妹还很年轻，母亲不应该过于放任，于是一再劝说母亲去问玛丽安，但无济于事。这个时候，达什伍德太太满脑子都是溺爱和信任的想法，完全失去了一般人具备的理智、关心和谨慎。

几天过去了，家里没有人在玛丽安面前提起威洛比的名字，但是约翰·米德尔顿爵士和詹宁斯太太却并不那么体贴人，他们的俏皮话使达什伍德母女备受痛苦的煎熬。不过，有一天晚上，

达什伍德太太偶然拿起莎士比亚的一本书，说：

"我们还没读完《哈姆雷特》呢！玛丽安，亲爱的威洛比没等我们读完这本书就走了。好吧！先把它放一边，等他回来时……但是可能要等好几个月呢！"

玛丽安异常惊讶地叫道："好几个月？不！几个星期都不需要。"

达什伍德太太马上为自己说出的话感到内疚和抱歉，可是埃丽诺却很高兴，因为从玛丽安的回答中透露出她对威洛比的信任，并显示她了解他的想法。

大约在威洛比离开一个星期后，一天早上，玛丽安终于愿意与姊妹们一起去散步，而不是独自出去。迄今为止，玛丽安散步时总是尽量避开他人，如果姊妹们打算往山冈上去，她就朝小路上走，如果她们打算往山谷去，她就朝山冈上走。埃丽诺竭力反对妹妹这种不与人交往的做法，在她的努力下，玛丽安最终还是被说服了。三姊妹沿着山谷走去，大部分时间都沉默不语，一方面是因为玛丽安回想着往事，另一方面是因为埃丽诺已经说服玛丽安一起散步，实现了一个目的，所以不想多说什么，以免操之过急。散步到山谷口，这里看不到深秋季节的荒凉，广阔的田野土地肥沃，一条路一直延伸到远方——达什伍德一家人就是沿着这条路来到巴顿的。她们以前散步从未来过这里，于是停下来四处眺望，仔细欣赏着山野景色。

不久，她们发现远处一个男人策马飞驰而来，几分钟后判断出是一位绅士，此刻玛丽安欣喜若狂地大声叫喊起来：

"是他！是他！我知道是他！"说着急忙向前奔去。

这时，埃丽诺喊道："玛丽安，你看错了，那个人不是威洛比，他没有威洛比高，也没有他那样的风度。"

玛丽安嚷道："有！他有！你看他的气质、衣服、马，我敢肯定是他！我早就知道他会很快就回来。"

玛丽安一边说一边往前走，而埃丽诺几乎可以肯定那人不是威洛比，为了能在尴尬的情况下帮玛丽安打打圆场，她快步追了上去。当距离那位绅士不到三十码时，玛丽安看清楚了来人的面貌，心陡然沉下来，立即转身想往回走，这时，只听见姊姊和妹妹高声喊她站住，与此同时，一个熟悉的男声传来，也请求她止步。玛丽安惊讶地转过身一看，原来是爱德华·费拉尔斯。

此时此刻，爱德华是世上唯一一个因为他不是威洛比而能够得到原谅的人，也是唯一能够博得玛丽安一丝笑意的人。玛丽安忍住了眼泪，姊姊也因此感到高兴，失望的心情平复了许多。

爱德华跳下马，和她们一起步行回巴顿别墅，他是专程来此拜访她们的。

三姊妹很热情地欢迎了爱德华，尤其是玛丽安，甚至比埃丽诺还要热情。不过，在玛丽安看来，爱德华和姊姊见面之后，他们之间依然保持着像在诺兰庄园时的冷淡态度，尤其是爱德华，没有表现出一个恋人应有的目光和言谈举止。他很拘谨，少言寡语，似乎见到她们并不感到快乐，对埃丽诺也没有流露出特别的柔情。玛丽安看着这样的情景，越来越感到惊讶，几乎开始有点厌恶爱德华了，不过她的心思很快又回到了威洛比身上，威洛比和爱德华的言谈举止和风度气质形成了鲜明的对比。

一阵寒暄后，气氛沉静了一会儿，然后玛丽安问爱德华是不是直接从伦敦来的，他回答说已经在德文郡待了两周了。

"两周！"玛丽安惊讶万分，感到难以理解。

爱德华与埃丽诺相距这么近，竟然一直没来看望她。

爱德华愁容满面，说自己一直在普利茅斯附近，与几位朋友待在一起。

"你最近去过苏塞克斯吗？"埃丽诺问。

"大约一个月前去过诺兰庄园。"

"啊！我们亲爱的诺兰庄园现在是什么样子？"玛丽安嚷道。

"我想，亲爱的诺兰庄园大概和它每年的这个时节一样——树林里、小路上铺满了枯萎的树叶。"埃丽诺说。

玛丽安叫起来："噢！那个时候，每当看着树叶飘零，我的心情是多么激动啊！我一边散步，一边欣赏着落叶在秋风中纷纷扬扬，多么惬意啊！那里秋天的景色太美了，多令我陶醉、迷恋啊！如今，再也没有人去观赏落叶了，它们只会被看做讨厌的东西，迅速地被一扫而光。"

"不是每个人对于落叶都怀有和你一样的感情。"埃丽诺说。

"没错，我的感情人们不常有，也时常不为人们所理解，但有时能找到知音。"说到这儿，她沉思了片刻，但很快回过神来，她开始介绍起周围的景色。

"爱德华，这里是巴顿山谷，好好欣赏吧！优美的景色恐怕让你很难保持平静了吧！掩映在树林和种植园中的是巴顿庄园，从这里可以望见房子的一角，而那边，最远处那座壮丽的山冈下面，就是我们的别墅。"

"这是个美丽的地方，不过，到了冬天，山脚下一定很泥泞。"爱德华说。

"面对这样的美景，你怎么会想到泥泞呢？"

他微笑着回答道："因为，在我眼前除了美丽的景色外，还有一条泥泞的小道。"

"多奇怪的想法呀！"玛丽安一边走一边自言自语。

"你们在这里有合得来的邻居吗？米德尔顿夫妇讨人喜欢吗？"

"一点也不，我们的处境糟透了。"玛丽安回答道。

埃丽诺大声说："玛丽安，你怎么可以这么说？你怎么能这样不公平？米德尔顿夫妇非常值得尊敬，而且对待我们非常友好。玛丽安，难道你忘记了他们带给我们多少快乐的日子吗？"

"我没有忘记，也没忘记他们带给我们多少痛苦的时刻。"玛丽安低声说。

埃丽诺没有再理会妹妹，开始尽力和爱德华攀谈，向他介绍了她们的别墅及周围的环境，逼得爱德华偶尔也提提问题或发表点评论。爱德华的冷淡和沉默的态度大大伤害了埃丽诺，她很难过，很气愤，但基于礼貌，她还是决定克制自己，客气地对待他，并没有表现出不悦的样子。

## 17

达什伍德太太见到爱德华，先是吃惊，随即感到无比的快乐和安慰，然后亲切地、热情地欢迎他。在走进别墅之前，爱德华一直保持着羞怯、冷淡和矜持的态度，但在见到慈爱的达什伍德太太后，他变得像过去一样令人感到亲切。事实上，一个男人如果对达什伍德太太都无法爱戴和尊敬的话，那他应该也不会爱上她的女儿。埃丽诺看到爱德华开始表现出如同过去般对她们的感情，很关心她们的幸福，似乎和她们再度热络起来，对此她感到十分满足。爱德华态度殷勤、亲切，他称赞了她们的家和周围的景色，但是大家都看出来了，他的情绪依然消沉。达什伍德太太认为，爱德华闷闷不乐的原因是他没有得到应该享有的自由，这一切都归咎于他的母亲，并表达了对所有自私自利的父母的愤慨。

"费拉尔斯太太现在对你的前途有什么规划呢？她还是不顾你的意愿，要你成为一个伟大的政治家吗？"晚饭后大家围坐在壁炉前，达什伍德太太说。

"希望我母亲已经明白我对从政既无兴趣，又无才能。"

"那你如何扬名立万呢？因为你必须出名才能让你的家人开心。可是，你不喜欢花钱，不爱社交，没有职业，又缺乏信心，要想成名实在太困难。"

"我不想这么做，不想扬名立万，我相信自己永远不会有这样

的愿望。感谢上帝！谁也别想强迫我加入政治家的行列中。"

"你没有野心，我很清楚，你的愿望是过普通人的生活。"

"我的愿望和世上大多数人一样平常，希望自己和其他人一样过得幸福。不过，如同每个人得到幸福的方式各有不同，我希望能以自己的方式得到幸福，而成为名人并不能让我实现这个愿望。"

"财富或成名与幸福有什么关系呢？"玛丽安嚷道。

"成名与幸福只有那么一点点关系，但是财富与幸福却有很大的关系。"埃丽诺说。

"埃丽诺，真不害臊！当没有什么别的东西能带来幸福的时候，金钱才能带来幸福。就个人而言，除了能有一笔适当的收入满足小康生活之外，更多的金钱并不能增添幸福。"玛丽安说。

"也许，我们的观点是一致的，在我看来，你所说的适当收入和我所说的财富并没有实质性的区别。现代社会中，如果没有金钱，就不会有舒适的生活，在这一点上我们意见相同，只不过你的观点听起来比我的高尚一些罢了。你所说的适当的收入是多少呢？"埃丽诺笑着说。

"一年一千八百到两千镑，仅此而已。"

埃丽诺笑了起来，说："一年两千镑！而我所说的财富不过是一年一千镑！喔，我早就猜到会是这个结果。"

"可是，一年两千镑只是一笔中等的收入呀！我想我的要求并不过分。一个家庭至少得有几个仆人、一两辆马车，还有猎犬，如果收入不足两千镑，很难维持家庭的正常开销。"玛丽安说。

埃丽诺觉得妹妹如此精确地计算出的是她和威洛比将来在库姆的家庭开销，不禁又笑了起来。

"为什么你要养猎犬呢？并不是每个人都打猎呀！"爱德华感到很纳闷。

"但很多人都打猎呀！"玛丽安红着脸回答说。

"我希望有人能给我们每人一大笔财产！"玛格丽特忽然异想天开地说。

"啊！一定会的！"玛丽安嚷道，激动得满面泛着红润的光泽，双目炯炯有神。

"我想，我们都怀着同样的愿望，因为我们的钱不多。"埃丽诺说。

"哎呀！亲爱的，如果真是这样，我会感到多幸福啊！我简直不知道拿这些钱去做什么！"玛格丽特叫起来。

玛丽安神情自若，似乎对如何花费一大笔钱胸有成竹。

"如果我的孩子不需要我帮助的话，我也不知道怎么花这么一大笔钱。"达什伍德太太说。

"首先你改建这幢房子，这样你的钱马上就花出去了。"埃丽诺说。

"如果真的出现了这种情况，不知会有多大宗的订单从这里传到伦敦啊！那些卖书的、卖乐谱的、卖版画的，对于他们来说将是一个多么快乐的日子啊！你，达什伍德小姐，将会买下所有有价值的版画。玛丽安，我了解她高傲的心，伦敦的乐谱根本无法满足她的需要，当然还有书籍！汤姆森、考柏尔、司各特，玛丽安会把他们的作品全部都买下，以免它们落入那些对他们来说毫无价值的人的手中。不是这样吗？玛丽安。如果我的话冒犯了你，请你原谅，我只是想提醒你，我并没有忘记我们过去的争论。"爱德华说。

"谢谢你的提醒，这让我想起过去的事情，无论它们是令人伤感的，还是快乐的，我都喜欢回忆往事，你永远不必担心因为提起过去而冒犯我。对于我怎么花一大笔钱，你的设想太好了，至少我一定会用一小笔钱去购买乐谱和书籍，以充实我的收藏。"

"而你的大部分财产将作为年金提供给那些作家或他们的继承人。"

"不！我会把这笔钱用在别的地方。"

"也许你打算把它奖赏给某个作者，因为他写出了最有才华的文章来捍卫你的爱情准则———一个人一生中不能恋爱两次。喔，我想，在这个问题上你的看法没有改变吧？"

"当然不会改变。我对任何事情的看法一向都很执著，想要我改变不大可能。"

"玛丽安还和以前一样坚定，你明白了吧！她一点儿都没变。"埃丽诺说。

"她只是比以前变得严肃了一点。"

"爱德华，不要责备我，你自己也不是很快乐呀！"

"可是，我的性格中从来就没有快乐的成分。"爱德华叹了口气说。

"我认为玛丽安的性格中也没有快乐的成分，连活泼都谈不上。她做任何事都很认真、充满热情，有时话很多，总是很容易激动，但她并没有真正快乐过。"埃丽诺说。

"你说得对，不过，我认为她还称得上是一位活泼的姑娘。"爱德华说。

"我时常反省自己的错误，那就是对一个人的性格的判断大多留于表象，结果完全是一种误解———想象一个人快乐或严肃、聪慧或愚蠢的程度往往与实际情况相去甚远——我不知道为什么会犯这样的错误，也不知道引起误解的原因。有时候，我是根据一个人所说的话去推测他的性格，更多的时候是听到别人对他的议论，而自己却没有仔细思考、判断。"埃丽诺说。

"埃丽诺，在我看来你并没有什么错，完全根据别人的意见进行判断，屈从别人的看法，这一直就是你的信条呀！"玛丽安说。

"不！我的信条从来都不是要一个人屈从别人的看法，而是主张一个人的行为符合社会普遍认同的礼貌，你不要误解我的意思。我承认，我经常劝告你对待朋友要注意礼貌，但是对于重大问题，

我什么时候劝说过你要采纳他们的意见、遵从他们的看法?"

"看来你还没能说服你妹妹待人处事要有礼貌啊!难道一点进展也没有吗?"爱德华对埃丽诺说。

"恰好相反。"埃丽诺回答道,同时意味深长地看了一眼玛丽安。

"关于这个问题,我的观点和你的完全一样,但恐怕我表现出来的行为反而更像你妹妹。我从来不想无礼,但因为我天性笨拙,与人相处时总会羞怯,甚至很愚蠢,所以我的行为往往给人拘谨、冷淡的感觉。我时常想,一定是因为天性的缘故,注定了我喜欢结交下等人,而在有教养的上等人中我总是感到局促不安。"爱德华说。

"可是玛丽安从来就不羞怯,这不能成为她待人接物缺乏礼貌的理由。"埃丽诺说。

"玛丽安很清楚自己的优点,她不应该感到羞怯,因为一个自卑的人才会感到羞怯,如果我有自信,就不会羞怯,我的言谈举止会十分优雅自如。"爱德华回答道。

"可是你仍然会表现得不坦率,这更加糟糕。"玛丽安说。

爱德华睁大了眼睛说:"不坦率?我不坦率吗?玛丽安。"

"是的,非常不坦率。"

"我不明白你的意思,我怎么会不坦率?表现在哪些方面?你想听到我说些什么呢?"爱德华红着脸说。

埃丽诺见爱德华如此激动似乎感到很惊讶,她莞尔一笑,对他说:

"你很了解我妹妹,还不明白她的意思?难道你不知道,一个人只要不像她那样说话直截了当,不像她那样喜怒哀乐形于色,她就会认为这个人不坦率吗?"

爱德华没有再说话,神情又变得严肃了起来,呆坐着沉思默想,好长一段时间都没有吭声。

## 18

爱德华的来访仅仅给埃丽诺带来了一点点快乐。很明显地，爱德华并不快乐，他在见到她们后没有表现出兴致勃勃的样子，这让埃丽诺大为不安。埃丽诺原本希望他能表现出过去曾经对她有过的那种情感，但是迄今为止，他对她的态度时而热情、时而冷淡，她完全不清楚他是不是依旧喜爱她。

第二天早上，其他人还没下楼，爱德华、埃丽诺和玛丽安就到了餐厅。玛丽安总是希望能尽力促进他们的感情，所以很快就离开了餐厅。可是，玛丽安刚走上楼梯没几步，就听见餐厅门打开了，她转身一看，惊讶地发现爱德华也走了出来。

"既然早餐还没准备好，我先到村子里去看看我的马，马上就回来。"他说。

爱德华回来后，对周围的乡村景色大大赞赏了一番。一路上他看到了山谷的许多秀丽之处，而且因为村子的地势比别墅高得多，景色一览无遗，更使他感到心旷神怡。爱德华的话题一定会引起玛丽安的兴趣，她也开始赞美这些景色，并且询问爱德华哪些景物最使他陶醉，但爱德华打断了她的话。

"玛丽安，你不要问得这么详细，我可不会描绘风景，如果要我说细节，那你一定会因为我的无知和缺乏欣赏力而感到扫兴了。比方说，峻峭的山冈被我说成陡坡；本应被描述成突兀起伏、崎岖不平的，我却把它描述成奇形怪状、荒凉偏僻的；在云遮雾障中的远景本应说成是隐约可见，我却说成空无一物。不过，对于我发自内心的赞美，你一定会感到满意。我说这里的乡村景色非常美丽：山冈陡峭，树木成林，山谷幽静，景色宜人，绿油油的草地上点缀着几户农舍。这一切正是我心目中一幅美丽乡村的图

画，既美丽又有实用价值。因为你的赞美，我相信它还是个风景如画的地方，比如层峦叠嶂，万物生长，一幅欣欣向荣的景象。不过，我看不到这些，我对风景没感觉。"

玛丽安说："恐怕真是如此，你为什么还自以为是呢?"

埃丽诺说："我猜爱德华是为了避免一种形式的矫揉造作，结果却落入了另一种形式的矫揉造作。在他看来，许多人虚伪地赞美自然景色，但他们其实没有那样的感受，爱德华讨厌这种矫揉造作，于是对自然景色表现出毫无欣赏力，而实际上他的感受绝非仅此而已。"

玛丽安说："是啊! 赞赏景色的词汇几乎一成不变，人人都这么说，人人都装出情趣高雅、感受深刻的样子，似乎自己是第一个确定'风景如画'含意的人，我讨厌这么做。有时候，我没有把自己的感受表达出来，是因为除了那些陈腔滥调和毫无感情色彩的语言，我找不到别的语言来形容。"

爱德华说："观赏美景时，你说自己犹如身在画中，我相信这是你的真实感受，你姊姊也应该允许我以自己的方式表达我的感受。我喜欢美丽景色，但不是按照人们普遍的审美原则去欣赏。我不喜欢盘根错节的老树，倒是喜欢枝繁叶茂的参天大树，我不喜欢残垣断壁，不喜欢荨麻、石南等常绿灌木，我对整齐的农舍比对瞭望塔的兴趣大得多，而整洁快乐的村民比起世上最潇洒的海盗更让我喜爱。"

玛丽安惊讶地看了看爱德华，又同情地看了看姊姊，埃丽诺只是微微一笑。

大家没有再继续谈论这个话题。玛丽安沉默地坐在那里若有所思，忽然，一个东西吸引了她的注意。爱德华伸手去接达什伍德太太端给他的茶时，他的手在玛丽安眼前一晃，她看见了戴在他手指上的一枚戒指，中间还夹着一缕头发。

"爱德华，我从没见你戴过戒指，那是芬妮的头发吗? 我记得

她答应给你一绺头发。不过，我想她的头发应该更黑一些。"玛丽安叫道。

玛丽安毫不考虑就说出了这些话，但当她发现爱德华的神情十分难堪的时候，又为自己出言不慎而感到懊悔。爱德华满脸通红，瞟了一眼埃丽诺，说：

"这是我姊姊的头发。你知道，镶嵌在戒指里的东西，色彩看起来总是有所改变。"

埃丽诺和爱德华的目光相遇的一瞬间，她的表情看起来同样很不自然，她确信那绺头发是她的。埃丽诺和玛丽安对那绺头发的判断是一样的，唯一区别在于：玛丽安认为这是姊姊送给他的礼物，而埃丽诺则认为这是爱德华暗中拿到手的。不过，埃丽诺并没有把爱德华这么做看成是对自己的冒犯，她假装没注意到这件事，马上转换了话题，但却暗下决心一定要找个机会好好看看那绺头发——毫无疑问地，这正是她自己的头发。

受此窘迫的爱德华更加无精打采了，整个早上神情都很严肃。

上午，约翰·米德尔顿爵士和詹宁斯太太听说有位绅士来到别墅，连忙赶来拜访。不用说，他们很快就发现费拉尔斯这个姓的第一字母是"F"，这为将来取笑埃丽诺提供了材料，如果不是因为和爱德华是初次见面的话，他们会马上开起玩笑来。其实，当初玛格丽特在说到爱德华的时候目光意味深长，才让詹宁斯太太猜到了他们的亲密程度。

约翰·米德尔顿爵士每次来看望达什伍德母女，不是邀请她们当天晚上去庄园喝茶，就是第二天去和他们一起吃饭。这一次，为了盛情款待她们的客人，约翰·米德尔顿爵士希望他们当天一起喝茶，第二天一起吃饭。

"今晚你们一定要和我们一起喝茶，只有我们自己家的人在一起，明天你们一定要和我们一起吃饭，因为我们家里将会有很多客人。"约翰·米德尔顿爵士说。

詹宁斯太太也盛情邀请他们去。

"谁不知道只有你们在才可能举行一场舞会呢！这一定让你很感兴趣，玛丽安小姐。"她说。

"舞会？不可能！谁会跳舞呢？"玛丽安嚷道。

"谁？嗨，除了你们，还有凯里和惠特克一家人。怎么，你以为某一个人离开了，就没有人会跳舞了吗？"

"我衷心地希望威洛比能回到这里，和我们在一起。"约翰·米德尔顿爵士大声说。

这番话让玛丽安羞红了脸。

"威洛比是谁？"爱德华疑惑地低声问埃丽诺。

埃丽诺简短地告诉了爱德华，他这才明白了先前使他感到迷惑不解的一些事情。等客人散去后，爱德华立即走近玛丽安，低声说："我一直在考虑是否把我的想法告诉你。"

"什么意思？"

"要我告诉你吗？"

"当然。"

"好吧！我猜想威洛比先生喜欢打猎。"

玛丽安大吃一惊，但是当她看见爱德华不露声色的狡黠神情时，又忍不住笑了。停顿了一下，她说：

"嗨，爱德华，你在说些什么呀？不过，会有那么一天……我希望……相信你一定会喜欢他的。"

"对此我并不表示怀疑。"爱德华回答说。

看到玛丽安渴望和激动的表情，爱德华感到很惊讶，因为他本来以为威洛比和玛丽安之间的恋情只是一种猜测，或他们根本就没有什么关系，只是大家为了找乐子而开开玩笑罢了，否则他是不会冒昧说出刚才那些话的。

# 19

　　爱德华在巴顿别墅逗留了一个星期。达什伍德太太热情地挽留他多住几天，但是他好像喜欢自寻烦恼似的，在朋友们玩得十分尽兴时却坚决要走。最后两三天，虽然爱德华还是有些消沉，但比起刚来的时候已大不相同。对于巴顿别墅和周围的环境，他越来越有感情，每当提起要离开时总是叹息不已。他说自己从来没有感觉到一个星期会过得这么快，简直不敢相信时间已经消逝了，甚至不知道离开这里后该去哪儿，但他还是必须得走；他在诺兰庄园过得并不快乐，他也讨厌住在城里，但他离开这里后却只能去两个地方——去诺兰庄园或去伦敦；他非常珍惜与她们之间的情谊，他的最大快乐就是和她们在一起。就这样，爱德华反反复复地念叨着，显示他的感情与他的行为是矛盾的。总之，尽管他和她们都希望他留下来，尽管他有的是时间，但他还是只能在这里待上一周。

　　埃丽诺认为爱德华之所以会有这些令人惊讶的举止完全是他母亲造成的，这个想法让她感到些许安慰，因此，尽管她感到失望、苦闷，有时还会因为爱德华对自己忽冷忽热的态度而生气，但她还是决定宽容和尊重他的行为。在埃丽诺看来，爱德华之所以忧郁、不坦率，举止反复无常，是因为他不能独立自主，也归因于他深知母亲的性格和心机，这次就是一个典型的例子，他来访时间之短暂，离开时态度之坚决，原因都在于他的行为是受到限制的，因为他不得不顺从母亲的意志。从古至今，从来都是子女服从父母，子女对父母的义务永远高于子女自己的愿望，埃丽诺渴望看到这些陈旧观念不复存在，费拉尔斯太太不再以母亲的身份强迫自己的孩子，爱德华能够得到自由和幸福，但是这些不

过是虚妄的幻想，她只能面对现实。为了使自己稍感安慰，埃丽诺回忆起在诺兰庄园的美好时光，相信爱德华对她的爱情，并回想起他这次来巴顿期间从目光和言语中流露出的所有爱慕之情，尤其是他戴在手指上的那个爱情信物。

爱德华在巴顿庄园的最后一天，吃早餐时达什伍德太太说：

"我认为，如果你有工作，而且对你自己的计划和行动充满兴趣的话，那你会过得比现在快乐。当然，这对你的朋友们来说是一个损失，因为你不可能再有这么多时间和他们在一起了，但是——"说到这儿她微微一笑，"至少有一点对你是有好处的，那就是当你离开他们的时候知道自己该往哪里去。"

爱德华回答说："说实话，关于这个问题我也考虑了很久。我没有事务缠身，没有工作可做，也没有一点自主的权利，无论是对我的过去、现在，还是将来，永远是一大不幸。都是因为我和我的朋友对工作过于挑剔，才变成了现在这个样子，成了懒散、没用的人。我们在选择职业上从来无法达成共识，我一直喜欢做牧师，可是我的家人觉得这个职业不够高贵，而我的朋友们喜欢做军人，我却认为自己无法胜任。在别人看来，律师是很体面的职业，许多在律师事务所工作的年轻人出入上流社会，风度翩翩，驾着时髦的双马双轮马车在城里兜风，可是我不想当律师，也不打算从事和法律有关的工作，尽管这些是我的家人竭力主张的。至于海军，这倒是一个很时髦的职业，只是当第一次提及这件事时我的年龄已经太大了。总而言之，既然我穿不穿红制服（指参加英国军队）都一样可以神气自在，一样能随意挥霍钱财，既然我不是非得有个职业不可，那么，无所事事就是最好的生活方式了，而且对于一个十八岁的年轻人来说，通常无法抗拒朋友邀约玩乐的诱惑，最后的结果是，我进了牛津大学，从此以后就真的一直无所事事。"

"我想，这么做的一个后果可能会是，因为你并没有从闲散的

生活中获得快乐，所以你会培养你的儿子们从事各种的职业。"达什伍德太太说。

"我会尽可能把他们培养成不像我的样子，无论是在感情上，还是在行动上、家庭和社会地位上，所有方面都不要像我。"爱德华严肃地说。

"好了，好了，不要再说了，爱德华，你只是因为现在情绪消沉才会说出这样的话，因此以为所有不像你的人都很快乐，但是你别忘记，每个人都有痛苦，无论他们所受的教养如何，也无论他们所处的地位如何。你想要找到属于你自己的快乐，不需要做别的，只要有耐心——或把它称之为希望，你母亲总有一天会把你渴望的自由还给你，这是她的义务。相信我，不久后，你母亲一定会让你不再荒废青春岁月。喔，几个月的时间会带来多大的改变啊！"

"我想，可能再过许多个月对我也没有意义。"爱德华回答。

在接下来的告别中，爱德华的绝望情绪使她们更加伤感，尤其是埃丽诺，伤感中还平添了几分痛苦。不过，埃丽诺决心克制自己的感情，不让自己因为爱德华的离去而表现得比其他人更加难受。当然，她一定不会采取玛丽安的方法——在沉默和孤独中追忆过去，使自己陷入更加痛苦的深渊。

爱德华刚离开别墅，埃丽诺就坐到画桌前，一整天忙个不停，既不回避说起爱德华，又像往常一样关心家务。这么做或许没能减轻她的悲伤，但至少她的母亲和妹妹们不必为她感到忧虑了。

不过，在玛丽安看来，姊姊的做法并不值得称许。埃丽诺很容易地克制住自己的感情，但如果她心中有着强烈的爱情，是不可能做到的；而如果她心中有的只是冷静的爱情，那么，这种爱情并没有多大的价值。最后，玛丽安确认姊姊的爱情是冷静的，也因而衬托出自己的爱情有多强烈，尽管承认这一点让她感到脸

红，尽管她仍然非常喜爱、非常尊敬姊姊。

其实，埃丽诺的感情并不像她妹妹想象的那样。每当空闲下来时，她就会想起爱德华，想起他的言谈举止，总是充满复杂的情感——有柔情，有怜悯，有满意，有责备，有怀疑。每当母亲和妹妹们因忙于家务而没空和她说话的时候，她就会陷入孤独之中，思绪自由地驰骋，在回忆、思考和遐想中，脑海里会浮现出各种已经发生和将来可能发生的事情。

爱德华走后不久的一天早上，埃丽诺正坐在画桌前，一群人的到来打断了她的沉思。当时，埃丽诺一个人在家，听见前面小院的门打开了，于是她向窗外望去。正好有几个人朝门口走来，其中有约翰·米德尔顿爵士、米德尔顿夫人和詹宁斯太太，另外还有两个人，一位绅士和一位小姐，但她并不认识。约翰·米德尔顿爵士看见坐在窗户旁的埃丽诺，便让别人去敲门，自己径自穿过草坪，请她打开窗子说话。其实，窗户离门很近，在这儿说话不可能不被听见。

"喂，我们带来了几个客人，你喜欢他们吗？"约翰·米德尔顿爵士说。

"嘘！他们会听见的。"

"没关系，他们是帕尔默夫妇。我跟你说，夏洛蒂很漂亮，你从这儿就可以看见她。"

埃丽诺想到很快就能见到她，于是没有做出失礼的举动，还请他原谅。

"玛丽安在哪儿？是不是看我们来就跑了？她的钢琴还是打开着的。"

"她可能是去散步了。"

这时，詹宁斯太太实在等不及进屋后再说话，她一边大声说话一边走向窗边：

"你好，亲爱的，达什伍德太太好吗？你的两个妹妹在哪儿

呢？就你一个人在家？我把我的另一个女儿和女婿带来看望你们啦，要是你知道他们是怎么突然决定来这里的，一定觉得很有趣。昨天晚上，我们正在喝茶的时候，我听见了马车的声音，以为是布兰登上校回来了，于是对约翰·米德尔顿爵士说：'我听见了马车的声音，也许是布兰登上校回来了……'"

詹宁斯太太讲到一半，埃丽诺不得不转身去迎接其他人。这时，达什伍德太太和玛格丽特从楼上下来，米德尔顿夫人介绍了两位客人，大家一边坐下一边相互打量着。詹宁斯太太在约翰·米德尔顿爵士的陪同下穿过走廊走进客厅，继续讲着她的故事。

帕尔默夫人比米德尔顿夫人年轻几岁，两姊妹一点也不相像。帕尔默夫人小巧玲珑，身材丰满，容貌十分漂亮，脸上的表情给人和善、脾气很好的感觉。她的举止虽然不像她姊姊那么优雅，但却很讨人喜欢，她微笑着走进来，直到离开都保持着微笑。她的丈夫大约二十五六岁，表情严肃，看起来比他妻子更时尚、更有见识，但却不像他妻子那样具有亲和力。他目中无人地走进客厅，只是向女士们微微地点了点头，然后稍稍打量了一下她们及客厅，接着就拿起桌上的一份报纸，一直读到离开为止。

帕尔默夫人就完全不一样啰！她天性乐观，很有礼貌，几乎从一进来她就开始对客厅及每一件摆设都赞不绝口。

"喔，多么可爱的客厅啊！喔，我从没见过这么漂亮的摆设！妈妈，想想看，这儿自从我上次来过之后发生了多么大的变化啊！我一直认为这是一个非常棒的地方。"

她转向达什伍德太太继续说，"你把它装饰得这么漂亮！姊姊，看看这些摆设，多漂亮啊！我好喜欢这房子啊！你不喜欢吗？帕尔默先生。"

她的丈夫没有理睬她，依旧低头看着报纸，甚至连眼皮也没

有抬一下。

"帕尔默先生没听见我的话。"夏洛蒂依然笑着继续说,"他常常听不见,真是的!"

达什伍德太太从来没见过有人能从别人的冷淡态度中获得快乐,这对她来说倒是挺新鲜的,禁不住惊诧地看着他们俩。

与此同时,詹宁斯太太继续高声谈论着昨晚女儿女婿意外出现的情景,并一口气讲完了整个经过。帕尔默夫人回想起当时令大家惊愕的样子,不禁开心地大笑起来。

"你可以想象我们当时是多高兴啊!"

詹宁斯太太侧身对埃丽诺低声说,就像不想让别人听见似的,其实谁都能听见。

"不过,我还是希望他们不要赶路,他们是去伦敦办事专程绕道过来的,你知道——"她指指女儿,继续说,"她身子不方便。我原本要她上午待在家里好好休息,可是她太想见你们一家人了,一定要跟我们一起来。"

帕尔默夫人笑了,并说这没有什么大碍。

"她二月就要分娩了。"詹宁斯太太补充道。

米德尔顿夫人对这样的谈话无法忍受,于是问帕尔默先生报上有没有什么新闻。

"没有,什么也没有。"他回答说,然后继续看报。

"玛丽安回来了,帕尔默,你会看到一位非常漂亮的小姐了。"约翰·米德尔顿爵士大声说。

爵士随即走到走廊,打开门,亲自把玛丽安迎进来。玛丽安刚一进门,詹宁斯太太就问她是不是去艾伦罕山谷了,帕尔默夫人听到这话开心地笑起来,显示她明白其中的含意。帕尔默先生抬头打量了玛丽安一会儿,然后又低头看报纸了。这时,挂在墙上的画吸引了帕尔默夫人的目光,她站起来仔细地观赏。

"天哪,亲爱的,多美的画啊!喔,太可爱了!快来看看,妈

妈，多漂亮啊！这些画真迷人，我一辈子都看不厌。"然后她坐下来，很快就把这些画给忘了。

米德尔顿夫人起身告辞的时候，帕尔默先生也跟着站了起来，他放下报纸，伸伸懒腰，环顾了一下四周。

"亲爱的，刚才你睡着了吗?"他妻子笑着问。

帕尔默先生没有回答，又看了看客厅，说天花板很低矮、有点倾斜，然后向她们点了点头，告辞而去。

约翰·米德尔顿爵士一定要达什伍德母女次日到他家做客，但是达什伍德太太觉得她们去庄园吃饭的次数远远超过了他们来别墅吃饭的次数，于是谢绝了爵士的邀请，至于女儿们是否前去，由她们自己决定。达什伍德姊妹并无兴致与帕尔默夫妇一起吃饭，也不指望能从他们那儿获得多少快乐，便以各种借口婉谢，比如"天气不好""明天不像是晴天"等等，但约翰·米德尔顿爵士根本不管她们说什么，一定要她们去，还说会派马车来接人。与此同时，米德尔顿夫人虽然没有勉强达什伍德太太，却极力劝说她的女儿们，詹宁斯太太和帕尔默夫人也恳求她们去。最后，达什伍德小姐们不得不接受了邀请。

他们刚走玛丽安就说："为什么一定要邀请我们呢?听说我们付的房租算是比较便宜的。还有，如果谁家里来了一个客人都要邀请去庄园吃饭的话，那我们就太不自由了。"

"他们的邀请既礼貌又充满善意，只是和几个星期前比较起来更频繁而已，如果我们觉得这种聚会变得无聊、乏味的话，问题也不在他们那里，而是我们必须从别的地方寻找乐趣。"埃丽诺如此说。

20

第二天，当达什伍德小姐们走进庄园的客厅时，帕尔默夫人

从另一个门跑进来，看起来和昨天一样温和、开心。她热情地和她们握手，表示再次见到她们感到非常快乐。

"真高兴见到你们！"她说着，在埃丽诺和玛丽安中间坐下，又继续说：

"今天天气不好，我还担心你们不来了，要是你们不能来就太遗憾了，因为我们明天就要走了，韦斯顿一家下星期要去拜访我们。噢，对我来说，来这里完全是很意外的事，马车快到了我都不知道，直到帕尔默先生问我想不想和他去巴顿。太可笑了，他做任何事从来不预先告诉我！真遗憾不能在这里多待几天，希望我们很快能在城里见面。"

达什伍德小姐们马上打消了她的念头。

帕尔默夫人笑着大声说："如果你们不去，我会非常失望。放心吧！我可以在汉诺威广场我们房子旁边为你们找到世界上最舒适的房子，你们一定要来。如果达什伍德太太不愿意和你们一起来，我保证随时陪伴你们，直到我生产。"

她们向她表示感谢，但还是谢绝了她的邀请。

帕尔默夫人对刚走进客厅的丈夫说："嗨，亲爱的，帮我劝一下达什伍德小姐们，我希望她们今年冬天到城里来。"

她的亲爱的没有回答，在微微向小姐们点点头后，开始抱怨起天气来。

"这鬼天气！这样的天气使所有的人和事都变得令人讨厌，在家里和在外面一样使人感到乏味。约翰·米德尔顿爵士为什么不在家里设一间弹子房呢？真正懂得什么是舒适生活的人简直寥寥无几，约翰·米德尔顿爵士和这鬼天气一样愚蠢。"

其他人很快来到了客厅。

"玛丽安小姐，你今天没办法像往常一样去艾伦罕散步吧！"约翰·米德尔顿爵士说。

玛丽安表情严肃，一言不发。

帕尔默夫人说："哎呀！别不好意思，我们都知道这件事了。我非常佩服你的眼光，他长得太帅了。我们在库姆的房子距离他家不远，不超过十英里。"

"几乎有三十英里呢！"她丈夫说。

"好啦，这没什么区别。我没去过他家，但大家都说那房子很可爱。"

"在我看来，和我见过的其他房子一样令人讨厌。"帕尔默先生说。

玛丽安仍然一言不发，但从她的表情可以看出她对他们的谈话很感兴趣。

帕尔默夫人接着说："那房子很难看吗？我想，那一定是其他地方很漂亮。"

当大家在餐厅就座后，约翰·米德尔顿爵士为只有八个人进餐而感到遗憾。

爵士对他夫人说："亲爱的，就这么几个人，太扫兴了，你今天为什么没邀请吉伯特一家人呢？"

"刚才你就问过了，我不是已经告诉你了吗？他们昨天刚和我们一起吃过饭，今天是不会来的。"

詹宁斯太太说："约翰·米德尔顿爵士，我们都不该太拘泥于礼貌。"

"那你们就太没教养了。"帕尔默先生大声说。

"亲爱的，你跟谁都过不去，难道你不知道这么做很无礼吗？"他妻子和平常一样笑着说。

"我不知道在说你母亲没教养这件事上和谁过不去了。"

"哎呀！随你怎么斥责我，无所谓啦，要知道，你已经把夏洛蒂从我身边娶走了，想退也不行了，是我占便宜呢！"詹宁斯太太幽默地说。

夏洛蒂想到她丈夫不能摆脱她，便开心地大笑了起来，又得

意洋洋地说，既然注定要生活一辈子，那么，无论他对她怎么粗暴，她也不会在意。

任何人都比不上帕尔默夫人（夏洛蒂）的好脾气，或说比她更能自我安慰、自寻快乐，面对丈夫的冷漠、无礼和不满，她一点也没有感到痛苦，而当他斥责她时，她反而觉得非常有趣。

她低声对埃丽诺说："帕尔默先生就是这么古怪，总是爱发脾气。"

埃丽诺观察了一会儿帕尔默先生，发现他并不真的像他所表现的那样暴躁、缺乏教养。也许，帕尔默先生像许多男人一样，因为自身偏执于美貌，结果成了一个愚蠢女人的丈夫，因此脾气变得暴躁。不过，在埃丽诺看来，男人犯这样的错误是常见的事，凡是有点理智的人都不会让自己因此受到伤害，因此，她相信帕尔默先生之所以鄙视一切事物，完全是因为他希望自己能因此与众不同。其实，这种想要与众不同的动机，根本不足为奇，但他竟然采取了这样极端的方法反倒是令人讶异！尽管帕尔默先生希望显得与众不同，但除了他的妻子外，似乎不可能有人喜欢上他。

帕尔默夫人说："喔，亲爱的达什伍德小姐，今年圣诞节时，我能否邀请你和你妹妹来克利夫兰住些日子？你们一定要来，那时韦斯顿一家也在我们家做客呢！你无法想象我将会多么高兴啊！一定令人非常愉快！"她对她丈夫说："亲爱的，难道你不希望达什伍德小姐们到克利夫兰来吗？"

帕尔默先生带着一丝冷笑说："当然，我来德文郡没有其他的目的。"

帕尔默夫人说："听见了吧！我丈夫也希望你们去，所以你们不能再拒绝了。"

她们依然恳切而坚决地拒绝了她的邀请。

"你们一定要来，你们一定会非常喜欢那个地方，你们无法想象克利夫兰是一座多么可爱的城市。喔，现在我可开心啦，因为

帕尔默先生总是四处进行竞选演说，有好多人来我们家一起吃饭，真是太有趣了！不过，他真是可怜，他太累了，因为他得取悦每个人。"

埃丽诺心里对此表示赞同。在她看来，那对于帕尔默先生来说确实是一种沉重的负担，这个想法也表现在了她的脸上。

夏洛蒂说："如果他真的进入了议会，一定会很有趣，不是吗？那时我会高兴得开怀大笑！所有寄给他的信件上都带有'议员'字样，该有多好玩啊！但他说过他永远也不会寄免费信件给我，是不是啊？帕尔默先生。"

帕尔默先生没有理睬她。

夏洛蒂接着说："要他写信他可办不到，你知道，他说他讨厌写信。"

帕尔默先生说："我从没说过这么荒谬的话，不要把你的想法强加给我。"

"瞧，你们看到他有多古怪、滑稽了吧！他总是这个样子，有时半天不和我说话，有时又会说出一些离奇古怪的话。"

回到客厅后，夏洛蒂问埃丽诺是否很喜欢帕尔默先生，这让埃丽诺大吃一惊。

"当然啊！他看起来非常谦和。"

"那么，你喜欢他啰，我太高兴了，我知道你会喜欢他的，他是那样地令人愉快。我告诉你，帕尔默先生非常喜欢你们三姊妹，如果你们不去克利夫兰，他会很失望。我实在想不通你们为什么会拒绝。"

埃丽诺再次谢绝了她，并且很快地转移了话题。埃丽诺想，米德尔顿夫妇对威洛比的了解是有限的，而帕尔默夫人与威洛比住在同一个地方，或许对威洛比的为人比较了解，她热切地希望能听到有人说他很好，免得再为玛丽安担心了。于是埃丽诺询问帕尔默夫人在克利夫兰是否经常见到威洛比，是否和他来往密切。

帕尔默夫人回答："亲爱的，我非常了解他，我并不常和他说话，但经常在城里见到他。不知道怎么回事，每次他去艾伦罕时，我都不在巴顿，我母亲在这里也只见过他一次，当时我跟舅舅住在韦默思。我想，威洛比先生待在库姆的时间很少，即使他经常去那里，帕尔默先生也不会去拜访他，因为他是反对党，更何况我们两家相隔太远。我知道你为什么要打听他，因为你妹妹将要嫁给他了，我很开心啊，因为到时候我就能和你妹妹当邻居了。"

埃丽诺回答说："哎呀！如果你对这门婚事这么有把握的话，那么你一定比我更了解内情了。"

"不要否认了，大家对这件事一直议论纷纷，我也是在路过城里时听说的。"

"真的吗？亲爱的帕尔默夫人。"

"我以名誉担保，确有其事。星期一上午，我在邦德街遇见了布兰登上校，他直截了当地把这件事告诉了我。"

"真令人吃惊！你说是布兰登上校告诉你的？你一定是搞错了。把这样的事情告诉一个毫无关系的人，即使这件事是真的，我也不相信布兰登上校会这么做。"

"但是，我保证的确如此，而且我还可以把事情的来龙去脉告诉你。我们遇见上校之后，他转回身和我们一边走一边聊。开始时我们一直在谈我姊姊和姊夫的事情，后来我对他说：'对了，上校，听说有一家人住进了巴顿别墅，我母亲来信说她们姊妹长得都很漂亮，其中一位小姐要和库姆的威洛比先生结婚了，这是真的吗？当然，你一定知道这件事，因为你才从德文郡回来不久。'"

"上校怎么说？"

"他没说什么，但看他的神情好像知道这件事似的，所以我就确信无疑了。什么时候举行婚礼呢？"

"布兰登先生还好吧？"

"他很好，他对你可是称赞有加呢！"

"我很高兴能得到他的夸奖。我觉得他这个人非常好，非常讨人喜欢。"

"我也这么认为。他是个很好的人，可惜太严肃、太忧郁了，我母亲说上校也爱上了你妹妹，我敢向你保证，如果他真的爱上了你妹妹，那真是一种极高的敬意，因为他几乎没爱上过什么人。"

"威洛比先生在萨默塞特郡附近很有名吧?"埃丽诺问。

"是非常有名，这并不是说许多人都认识他，毕竟库姆离我们那儿太远，而是大家都认为他是一个很好相处的人。无论他走到哪里，都非常受到欢迎，你可以把这话告诉你妹妹。我以名誉担保，你妹妹能嫁给他真是太幸运了，当然他能娶到你妹妹更是他的福气，因为你妹妹太漂亮、太讨人喜欢了。不过，我认为你比你妹妹更漂亮，真的! 其实你们两个都很漂亮，帕尔默先生一定也这样认为，只是昨晚我们没能让他承认这一点罢了。"

虽然帕尔默夫人提供的威洛比的情况微不足道，不过任何有利于他的证明，都让埃丽诺感到高兴。

"很高兴我们相识了。"夏洛蒂继续说，"我希望我们永远是好朋友，你无法想象我是多么渴望见到你呀! 你住在别墅里，实在是太好了，没有什么事能使人感到这么快活! 而且更让人开心的是，你妹妹就要嫁给一个出色的绅士! 我希望你将来能长住在库姆，那是个可爱的地方呢!"

"你和布兰登上校认识很久了吧?"

"是很久了，自从我姊姊结婚时起我就认识他了，他是约翰·米德尔顿爵士的好朋友。我相信——"她小声说，"如果有可能的话，他会很高兴和我结婚的。我姊姊和姊夫曾经很希望我们结婚，但我母亲不同意，要不然约翰·米德尔顿爵士就会向上校说这件事，而我们马上就会结婚。"

"约翰·米德尔顿爵士向你母亲提出这个建议前，布兰登上校

知道此事吗？他从来就没有向你表白过爱意？"

"喔，没有，可是如果我母亲不反对的话，我敢说他一定会娶我，而且那时我还在上学，他只见过我两次。无论如何，现在的我很幸福，因为帕尔默先生正是我喜爱的那种男人。"

## 21

第二天，帕尔默夫妇回克利夫兰去了，又只有巴顿的两家人以礼相待了。

对于帕尔默夫妇，埃丽诺一直充满好奇——为何夏洛蒂总是无缘无故感到快乐，帕尔默先生能力出众却行事简单粗暴，而夫妻之间竟然存在如此奇怪而不协调的关系——这些疑问在埃丽诺的脑海中久久萦绕。但没过多久，热中于社交活动的约翰·米德尔顿爵士和詹宁斯太太又让埃丽诺结识了不少新朋友，因而冲淡了她对帕尔默夫妇的记忆。

一天上午，他们在去埃克塞特的路上遇见了两位小姐，詹宁斯太太欣喜地发现她们竟是她的亲戚，约翰·米德尔顿爵士立刻热情地邀请她们去巴顿庄园，在这种情况下，两位小姐的所有约会自然取消了。约翰·米德尔顿爵士返家后，米德尔顿夫人得知马上会有两位自己不认识的小姐来访时，不禁大吃一惊，开始担心了起来，因为她不知道两位小姐是否优雅，是否懂礼貌，更糟糕的是，她们还是亲戚呢！詹宁斯太太试图安慰女儿，劝她不要太在意，毕竟她们是表姊妹，应该相互容忍，但结果适得其反。

既然不可能阻止两位小姐的到访，米德尔顿夫人决定顺其自然，以一个具有良好教养的女人应有的态度去接待她们，而每天就此事责备丈夫五六次已经让她心满意足了。

两位小姐来到巴顿庄园，她们不仅衣着入时，举止更是得体，

看起来绝不是那种缺乏教养的人。她们很喜欢庄园，对房子里的摆设赞不绝口，她们还非常溺爱孩子，这让她们来到庄园不到一个小时就博得了米德尔顿夫人的好感，并当众称赞她们是非常讨人喜欢的姑娘，这话出自米德尔顿夫人之口，实在是极高的赞赏，夫人的一番话也让约翰·米德尔顿爵士对自己的眼力更充满自信，于是他立即直奔别墅，把两位斯蒂尔小姐来访的消息告诉了达什伍德小姐们，并说斯蒂尔姊妹是世界上最可爱的姑娘。不过，埃丽诺很清楚约翰·米德尔顿爵士的话并不足以采信，因为在英格兰到处都能碰见世界上最可爱的姑娘，而她们在身材、容貌、脾气和教养方面却千差万别。约翰·米德尔顿爵士热切地希望达什伍德一家人马上步行去庄园见他的客人——真是个热情、善良的人啊！甚至恨不得把每一个远亲都介绍给别人，否则他会感到难过的。

"你们一定得去，你们非去不可，我已经说你们会去的。你们想象不到自己会多喜欢她们，露西漂亮极了，而且性格温和，孩子们和她玩得很开心，就像老朋友似的，她们两人也非常想见你们，因为她们在埃克塞特就已听说你们是世界上最美丽的人，我告诉她们，你们比别人所说的要漂亮很多。我敢肯定，你们一定会喜欢她们的，她们给孩子们带来了一马车好玩的东西。噢，你们怎么能不去呢？她们也算是你们的亲戚，因为你们是我的表妹，而她们是我太太的表妹。"

不过，约翰·米德尔顿爵士没能说服达什伍德小姐们，她们只答应他在一两天内去庄园拜访，他对她们如此漠然的态度深感惊讶。回到家后，约翰·米德尔顿爵士向两位斯蒂尔小姐吹嘘了一番达什伍德小姐们的魅力，就如同刚才向达什伍德小姐们吹嘘两位斯蒂尔小姐一样。

达什伍德小姐们如约来到巴顿庄园，并被介绍给两位小姐。在她们看来，那位姊姊——南茜将近三十岁，外表十分普通，给

人呆板、迟钝的感觉，没什么值得称赞的，而妹妹露西外表出众，大约二十二三岁，容貌美丽，目光敏锐，给人活泼、机灵的感觉。两位斯蒂尔小姐的举止很有礼貌，而当埃丽诺看见她们怎样殷勤地去讨好米德尔顿夫人时，很快意识到她们具有某种不同寻常的德行。她们总是不厌其烦地称赞米德尔顿夫人的孩子长得漂亮，也和他们一起玩耍，满足他们的各种奇想，除此之外的时间，她们就极力地赞美夫人所做的一切事情，比如，如果夫人穿了一件新式服装，那她们一整天都会没完没了地称赞。对于一个溺爱子女的母亲来说，最希望别人称赞她的孩子，而且无论怎样的夸奖她都能接受和相信，斯蒂尔姐妹正是抓住了夫人的心理，极力地阿谀奉承，因此，姐妹俩对孩子们的溺爱和容忍，在夫人看来根本没什么好奇怪的。看到两位表姐妹甘心忍受孩子们的捉弄和恶作剧，米德尔顿夫人感到很得意，开心地看着孩子们解开她们的彩色发带、把针线袋翻得乱七八糟、偷走刀子和剪刀。夫人相信他们是在嬉戏，因而对埃丽诺和玛丽安毫无兴致地坐在一旁感到十分讶异。

看见大儿子约翰把斯蒂尔小姐的手帕扔出窗外，夫人说：

"约翰今天是真开心啊！他总是有那么多的鬼把戏。"

一会儿，小儿子使劲拧斯蒂尔小姐的手指，夫人带着怜爱的口吻说："威廉好皮啊！"

夫人一边温柔地抚摸着已有两分钟没吵闹的三岁的女孩，一边说：

"喔，我可爱的安娜玛丽亚，总是这么安静，还没见过这么安静的小东西呢！"

不幸的是，夫人在拥抱女儿时头饰上的别针在孩子的脖子上轻轻划了一下，这个安静的小东西突然发出刺耳的尖叫声，做母亲的顿时不知所措，斯蒂尔姐妹更是惊恐万分。为了安抚孩子，三人极尽所能，但是，正如爱怜能缓减痛苦一样，爱怜同样也能

启发痛苦。小女孩坐在母亲膝上，脸蛋上印满了吻，一位斯蒂尔小姐跪在地上在伤口上涂抹药水，另一位斯蒂尔小姐往小东西嘴里塞糖果。既然眼泪可以换来这么多好处，这个聪明的小东西是不会停止哭泣的，她一边继续使劲哭闹，一边用脚踢来安慰她的两个哥哥。就在大家束手无策时，米德尔顿夫人忽然想起，上星期一女儿的鬓角擦伤了，也是大哭不已，最后吃了杏子酱才停止了哭闹。当大家提议采取同样办法的时候，小女孩的尖叫声稍微有所停歇，这让大家更有理由相信这种"药"是不会遭到拒绝的，于是母亲抱着女儿去找这种"药"，两个男孩也跟着母亲一起出去了。现在，房间里只剩下四位小姐，总算安静下来了。

夫人和孩子们刚走，斯蒂尔小姐（南茜）就说：

"可怜的小东西！差一点酿成不幸。"

玛丽安嚷道："这有什么大不了的？你们根本是小题大做，没有什么值得惊慌的。"

"米德尔顿夫人真是个可爱的女人啊！"露西说。

玛丽安没有说话，因为无论什么场合，要她说出奉承的话是绝对办不到的，这个时候，说谎话的责任往往由埃丽诺承担。埃丽诺尽可能以一种比自己的真实感情更加热烈的口吻来谈论米德尔顿夫人，尽管这种热烈程度远远不及露西小姐。

"约翰·米德尔顿爵士也是，他是多和蔼的人啊！"南茜大声说。

关于约翰·米德尔顿爵士，埃丽诺的评价简单而公正，只说他脾气好，待人亲切。

"还有，他们的家庭多美满啊！我从没见过这么可爱的孩子，太讨人喜欢了，我实在太爱孩子了。"

"从今天上午的情形来看，的确是如此。"埃丽诺带着一丝笑意说。

露西说："我倒有一个想法，你好像认为孩子们被宠坏了。也

90

许，他们吵闹得是有点过分，但在米德尔顿夫人看来却是非常自然的，而我也喜欢活泼机灵的孩子，不喜欢腼腆害羞、循规蹈矩的孩子。"

埃丽诺答道："说实话，当我待在巴顿庄园的时候，从来没有感到腼腆害羞、循规蹈矩的孩子令人讨厌。"

话一说完，屋内沉默了下来。不过，南茜很快就打破了尴尬的局面，突然说：

"达什伍德小姐，你喜欢德文郡吗？我想你离开苏塞克斯时一定非常难过。"

这话问得十分唐突，而且是随随便便地提出来，令埃丽诺感到十分惊讶，只好回答说确实深感遗憾。

"诺兰庄园一定很美吧？"南茜继续问。

"我们是听约翰·米德尔顿爵士说的，他非常赞赏那个地方。"露西说，语气里透着歉意，看起来她似乎觉得姊姊说话有些放肆。

"我想，无论是谁，只要见到过它都会称赞的，尽管任何人都不可能像我们那样评价它的美丽。"埃丽诺回答道。

"你们那里有许多风流倜傥的年轻人吧？我想在德文郡不会有那么多。"

"为什么你认为德文郡有教养的年轻人没有苏塞克斯多呢？"露西说，似乎为她姊姊感到羞愧。

"我并不是说这里没有，而且我认为埃克塞特一定有许多漂亮的公子哥儿。可是，我不知道诺兰有什么样漂亮的公子哥儿，我只是担心，如果达什伍德小姐们在巴顿见不到像以前那么多的年轻人，一定会感到索然无趣的。不过，也许你们这些年轻的姑娘对于漂亮的小伙子并不在意，有没有他们都一样快乐。我认为，只要他们穿着帅气、举止优雅，就赏心悦目了，但是，如果他们肮脏邋遢，我是不能忍受的。埃克塞特有位罗斯先生，他年轻英俊，风流倜傥，是个美男子，是很多人的意中人，可是，如果你

在某个早上见到他,那样子简直不堪入目,令人厌恶。我想你哥哥结婚前一定也是个不折不扣的美男子,是很多人的意中人吧!因为你哥哥那么有钱!"

埃丽诺说:"哎呀!我不知道怎么回答,因为我完全不懂你在说什么,不过有一点我可以告诉你,如果我哥哥结婚前是个美男子,那他现在一定还是个美男子,因为他身上没有半点儿变化。"

"天啊!从来没人会把已婚男人当做是意中人呢!"

"天哪!南茜,你就不会说点别的,张口闭口都是美男子、意中人,这会让达什伍德小姐以为你整天都不想别的事。"她妹妹嚷道,随即她转过话题,开始称赞房子和摆设。

这就是斯蒂尔姊妹,姊姊粗俗、愚蠢、放肆,妹妹虽然看起来美丽聪明,但缺乏真正的风雅,在离开庄园的时候,埃丽诺再也不希望和她们继续交往了。但是,斯蒂尔姊妹并不这样想,她们称赞达什伍德姊妹是她们见过的最美丽、最优雅、最多才多艺、最讨人喜欢的姑娘,还渴望与她们进一步交往。约翰·米德尔顿爵士完全赞同斯蒂尔姊妹的想法,所以天天举行聚会,达什伍德姊妹难辞盛情,这意味着她们几乎每天都要见面,至少要在同一间房子里一起待一两个小时。约翰·米德尔顿爵士对自己的安排很满意,毫不怀疑她们是否已成为关系亲密的好朋友。约翰·米德尔顿爵士已竭尽全力来使她们坦诚相处,并把她们各自的情况详细地说给对方听。她们见面不过几次,南茜就向埃丽诺表示祝贺,恭喜玛丽安来到巴顿后幸运地征服了一位风流潇洒的美男子。

"她能这么年轻结婚真是件好事,听说他还是个美男子,长相非常英俊,希望你也能很快就有同样的好运,不过,也许你已经有心仪的人啦!"

埃丽诺认为,在谈及她与爱德华的关系时,约翰·米德尔顿爵士并不会比他谈及玛丽安的事情更注意分寸,而且两者比较起来,爵士更喜欢开埃丽诺的玩笑,因为这个笑料更新鲜,更令人

费心揣测。自从爱德华来访后，每当在一起吃饭时，爵士总是用眼神祝福她爱情如愿，字母"F"一再被众人提及，使他们说出许多笑话，仿佛这个字母最有趣。

正如埃丽诺所猜测的一样，斯蒂尔姊妹也知道了这个笑料，南茜还对那位绅士的名字产生了兴趣，约翰·米德尔顿爵士马上满足了她的好奇心。

他对南茜耳语道："他姓费拉尔斯，请不要告诉别人，这可是个大秘密！"

"费拉尔斯！"斯蒂尔小姐重复了一遍，又说："费拉尔斯先生真是个幸福的人啊！什么？他是你嫂子的弟弟！达什伍德小姐，他是一个非常讨人喜欢的年轻人，我很了解他。"

露西大声说："南茜，你怎么能这么说呢？尽管我们在叔叔家里见过他一两次，但是，如果因此就说了解他，那也太夸张了。"

听到斯蒂尔姊妹的一番话，埃丽诺感到很惊讶。

"她们的叔叔是什么人？他住在哪里？他和爱德华是怎么认识的？"

她不想亲口问这些问题，但是很希望这个话题能继续下去，可是大家并没有再说什么，就连平时喜欢饶舌的詹宁斯太太也没有向斯蒂尔姊妹打探消息。还有，斯蒂尔小姐说到爱德华时的那副神情，好像她知道一些关于爱德华的不光彩的事，这让埃丽诺感到好奇，很想了解个中原因，但无论约翰·米德尔顿爵士后来怎么提起费拉尔斯这个名字，斯蒂尔小姐都没有再搭腔。

**22**

玛丽安生性孤傲，从来就不太能容忍粗俗无礼、才疏学浅或与她志趣不合的人，再加上她最近心情不好，自然非常讨厌斯蒂

尔姊妹，因此对她们的态度总是很冷淡。在埃丽诺看来，因为玛丽安刻意疏远斯蒂尔姊妹的缘故，她们总是主动亲近她，尤其是露西，一有时机就找她攀谈，常常以一种随意又坦率的口吻谈论自己，努力拉近她们之间的关系。

露西天性聪颖，谈吐大方，也十分风趣。埃丽诺发现，和露西交谈半个小时，会感觉她很可爱，但是时间一长，很快就会知道露西没有接受过良好的教育，不仅愚昧无知，缺乏基本知识，更缺乏才华和思想。尽管露西竭力表现自己以掩饰不足，但还是逃不过埃丽诺的一双慧眼，埃丽诺不禁为露西感到惋惜，因为如果露西受到了良好教育，她将会拥有优秀的才华。但是，埃丽诺不会对露西心存一丝怜悯，从她在米德尔顿夫人面前大献殷勤、百般奉承可以看出，露西一点都不正直、不诚实，缺乏知识和思想，埃丽诺不愿和这样的人有太多的交往，而且因为露西的无知，她们很难进行平等的交流和沟通。

"我想问你一个问题，不过你一定会认为我的问题很奇怪，你能否告诉我，你认识你嫂子的母亲费拉尔斯太太吗？"有一天在她们从庄园到别墅的路上，露西对埃丽诺如此说。

埃丽诺确实觉得这个问题很奇怪，也认为露西很无礼。当埃丽诺回答说从未见过费拉尔斯太太时，露西露出了惊讶的神情。

"是吗？真是太不可思议了！我以为你住在诺兰庄园时见过她。这么说来，你就无法告诉我她是一个什么样的人呢？"

"我对她一无所知。"埃丽诺回答说。

"你一定觉得很奇怪，我为什么要打听她，不过，也许我真的有这么做的理由，但愿我可以冒昧地说出来，无论如何，请相信我并非有意冒犯。"露西一边说，眼睛直盯着埃丽诺。

埃丽诺礼貌地做了响应，随后谁也没有说话。几分钟后，露西打破了沉默，又提起了刚才的话题：

"我不能让你认为我无礼，因为我非常重视你的好评，而且我

确定自己十分信任你。其实，我正处于尴尬的情况，我不知道该怎么办，如果你能给我一些建议，我将感激不尽。不过，看来是没必要打扰你了，很遗憾你居然不认识费拉尔斯太太。"

"非常抱歉，我不认识她。说实话，我从来没想到过你和那个家庭会有什么关系，所以我真的对你打听她的情况觉得很奇怪。"埃丽诺十分惊讶地说。

"我相信你一定会感到奇怪的，可是，如果我有勇气告诉你一切，那你就不会觉得奇怪了。就目前而言，费拉尔斯太太和我毫无关系，不过我们早晚会成为关系密切的亲戚，而时间完全取决于费拉尔斯太太。"

露西低头说着这些话，样子显得既羞涩又忸怩，然后瞟了一眼埃丽诺，观察她有何反应。

埃丽诺大声说："难道你认识罗伯特·费拉尔斯先生吗？"想到自己将来会有这么一个姑娘，埃丽诺并不感到高兴。

露西回答说："天哪！我不认识罗伯特·费拉尔斯先生，我从来没有见过他，而是——认识他哥哥。"她盯着埃丽诺的眼睛。

此刻，埃丽诺会作何感想呢？如果不是立刻从心里对这个说法表示怀疑的话，她一定会陷入极度惊讶和万分痛苦之中。片刻的沉默之后，埃丽诺惊愕地看着露西，不明白露西为什么要对她说这些。尽管埃丽诺的脸色由红变白、由白变红，但是心里绝不相信露西的话，她坚强地站在原地，发现自己并没有晕厥。

露西继续说："你一定很吃惊，因为之前你一定从未听说过这件事，我敢说爱德华从未向你或你家的任何人透露过一点消息，我们约定好绝对要保守这个秘密，在我的亲戚中，只有南茜知道这件事。到目前为止，我一直守口如瓶，如果不是觉得你是世界上最值得信赖的人，能够保守秘密的话，我是不会告诉你的。我认为我问了你那这么多关于费拉尔斯太太的问题，让你感到很奇怪，所以我有必要解释一下，我也相信爱德华即使知道我向你透

露了秘密，也不会怪我的，因为他对你们一家人的评价很高，完全把你和另外两位达什伍德小姐当成他的亲妹妹。"说到这里，露西停了下来。

好几分钟埃丽诺都没有说话。这件事让她十分震惊，根本说不出话，后来她强迫自己说话，并且告诫自己一定要谨慎。

她竭力掩饰焦虑的心情，冷静地问："可以告诉我你们订婚多久了吗？"

"四年。"

"四年了？"

"是的。"

震惊之余，埃丽诺依然不相信露西的话。

"我一直不知道你们认识，直到那天你姊姊说你们认识费拉尔斯先生。"埃丽诺说。

"我们已经认识很多年了，你知道，爱德华由我叔叔照料了很长一段时间。"

"你叔叔？"

"是普拉特先生。你从没听爱德华提到普拉特先生吗？"

"我想我听说过。"埃丽诺答道，并努力抑制住越来越激动的情绪。

"爱德华在我叔叔家住了四年，我叔叔住在普利茅斯附近的朗斯特普尔，我们就是在那儿认识的，也是在那儿订婚的，那是他退学一年后的事，此后他几乎总是和我们待在一起。事实上，在他母亲不知道、没同意的情况下，我原本不应该和他订婚的，但是当时我太年轻，太爱他了，做事缺乏应有的谨慎。虽然你不像我那么了解爱德华，但在你们交往的过程中，你一定也觉得他是一个能够让女孩子真心地爱上他的人。"

"当然！"

埃丽诺随口回答，其实她并不知道自己在说什么。经过几分

钟的反复思量后，她对爱德华深爱自己充满自信，认为露西一定是搞错了，于是补充道：

"你是说和爱德华·费拉尔斯先生订婚！我确实感到万分惊讶，请原谅，不过我想你一定是把人或姓名搞错了，我们说的不会是同一个费拉尔斯先生。"

露西笑着大声说："我们说的不会是同一个人？我所说的这个人是爱德华·费拉尔斯先生，派克街费拉尔斯太太的长子，你嫂子约翰·达什伍德夫人的弟弟。这么说吧！我想我还不至于傻到那种程度，把全部幸福托付给一个连姓名都搞错的人的身上。"

"真奇怪！我竟然从未听到他提起过你的名字。"埃丽诺痛苦地说。

"这并不怪，我们之间最重要的是保守秘密。你和我并不认识，他没必要向你提起我，更何况爱德华非常担心他姊姊疑神疑鬼的，所以他不向任何人谈起我。"

埃丽诺一下子失去了自信，但是并没有失去自制力。

"你们订婚都四年了！"她沉稳地说。

"是啊，天知道我们还要等多久才能结婚，可怜的爱德华，他一定很灰心、丧气。"

露西从口袋里拿出一张小画像，接着说：

"为了避免搞错，请你看看这张脸，虽然画得没有他本人好看，但我想至少不会让你认不出来是谁，这张画像我已经保存三年多了。"她一边说一边把画像塞到埃丽诺的手里。

当埃丽诺看见画像时，之前她所有的怀疑、痛苦和折磨都不重要了。没错！一点都没错，露西所说的那个人正是爱德华·费拉尔斯。埃丽诺几乎是立刻就把画像还给了露西，并承认他就是爱德华。

"我没有小画像，一直未能回赠给他，这让我非常烦恼，因为他一直渴望得到，我决定有机会找人帮我画一幅。"

　　"你这样做很好。"埃丽诺镇静地响应。

　　之后，她们默默地走着，但很快露西又开口说："我一点也不怀疑你是否会忠诚地保守这个秘密，因为你一定很清楚，对我们来说，不能让他母亲知道这件事是很重要的，如果他母亲知道了，绝对不会同意我们私订的这门婚事，爱德华将被剥夺财产，而我将一无所有。我想，他母亲是个极其傲慢的人。"

　　"谢谢你的信任，我会保守秘密的。不过恕我直言，我对你向我吐露秘密深感惊讶，至少你应该意识到，这么做完全无助于保守你们的秘密。"

　　埃丽诺说这番话的时候，仔细观察着露西，希望能从她的表情中发现什么破绽，也许是希望露西刚才所说的话绝大多数是假的吧！但是露西却面不改色。

　　"我把一切告诉你，真担心你会认为我太冒昧了。我们相识和交往的时间并不长，但是，根据其他人的描述，我觉得自己很了解你和你的家庭，而且我对你有一见如故的感觉。此外，我非常唐突地向你询问爱德华的母亲的情况，我认为应该向你解释一下，说明其中的缘由。还有，我是个不幸的人，周围连一个可以征求意见的人都没有。南茜是唯一知情的人，但她根本没什么见解，反而担心她会泄漏秘密。你一定也看出来了，南茜的嘴巴不牢靠，那天约翰·米德尔顿爵士提起爱德华的名字，我害怕得要命，真担心她把一切都说出来。你无法想象，我和爱德华之间的事让我吃尽了苦头。不过，让我感到惊讶的是，在过去四年的时间里，我为爱德华遭受了那么多痛苦，我的心竟然没有破碎，你要知道，这一切都悬而未决，我和他又只是偶尔见面——我们一年最多见两次。"

　　说到这里，露西掏出了手帕，可是埃丽诺并不同情她。

　　"有时候我会想——"露西擦了擦眼睛继续说，"如果我们解除婚约，对双方来说也许都更好一些。"说这话时她两眼直视着埃

丽诺。"可是大多数时候我不够坚决，下不了决心和他一刀两断，因为一想到这会使爱德华痛不欲生，我就受不了，而且爱德华太可爱了，我也不愿意离开他。在这种情况下，你说我该怎么办？如果换作是你，你会怎么办？"

"很抱歉——"埃丽诺回答道，同时为这些问题感到震惊，"我不是你，我帮不了你，这些事你得自己拿主意。"

"当然——"露西继续说，"他母亲迟早会把财产给他，可是，现在爱德华总是为我们的事感到沮丧！他在巴顿时，你不觉得他的情绪很低落吗？他在朗斯特普尔和我们分别的时候，那样子实在很痛苦，我真担心你们会认为他生病了呢！"

"那么，他是从你叔叔那儿来巴顿看望我们的吗？"

"是的，他和我们一起待了两个星期。你们以为他是直接从城里来的吗？"

"不——"埃丽诺答道，——印证的情况都显示露西没有说谎，"他告诉我们，他在普利茅斯附近和一些朋友一起待了两个星期。"当时，爱德华没有进一步谈到那些朋友，也没有提及他们的名字。

"那时你不觉得他的情绪很低落吗？"露西重复问道。

"我们都感觉到了，尤其是在他刚到的时候。"

"我曾恳求他克制自己，免得你们产生猜疑，可是，我们在一起的日子是那么短暂，再加上看到我那么伤感，他怎么会不悲伤呢？可怜的人儿！我担心他现在依然如此，因为我离开埃克塞特前收到了他的信，信中流露的情绪还是那么沮丧。"说着，露西从口袋里掏出一封信，并把地址指给埃丽诺看。"你一定认识他的笔迹，真漂亮，但不如平常写得好，大概是累了，因为他刚刚写了满满一页的信给我。"

确实是爱德华的笔迹，埃丽诺无法再有任何怀疑了。关于那幅画像，她原来认为可能是露西偶然得到的，不可能是爱德华赠

送的礼物，可是他们之间的书信往来显示他们确实是订婚了。有好几分钟，埃丽诺觉得几乎支持不住了，内心痛苦万分，但是理性告诉她千万不能倒下，最终她战胜了自己，振作起了精神。

"通信是我们在漫长的分离中得到的唯一安慰。"露西说着，同时把信放回口袋里，"当然，我还有他的画像可以慰藉，而可怜的爱德华连我的画像也没有，他说要是有了我的画像，心情就会好许多。上次他来朗斯特普尔时，我送了他一绺头发，嵌在他的戒指里，他说多少能给他一点安慰。也许，你注意到那个戒指了吧？"

"是。"埃丽诺说，在她镇静的语气下却隐藏她从未感受过的超乎寻常的激动和痛苦，她受伤了，并为此感到震惊。

庆幸的是，她们已经走到别墅，谈话无法继续下去了。和她们坐了一会儿之后，露西起身告辞回庄园去了，埃丽诺终于可以自由地思考、分析、痛苦了。

## 23

无论埃丽诺平常怎么认为露西是个不诚实的人，但经过一番思考后，在这件事情上，她认为露西说的是实话，心中不再有任何怀疑。各种证据显示他们已经订婚，除了埃丽诺自己的主观愿望之外，无论如何没有人能得出相反的结论。首先，他们在普拉特先生的家相识，然后产生了感情并私订终身，这一点无可置疑，同时也令人惊讶，而爱德华在普利茅斯附近的拜访、他的沮丧情绪、他对自己前途的迷惘、他对她忽冷忽热的态度，尤其使她感到吃惊的是斯蒂尔姊妹对诺兰庄园和她们的亲属了若指掌，还有那画像、信件、戒指，这一切都是有力的证据，她的判断不会错，而且这一切还证明了一个事实——他欺骗了她。埃丽诺对爱德华的这种行为感到愤怒，不禁顾影自怜，但是她很快又想到，爱德华是故意欺骗她吗？难道他对她的感情是虚假的？他与露西订婚是发自内心的吗？不！无论过去是怎样，埃丽诺不相信现在依然如此，她确信他是爱她的，而且只爱她，这一点她绝不会搞错。在诺兰庄园，她的母亲、妹妹们、芬妮都看出来了，他喜欢她，这并不是她的虚荣心产生的错觉。他一定爱她，这一信念使她心里得到了多大的慰藉啊！还有什么不能原谅他呢！不过，当爱德华第一次意识到自己喜欢她的时候，却仍然留在诺兰，这一点是应该受到谴责的。但是，如果说他伤害了她的话，那他又是怎样严重地伤害了他自己啊！如果说她的处境值得同情，那他的处境就是无可救药、毫无希望了。他的轻率举动给她带来了一时的痛苦，但他的痛苦看起来却永无止境。她迟早会抚平伤痛、恢复平静，可是他，还有什么可指望的呢？他和露西·斯蒂尔在一起会幸福吗？如果他和她之间的爱情都不可能的话，那么，诚实、风雅、见识广博的爱德华，会对露西这样一个无知、狡诈、自私的妻子感到满意吗？

十九岁的年轻人大多很冲动，当时的爱德华自然只看到露西的美貌和温柔，但是时光荏苒，经过了四年，如果爱德华心智逐渐成熟，具有了理性的判断的话，那么，他的一双慧眼就会看到露西的无知，而在同一时期，露西一直生活在比较低层的社会，追求的是低级趣味，这会使她失去昔日的单纯——这种单纯原本可以为她的美丽增添几分可爱的色彩。

如果爱德华想和埃丽诺结婚会遭到他母亲的反对，那么，他选择与一个社会地位比埃丽诺更低下并且可能更贫穷的女子订婚，阻力将会有多大啊！当然，对于一个与露西在心灵上格格不入的人来说，也许家庭的反对会让他感到无所谓，即使解除婚约也没什么可惋惜的。

在埃丽诺的脑海中出现了各种想法，她哭了，但她是为爱德

华感到难过，而不是为自己，她确信自己没什么事值得如此痛苦的，同时也相信爱德华并没有做出欺骗她的事，而这让她感到些许安慰。现在，埃丽诺认为最重要的是不能让妈妈和妹妹们知道事情真相，即使自己刚刚受到狠狠一击，也必须保持镇定。因此，在她的希望之光熄灭仅仅两个小时，她平静地和母亲、妹妹们一起用餐，没有人想到她正因与心爱的人永远分离在暗自神伤。这个时候，玛丽安正想着威洛比，还认为自己完全占据了他的心，她期盼着马上就能见到他。

为了不让母亲和玛丽安知道实情，埃丽诺努力控制情绪，这样做并没有增加她的痛苦，反而是一种解脱，因为母亲和玛丽安如果了解了真相，基于对她的爱，一定会谴责爱德华，那将是她不能忍受的。

埃丽诺明白，母亲和玛丽安的劝慰对她毫无帮助，她们的爱怜和悲伤只会加剧她的痛苦，与其如此，不如独自悲伤，理性地克制自己，保持愉快的表情。

虽然与露西的谈话让埃丽诺感到痛苦、悲伤，但她更渴望了解更多的情况，比如他们订婚的许多细节、露西对爱德华的真实感情；更重要的是，她希望自己能主动、冷静地谈起这件事，从而使露西相信，她只是以作为一个朋友的角度来关心这件事，因为她非常担心自己不由自主流露出的慌乱神情会引起露西的猜疑。看起来，露西很可能对她怀有妒忌之心，显然爱德华总是在露西面前极力称赞她，这不仅从露西的谈话中听得出来，而且从露西敢把一个非常重要的秘密告诉刚刚认识的她这一举动中也看得出来，甚至连约翰·米德尔顿爵士开玩笑的话也发挥了一定的作用。其实，埃丽诺既然深信爱德华是爱自己的，自然会认为露西在妒忌她，而露西向她泄漏秘密就是很好的证明，因为露西的一番话除了想告诉埃丽诺，爱德华是属于她的，告诫她以后少和他接触之外，还有什么动机呢？埃丽诺毫不费力就识破了情敌的意图，

因此，她决定以诚实而大方的态度行事，努力克制对爱德华的感情，尽可能少和他见面，同时她要让露西相信，她并没有受到伤害。

事实上，露西和埃丽诺也希望有机会就此事继续交谈，只是很难找到机会。一般情况下，她们可以利用散步的机会避开众人谈这件事，可是近来天气很糟，没办法出去散步。尽管她们至少每隔一天晚上就可能在庄园或别墅见面，但大家聚在一起都是为了吃喝玩乐，根本没有时间让她们进行这样特殊的谈话。

一天上午，约翰·米德尔顿爵士来到别墅，恳请她们去和米德尔顿夫人共进晚餐，因为他要前往埃克塞特俱乐部，米德尔顿夫人只有她母亲和两位斯蒂尔小姐作伴，如果她们不去，夫人会感到孤单、寂寞。埃丽诺觉得这样的聚会很可能会有自由交谈的机会，于是欣然接受邀请，玛格丽特则因母亲赞同所以也表示接受，只有玛丽安一向不愿参加这样的聚会，不过最后还是被母亲说服了。

米德尔顿夫人很高兴三位小姐的到来，这可以让她免遭孤独之苦了。正如埃丽诺所预料的，聚会枯燥乏味，没有什么新奇话题，几个孩子和她们一起待在客厅里，露西根本没空和埃丽诺谈话。当茶点被撤走的时候，孩子们离开了客厅，接着牌桌摆了上来，埃丽诺心想今晚恐怕没机会了。大家纷纷起身，准备玩牌游戏。

米德尔顿夫人对露西说：

"我很高兴，你今晚不打算给可怜的小安娜玛丽亚编织完那个小篮子了，因为在烛光下做金丝饰品一定很伤眼睛。噢，小宝贝明天一定会很失望，不过我可以给她一点其他补偿，但愿她不会太在意。"

有这个暗示已经足够了，露西立即答道："米德尔顿夫人，我只是不知道你们玩牌的人手是否能凑齐，要不然我早就去做金丝

饰品了。我不会让我们的小天使失望的，不过，如果你现在需要
玩牌的话，我会在晚饭后再编织好小篮子。"

"你真是太好了，希望不会伤害你的眼睛，要不要叫仆人送些
蜡烛来？我知道，如果小篮子明天不织好，可怜的小姑娘一定会
很失望的，因为尽管我告诉她明天一定织不好，但相信她一定很
希望能编织好呢！"

露西马上将针线台拉近自己，看她那兴致勃勃的样子，似乎
没有什么事情能比为一个宠坏了的孩子编织金丝小篮子更令她感
到高兴了。

米德尔顿夫人提议玩一局纸牌，除了玛丽安，没有人表示反
对。玛丽安和往常一样，根本不考虑什么礼貌，大声说："夫人的
心肠那么好，一定会原谅我的，你知道我讨厌打牌，我想去弹钢
琴，自从调过音后我还没有弹过呢！"

话一说完，玛丽安便转身朝钢琴走去。

此时，米德尔顿夫人脸上的神情，看起来仿佛在感谢上帝，
她自己从来没说过这么无礼的话。

"玛丽安太喜欢这架钢琴了，你是知道的，夫人，对此我并不
感到奇怪，因为这是我所听过音质最美的钢琴。"埃丽诺极力替妹
妹的无礼打圆场。

其他五人正准备摸牌。

埃丽诺又说："如果我不玩牌，倒是能帮帮露西·斯蒂尔小姐
的忙，也许啦！我可以替她卷纸，而且那个篮子要编织好还差得
远呢！一个人做今晚一定做不完，如果她同意我帮忙的话，我非
常乐意效劳。"

"如果你能帮忙的话，那就太感激了，因为我发现要做的工作
比我预料的多很多，万一做不完，让可爱的小安娜玛丽亚失望，
那可就不好了。"露西嚷道。

"哎呀！如果真的是那样的话就糟糕了，我是多么爱那个亲爱

的小天使啊！"南茜说。

米德尔顿夫人对埃丽诺说："你真是仁慈！既然你真的喜欢做编织活儿，可以下一局再玩，你不介意吧？还是现在玩？"

埃丽诺马上高兴地采纳了第一个建议。就这样，运用一点点智慧——玛丽安从来就不屑一顾的小技巧，埃丽诺既达到了自己的目的，又讨好了米德尔顿夫人。露西立即给埃丽诺腾出地方，于是两位美丽的情敌并肩地坐在一起，并极力配合完成同一件事。玛丽安坐在钢琴前，沉醉在音乐和退想中，全然忘记了房间里还有其他人。幸运的是，钢琴距离埃丽诺和露西很近，有琴声的掩护下，埃丽诺可以放心地提起那个有趣的话题，而不必担心被牌桌上的其他人听见。

## 24

埃丽诺以一种谨慎而坚决的语气说：

"关于那件事，如果我不和你继续谈论，或对它没有进一步的好奇的话，我就有愧于你对我的信任，所以，我现在旧话重提，但愿不会很冒昧。"

"谢谢你打破僵局，你这么做让我安心多了，因为我一直在担心星期一对你说的那些话让你生气了。"露西热情地说。

"生气？你怎么会这么想呢？相信我！我最不希望让你产生这样的想法了，难道你对我的信任里还包含有什么不好的动机吗？"埃丽诺诚恳地说。

"可是，说实话——"露西回答说，一双锐利的眼睛意味深长地看着她，"我觉得你那天的态度有些冷淡和不快，让我很不安。我当时认为你生气了，所以我一直责备自己，实在不该无礼地以自己的事打扰你，不过，现在我很高兴地发现，那只是我的错觉，

因为你并没有生气。如果你知道我把生命中无时无刻不在思虑的事情告诉你，以此来减轻心灵的负担，对我来说是怎样的一种宽慰的话，你就会对我百般同情，从而原谅我的无礼和冒昧了。"

"我相信，你把你的处境告诉我，而且确信永不后悔，让你得到了很大的安慰。但不幸的是，在我看来，以后你的处境会更加困难重重，这就需要以你们所有的爱来坚持下去。我想，费拉尔斯先生在钱财方面得完全依赖他母亲。"

"他自己只有两千镑的收入，可是，要想单靠这点钱结婚的话，那简直是疯了，但我可以毫无怨言地放弃更美好的前景。我早已习惯了收入微薄的生活，为了爱德华，再穷的日子我都不怕，因为我太爱他了，我不能太自私，让他因为和我结婚而得不到应得的财产，如果他的婚姻能使他母亲满意，他会得到属于他的全部财产的。因此，我们必须等待，也许会等很多年，对于全天下的男人来说，要做到这一点是很难的，但我知道，爱德华不会变心，没有任何力量能夺走爱德华对我的爱。"

"一定是这种信念支持着你，毫无疑问地，爱德华对你也抱有同样的信念。可是，要是你们的感情减弱了，就像许多人在四年订婚期间经常发生的那种情况，那么，你们的事可就真的有些麻烦了。"

露西听到这儿抬起头，埃丽诺早有防备，脸上表情平静，没有流露出任何可以让人看出她的话有一种可疑的意图。

"爱德华对我的爱，从订婚到现在已经受到了长期分离的严峻考验，如果我再怀疑它，那我就不可饶恕。我可以非常肯定地说，从一开始起，我们之间的爱情从来没有让我感到片刻的不安。"露西说。

听到露西这样断言，埃丽诺觉得哭笑不得。

露西继续说："我的嫉妒心很强，一方面是因为我的天性，另一方面是因为我和他的生活处境不同，他的地位比我高得多，而

且我们又总是不在一起，所以，每次见面时，只要我察觉到爱德华的态度有细微的变化，或无缘无故地情绪低落，或是他过多地谈论某一位女人，我就会马上觉察出来。当然，我并不是说我的观察力非常敏锐，但是在这种事情上我一定是不会被欺骗的。"

"说得真是动听！"埃丽诺心想，"但是这样的话根本是自欺欺人，更骗不了我。"

"那么——"埃丽诺沉默了一会儿之后说，"你们打算怎么办？难道除了等费拉尔斯太太去世就没有别的办法了吗？那真是太悲惨了！难道爱德华宁愿忍受这么多年的烦恼，不向母亲承认实情，也不愿惹恼母亲，给她带来一时的不快吗？你要知道，这件事可关系到你的幸福。"

"如果只会给他母亲带来一时的不快，那倒好了！可是费拉尔斯太太是个倔强、傲慢的女人，一听到这件事，她一定会大怒，说不定立刻就把所有的财产都留给罗伯特了，想到这些，为了爱德华，我就打消了向他母亲说出真相的念头。"

"而且这么做也是为了你自己，要不然你的自我牺牲就让人无法理解了。"

露西又看了埃丽诺一眼，没有说什么。

"你认识罗伯特·费拉尔斯先生吗？"埃丽诺问道。

"我从来没见过他，但我想他和他哥哥大不相同，他很傻，是个十足的花花公子。"

"十足的花花公子！"南茜重复了一声。因为玛丽安的琴声突然停止，她听到了这句话。"噢，我敢肯定，她们是在议论她们的心上人。"

"姊姊，你错了，我们的心上人可不是什么花花公子。"露西大声说。

"这事我能为达什伍德小姐证明，她的心上人不是那种人，因为他是我见过最谦虚、最可爱的年轻人之一。至于说到露西的心

上人，她是个狡猾的小东西，谁也不知道她喜欢什么样的人。"詹宁斯太太开心地笑着说。

"哎呀！"南茜意味深长地看看她们两人说，"我敢肯定，露西的心上人和达什伍德小姐的心上人一样谦虚，一样可爱。"

埃丽诺的脸不由自主地红了，露西咬着嘴唇生气地看着姊姊，有好一会儿她们都没有说话。玛丽安又弹奏起了一首极为激昂的协奏曲，为她们的交谈提供了极佳的掩护，露西用很低的声音打破了沉默。

"我想坦白地告诉你一件事，我最近想到了一个确实可行的计划，我一定要让你知道这个秘密，因为它与你有关。我想，以你对爱德华的了解，一定知道他最想从事的职业就是牧师，那么，我的计划就是尽快使他成为牧师，然后透过你的帮助，劝你哥哥把诺兰的牧师职位给他，目前的教区牧师看起来活不了多久了，无论是基于对他的友谊还是对我的尊重，我相信你一定会去做的。在我看来，牧师的俸禄是一笔不错的收入，足以让我们结婚了，其他的就听天由命了。"

"能向费拉尔斯先生表达我的敬意和友情，让我感到很高兴，可是，在这件事情上，难道你看不出来根本不需要我的帮助吗？你应该清楚，爱德华可是约翰·达什伍德夫人的弟弟，就凭这一点，她丈夫也会把那个职位给他。"

"可是约翰·达什伍德夫人并不赞同爱德华去做牧师。"

"如果是这样，我的帮助恐怕也发挥不了作用吧！"

她们又沉默了一会儿，最后露西深深地叹了口气，说：

"这件事看起来困难重重，我想，目前最明智的办法就是马上解除婚约，尽管这会让我们在一段时间内感到很痛苦，但是最终的结果可能是我们更幸福一些。你不想就此事给我一些建议吗？达什伍德小姐。"

"我不会这么做。"埃丽诺回答道。她的脸上带着一丝微笑，

但内心却忐忑不安，"在这件事情上，我当然不会劝你怎么做，因为你心里很清楚，除非我的意见和你的想法一致，否则毫无意义。"

"噢，你完全误会我了——"露西郑重其事地说，"在所有人的意见中我最重视你的意见，而且我相信，如果你对我说：'我劝你无论如何与爱德华·费拉尔斯解除婚约，这对你们两个人的幸福更有好处。'那么我会马上采取行动。"

埃丽诺不禁为爱德华未婚妻的虚伪感到脸红，她回答说："即使我有什么看法的话，你的恭维也会把我吓得不敢再说半句，而且，要一个旁观者去把一对热恋的人分开，实在是太过分了。"

"正因为你是个旁观者——你的判断才会是客观的，我才会重视你的意见，假如你的判断带有个人感情而缺乏客观性，就不值得听取了。"露西有点生气地说，同时特别加重了"旁观者"几个字。

埃丽诺认为现在最明智的做法是不再说什么，甚至在一定程度上打定主意以后再也不提这个话题。因此，她们又沉默了，几分钟之后还是露西首先开口。

"达什伍德小姐，今年冬天会去城里吗？"她带着惯常的得意的神情问道。

"当然不去。"

"太可惜了！如果能在城里见到你，我不知会有多高兴啊！尽管如此，我认为你还是会去的，我认为你的哥哥和嫂嫂会邀请你去的。"露西说着，眼里闪烁着喜悦的光芒。

"即使他们邀请我，我也不可能接受。"

"我原本希望能在城里见到你呢！南茜和我一月下旬要去城里探访一些亲戚，这几年他们一直都期望我们去，不过，我只是为了见到爱德华才愿意去的，他二月时会到那儿，否则我才没有兴致去伦敦呢！"

因为第一局纸牌游戏结束了，埃丽诺被叫回了牌桌，于是两位小姐的谈话就此结束。对于她们两人来说，这时结束谈话未尝不是一件好事，因为在两人的谈话中，没有一句能够减轻彼此的厌恶之情。坐在牌桌旁，埃丽诺忧郁地相信，爱德华不仅不爱这个将要成为他妻子的人，而且他根本不可能从这个婚姻中得到任何幸福——埃丽诺自己的真挚爱情原本是可以使他获得幸福的——因为只有自私自利的女人才会与一个男人保持这样的一种婚约，而露西似乎完全意识到爱德华已经厌倦这个婚约了。

从此之后，埃丽诺再也没有主动提起过这个话题。露西是非常有心机的人，很少放过旧话重提的机会，只要收到爱德华的来信，她总是急于把自己的幸福告诉她的"知己"。每当露西谈起这些事，埃丽诺都是以冷静和谨慎的态度相待，并不失礼貌地尽快结束谈话，在埃丽诺看来，这样的谈话毫无意义，而且还会给她自己带来暴露感情的危险。

两位斯蒂尔小姐对巴顿庄园访问的时间一再延长，远远超过了约翰·米德尔顿爵士最初邀请她们时提出的日期，因为大家越来越喜爱她们，想走也走不了，约翰·米德尔顿爵士更是坚决不让她们走。虽然斯蒂尔小姐们在埃克塞特有许多早就安排好了很多事情，急需她们马上回去处理或赴约，尤其是越到周末越忙，她们还是被说服在巴顿庄园待了近两个月，并帮助料理圣诞节期间要在庄园举行的许多不同于平常的家庭舞会和大型宴会。

## 25

尽管詹宁斯太太习惯于每年的大部分时间都在孩子们和朋友家中度过，但她并不是没有自己的房子。她丈夫原来在伦敦做买

卖，生意很不错，自他去世以后，她每年冬天都住在波特曼广场附近的伯克利街上。快到一月时，詹宁斯太太想起了自己的家，打算回城里去。这一天，詹宁斯太太出人意料地邀请两位年纪较大的达什伍德小姐陪她一起回家去。听到这个邀请，玛丽安的脸上马上流露出激动神情，但埃丽诺没有注意到妹妹表情的变化，立即礼貌地代表她和妹妹坚决谢绝了，说她们绝不能在圣诞节前后离开自己的母亲。詹宁斯太太没想到会遭到拒绝，先是吃了一惊，但马上又恢复了她那一向乐观的态度，再次提出了邀请。

"天哪！我想你们的母亲会让你们去的，而且我是真诚地请求你们陪伴我。不必担心你们会给我带来任何不便和麻烦，我只需要打发贝蒂乘公共马车先回去，这样我们三个人就可以舒服地乘着我的马车一起启程，到了城里，如果你们不愿随我去什么地方，可以自便，或和我的一个女儿待在一起。我相信，你们的母亲是不会反对你们去的，因为我在嫁女儿这方面能力相当不错，她一定会认为我是为你们寻找一个好婆家的最合适的人，到时候我保证至少让你们其中一位嫁个如意郎君，放心好啦！"

约翰·米德尔顿爵士说："在我看来，如果埃丽诺能同意，玛丽安会很乐于接受这个邀请的，但现在的问题是埃丽诺不同意，使玛丽安也不能去，真够让她难受的。我倒是有个主意，如果你们两个觉得在巴顿待烦了，就去城里走走，一个字也别对埃丽诺提起。"

詹宁斯太太说："当然啦，不管达什伍德小姐去不去，我都会因为有玛丽安小姐的陪伴而感到高兴。但我认为人越多我越高兴，而且她们一起去会更愉快一些，因为如果她们讨厌我了，就可以彼此聊聊天，还可以在背后取笑我找找乐子，不过，如果不能两个都去，那哪一个去都行，我总得有个人做伴。我真的无法忍受一个人闷在家里，一直到今年冬天我都有夏洛蒂陪，但她现在已经出嫁了。好啦，玛丽安小姐，我们击掌发誓吧！你答应跟我去

城里陪伴我，如果达什伍德小姐能改变主意，那就更好了。"

玛丽安热情地说："谢谢你，夫人，衷心地谢谢你的邀请，能够接受你的邀请会给我带来莫大的快乐，几乎是我能够享受到的最大的快乐了。可是，我觉得埃丽诺说得对，我的母亲，我那最亲爱、最慈祥的母亲，可能会因为我们不在而不快乐。噢！不，什么事都不能让我离开她，我们根本就不应该想到要离开她，这件事就不要再提起了。"

詹宁斯太太再次担保说，达什伍德太太没有她们两个在跟前也会过得很愉快，而这时埃丽诺也明白了妹妹的心思，玛丽安一心渴望去城里再见到威洛比，于是她不再明确表示反对这个邀请，只说由她母亲来决定。埃丽诺认为，为了玛丽安和自己，她们应该拒绝这个邀请，但是，她知道自己的想法很难得到母亲的支持，因为无论玛丽安想干什么，母亲总是极力成全，而且母亲仍然确信玛丽安和威洛比已经订婚了，根本不可能指望说服母亲对这件事谨慎一些，更何况她也不敢解释自己不愿去伦敦的原因。玛丽安一向讨厌詹宁斯太太，现在为了实现一个目标却不顾一切，也不考虑这举动会给自己脆弱的情感带来多大伤害，由此可以充分证明那个目标对玛丽安来说是何等重要了，不过，埃丽诺虽然目睹了玛丽安和威洛比之间发生的一些事，但她认为一切可能并不是那么回事，并不像玛丽安想象的那样重要。

达什伍德太太得知这个邀请后，认为这一趟一定会带给她的两个女儿很多的乐趣，而且玛丽安的眼神透露出对这一邀请充满期待和渴望，达什伍德太太不愿女儿们因为自己的缘故而拒绝这个邀请，于是坚持要两个女儿接受，还说她会像往常一样愉快，这次离别还可以为她们每个人带来种种好处。

达什伍德太太说："我很喜欢这个计划，正合我意。你们和米德尔顿夫人一家人走后，我和玛格丽特可以安静、快乐地看书、唱唱歌，等你们回来的时候，就会发现玛格丽特大有长进！我还

有一个小小的计划，打算改变一下你们的卧室，趁你们一走，正好进行整修，而且不会给任何人带来不便。真的应该让你们去城里看看，如果有可能，我会鼓励像你们这样的年轻女子都去了解一下伦敦的生活和娱乐。詹宁斯太太是个热心人，对你们很慈爱，一定会像母亲一样照顾你们，对此我毫不怀疑。还有，你们很可能会见到你们的哥哥，无论他和他妻子犯了什么错，一想到他毕竟是你们父亲的儿子，我就不忍心使你们兄妹感情这么疏远。"

"虽然你总是渴望我们快乐，极力支持我们去城里，但我认为还有一个理由让我们无法接受这个邀请。"埃丽诺说。

玛丽安的脸色沉了下来。

达什伍德太太说："细心的埃丽诺会提出什么理由呢？可别告诉我说这一趟要花费多少钱。"

"我的理由是，尽管詹宁斯太太心肠好，可是我们和她的交往不会给我们带来快乐，她的保护对我们来说也不是很重要。"

"那倒也是，如果你们总是和她在一起，而不去和其他人交往，你们这次去城里几乎就不会有什么收获，不过你们可以和米德尔顿夫人一起去社交嘛！"她母亲回答说。

"如果埃丽诺因为讨厌詹宁斯太太而不愿意去的话，那也不要妨碍我接受她的邀请，我没有这样的顾虑，而且我相信我可以容忍种种不愉快。"玛丽安说。

玛丽安过去一直对詹宁斯太太的举止表示不满，埃丽诺多次劝说她要注意基本的礼貌但都无济于事，而今天玛丽安对詹宁斯太太却表示出毫不介意的态度，这让埃丽诺忍不住想笑。于是，埃丽诺决定和妹妹一起去，因为玛丽安总是自行其是，她实在不放心，而且露西说爱德华二月才会到城里，那时她们早已结束了在伦敦的访问，不会在城里遇见了。

"我要你们两个都去，到了伦敦你们会非常快乐的。如果埃丽诺愿意委屈一下自己，就可以享受到种种乐趣所带来的快乐，或

可以从与嫂嫂家的来往增进彼此之间的感情，并从中得到一些快乐。"达什伍德太太说。

母亲一直确信爱德华和她之间的爱情，埃丽诺时常希望能有机会减弱母亲这个看法，好让将来一切真相大白时，母亲受到的打击小一些。可是，刚才母亲的一席话分明是针对爱德华而说的，埃丽诺意识到，要想说服母亲认为她和爱德华之间没有什么，几乎是不可能的，于是，她努力镇定地说：

"我非常喜欢爱德华·费拉尔斯，而且很高兴见到他，至于他家的其他人，和我毫不相干。"

达什伍德太太笑了笑，没有说话，玛丽安却满脸惊讶。

母女最后决定接受詹宁斯太太的邀请。詹宁斯太太获悉消息后大为欣喜，再三保证要慈爱地照顾她们。当然，高兴的何止詹宁斯太太一个人，约翰·米德尔顿爵士也感到非常高兴，对于一个最怕孤独的人来说，能在伦敦所认识的人中加上两个人，实在是了不起的事，甚至连米德尔顿夫人也一反常态，显得很高兴的样子。至于两位斯蒂尔小姐，尤其是露西，仿佛一生中从来没有像听到这个消息时一样快乐过。

就埃丽诺而言，可以说是违心地接受了这一邀请，去不去城里她都无所谓，不过，当她看见母亲沉浸在无比的快乐中，妹妹也因此恢复了原来的生气，甚至比以往更愉快时，她也因此感到满意，而且不再有任何怀疑了。

玛丽安欣喜若狂，激动不已，迫不及待想要离开，唯一能让她平静的只是不愿意离开母亲。分别的时候，玛丽安很悲伤，母亲也一样难过，仿佛是生离死别，似乎只有埃丽诺没有把这次分别看作诀别。

她们在一月份的第一周启程，米德尔顿夫妇大约在一周后出发，两位斯蒂尔小姐仍然留在庄园里，最后再与其他人一起离去。

## 26

　　达什伍德姊妹与詹宁斯太太同乘一辆马车，在詹宁斯太太的保护下，以客人的身份，即将展开一段伦敦之旅，这教埃丽诺怎么能不为自己的人生际遇感到讶异呢！她们和詹宁斯太太认识的时间并不长，在年龄和性情方面又是如此不相称，而且就在几天前，埃丽诺还对这个计划表示反对呢！

　　尽管埃丽诺时常怀疑威洛比对妹妹的爱情是否专一，但当她看到玛丽安欣喜若狂的样子，看到她眼里闪烁着的快乐、期待的光芒，不禁感到自己的前景多么黯淡，自己是多么忧郁啊！不过，无论如何，事情很快就会有答案了，只需很短的时间，她就可以搞清楚威洛比的打算，他大概已经在城里了——玛丽安如此渴望去伦敦，说明她相信威洛比就在城里。埃丽诺决定，不仅要根据自己的观察和别人提供的信息更好地了解威洛比的性格、人品，而且还要密切注意他对她妹妹的态度，这样就可以弄清楚他是什么样的人、他的用心何在。如果发现威洛比并非一个品行良好的人，她无论如何也要帮助妹妹看清这个人的本质；如果发现威洛比对妹妹的爱情是专一的，那么，她将会放弃成见，以玛丽安的幸福为自己的最大安慰。

　　从玛丽安在旅途上的表现来看，可以想象以后她会怎么殷勤地陪伴詹宁斯太太。一路上，她几乎不发一语，完全沉浸在自己的遐想中，只有在眼前出现美丽如画的景色时，才会发出赞叹声。为了弥补妹妹的过失，埃丽诺主动承担起了维持礼貌的义务，以极大的耐心与詹宁斯太太说笑，尽量多听她讲话，而詹宁斯太太也尽一切可能慈爱地对待她们，总是挂念着她们是否感到快乐、舒服，稍有不周到之处都会让她感到惴惴不安，比如在旅店里无

法让她们选择自己喜欢的菜肴，尽管她一再追问就是问不出她们是喜欢大马哈鱼还是鳕鱼，或喜欢烧家禽，还是喜欢小牛排。

第三天下午三点钟，她们到达了城里，每个人都很高兴能够从马车的禁锢中解放出来，准备在熊熊的炉火旁好好地享受一番。

詹宁斯太太的房子非常漂亮，布置十分讲究，两位小姐住进了一个非常舒适的房间。这个房间原来是夏洛蒂的，壁炉上方还挂着她的一幅画在彩色丝织品上的风景画，证明她在城里的上等学校里颇风光地度过了七年。

埃丽诺估计晚饭不会在两个小时内做好，于是决定利用这段时间写封信给母亲。才一会儿，玛丽安也拿起了纸笔。

"玛丽安，我正在给家里写信，你是不是过一两天再写？"埃丽诺说。

"我不是写信给妈妈。"玛丽安急忙答道。

埃丽诺没有再说什么，马上想到玛丽安一定是写信给威洛比，由此她得出一个结论：无论他们把事情搞得多么神秘，他们一定是互订婚约了。这个想法虽然没有使埃丽诺完全信服，但却使她感到快乐，于是她继续写她的信。玛丽安只花了几分钟就写完了信，从信的长度来看，那只不过是一个便条，之后她把它折叠起来封好，匆匆地写上收信人的姓名和地址，埃丽诺隐约分辨出信封上有个大写字母 W。接着，玛丽安马上拉铃，要男仆把信以两便士邮资寄出去，"两便士的邮资"清楚地表示了信是写给谁的。

玛丽安的情绪依然十分高涨，但其中夹杂着些许不安，这使埃丽诺有几分担忧。近黄昏的时候，玛丽安的不安更明显了，晚饭时几乎什么东西都吃不下，回到客厅后，她焦急地听着每一辆过往马车的声音。

让埃丽诺感到欣慰的是，詹宁斯太太正在自己的房间忙着，没有看到玛丽安的表现。当茶点送上来的时候，邻居家的敲门声已经不只一次让玛丽安感到失望了，就在这时，突然传来一阵响

亮的敲门声，埃丽诺确信这一定是通报威洛比到了。玛丽安站起来朝门口走去，接着打开门，朝台阶走了几步，半分钟之后，她又激动不安地回到房里。在埃丽诺看来，一定是威洛比来了，玛丽安才会如此激动。此刻，玛丽安沉浸在狂喜之中，情不自禁地叫道："啊！埃丽诺，是威洛比，真的是他！"她几乎就要投入到进来的人的怀抱里了，不料来人却是布兰登上校。

这个打击实在是太大了，玛丽安怎么能接受！她马上离开了客厅。埃丽诺也感到失望，但基于对布兰登上校的尊敬，她向他表示欢迎。一个倾心于她妹妹的人，发现她妹妹见到他竟然只感到伤心和失望，这让埃丽诺非常难过，而上校并非没有注意到这一点，他甚至还看见玛丽安离开客厅，惊讶之余，他几乎没有注意到对埃丽诺应该表示客套的礼貌。

"你妹妹是不是不舒服？"上校问。

埃丽诺只好回答说她是病了，然后说她头痛、情绪低落、过度疲劳等等可以为妹妹的举动掩饰的种种推托之词。

上校认真地听着，也逐渐恢复平静。他没有再谈这个话题，而是直接表示他本人能在伦敦见到她们感到很高兴，同时客气地询问了她们旅途中的情况，还问起了留在巴顿的朋友们。

他们平静、乏味地交谈着，两人都心不在焉。埃丽诺很想问问威洛比在不在城里，但她又怕打听他的情敌会给他带来痛苦，最后，为了找话说，她问他自从上次分别后是否一直待在伦敦。

"是的，我几乎一直待在这里，其间只有去德拉福德一两次待了几天，但一直没有再返回巴顿。"上校有些窘迫地回答。

他说话时的神态，马上使埃丽诺联想起了上校离开巴顿时的情景，当时詹宁斯太太满腹狐疑，一再追问他离开的原因，于是埃丽诺有些担心她提出的问题会让上校产生误解，以为她很好奇，其实她根本没有兴趣知道。

詹宁斯太太进来了。

"啊！上校！"她像往常一样兴高采烈地大声嚷道，"真高兴见到你，不好意思，我没有及时出来接待你，请原谅我。我离开家已经很长一段时间了，琐碎的事情太多，我不得不四处察看，安排一些家务，还和卡特赖特算了账。天哪，晚饭后我就一直忙个不停！不过，请告诉我，上校，你怎么猜到我今天回城的呢？"

"我很幸运，我是在帕尔默先生家听说的，我在他家吃晚饭。"

"喔，原来如此。那他们都好吗？夏洛蒂好吗？我相信她一定很好。"

"帕尔默夫人看起来很好，她托我转告你，她说明天一定来看你。"

"是啊！明天来看我，我也是这么想的。上校，我带来了两位年轻小姐，你瞧——现在这里只有一位，还有另外一位，就是你的朋友玛丽安，我想你不会不想听到这个名字吧！我真不知道，为了她，你和威洛比先生打算怎么办？唉！年轻、漂亮是件好事，我也曾年轻过，尽管没有漂亮过——这只是我的运气不佳——不过，我得到了一个非常好的丈夫，我不知道最最漂亮的美人还能做什么比这更大的作为。啊！可怜的人儿！他已经去世八年了。喔，上校，你和我们分手后到哪里去了？你的事进展如何？得啦，得啦，朋友之间不要再保密了。"

上校以他一贯的温和态度——回答了詹宁斯太太的询问，但都无法令她满意。埃丽诺开始沏茶，玛丽安不得不又回到客厅。

玛丽安进来后，上校变得更加心事重重和沉默寡言，詹宁斯太太怎么也无法说服他多待一会儿。当晚没有再来别的客人，几位女士一致同意早点就寝。

第二天早上，玛丽安起床后情绪恢复了正常，神情也愉快多了，看来她对新的一天充满期待，几乎忘记了前一晚的失望。吃完早饭才一会儿，帕尔默夫人的四轮马车就停在了门口，几分钟

后，她笑吟吟地走进来。再次见到大家，帕尔默夫人简直乐坏了，不过她还是对两位达什伍德小姐的到来感到讶异，尽管这是她一直期望的事；因为她们拒绝了她的邀请，却接受了她母亲的邀请，这使她非常生气，但是，如果她们不来的话，她更无法原谅她们！

她说："帕尔默先生见到你们一定会非常高兴，你们猜当他听说你们和我妈妈一起来到城里时他说了什么？我现在忘了他说什么了，不过那话可实在是古怪。"

在詹宁斯太太所称的快乐聊天中，大家一起消磨了一两个小时，换句话说，这些时间都用在詹宁斯太太对一切熟人的种种询问、帕尔默夫人无缘无故的大笑中。随后，帕尔默夫人提议，要她们都陪她去几家商店逛逛，她今天上午想去采购东西。詹宁斯太太和埃丽诺欣然同意，因为她们也要买些东西，玛丽安虽然在一开始时表示反对，但还是被说服一同去了。

无论她们走到哪里，玛丽安显然总是在寻找什么，尤其是在邦德街，大家在那儿有很多东西要买，而她却东张西望。无论大家走到哪家商店，玛丽安都感到焦躁、不满，埃丽诺根本听不到她对任何要买的东西的任何意见，她对什么都不感兴趣，就是迫不及待地想回去。对于帕尔默夫人那令人厌恶的举动，玛丽安十分恼火，好不容易才抑制住没有表现出来。帕尔默夫人的眼睛总是盯着那些漂亮、昂贵或时髦的东西，恨不得买下一切，可是却下不了决定，于是在嘻嘻哈哈中消磨了时间。

她们回家的时候已快中午了，刚一进门，玛丽安就飞快地跑上楼，埃丽诺紧跟着上了楼，看到玛丽安悲伤的表情，这说明威洛比没有来。

"我们出去以后没有送给我的信吗？"

她问一个拿着包裹进来的男仆，得到否定的回答。

"你确定吗？你能确定仆人或看门人没有人进来送过信或便条？"她继续问。

仆人都说没有。

"太不可思议了。"玛丽安转身面朝窗外，失望地自言自语。

"的确太不可思议了！"埃丽诺心里重复着这句话，忧虑地注视着妹妹，"如果她不知道威洛比在城里，就不会写信给他，而会寄到库姆；如果威洛比在城里，他竟然不来，也不写信，这是多么不可思议啊！噢，亲爱的妈妈，你不该容忍一个如此年轻的女儿和一个我们毫不了解的男子订下什么婚约，而且还是一个神秘的婚约！我实在很想问清楚，可是玛丽安怎能容许我干涉她的私事呢？"

经过一番考虑，埃丽诺决定，如果事态持续几天都像这样不愉快的话，她就要以最强烈的措辞向母亲提出，一定要认真过问这件事。

帕尔默夫人及上午逛街时遇见的詹宁斯太太的两位密友，都留下来一起吃饭。喝过茶后不久，帕尔默夫人便起身告辞，说是去赴晚上的约会了，埃丽诺不得不陪着大家凑成一副惠斯特（whist，类似桥牌的一种纸牌游戏）牌局，在这种场合，玛丽安毫无用处，因为她从来不肯学玩牌。尽管玛丽安有的是可以自由支配的时间，但这天晚上她可一点也没比埃丽诺感到更快乐，可以说一直是在焦急的期待和失望的痛苦中度过的。她坐立难安，不停地在房间里走来走去，偶尔看几分钟书，但很快又把书抛开，仍然在屋子里不断徘徊，每次走到窗边都会停一会儿，希望能听到期盼已久的敲门声。

27

第二天早上詹宁斯太太在吃早餐时说："如果天气一直都这么晴朗的话，约翰·米德尔顿爵士恐怕到下星期也无法离开巴顿了，对于喜欢狩猎的人来说，哪怕失去一天的快乐也会难受的，可怜的人啊！"

"真是这样！我还没想到这一点呢？这种天气最适合留在乡下打猎。"玛丽安快乐地说，一边走到窗边去观察天气。

这是一个令人愉快的联想，让玛丽安的情绪又快乐了起来。

"对他们来说，在这样的天气狩猎简直是最好不过了！"她愉快地坐回到餐桌旁，继续说，"他们一定非常喜欢这种天气，可是——（她又有点焦急）晴天是不可能长久持续的。在这个季节，又在下了好多雨后，恐怕就不会再有这样的好天气了，很快就会有霜冻，也许就在一两天内，而且情况可能很严重。这种非常温暖的天气恐怕不能持续下去了，也许今天夜里就会有霜冻！"

"无论如何——"埃丽诺不想让詹宁斯太太看透妹妹的心思，岔开话题说，"到下周末，约翰·米德尔顿爵士和米德尔顿夫人一定会和我们在城里相聚。"

"是啊！亲爱的，我敢担保，他们会来的。"

"那么——玛丽安今天就会写信到库姆了。"埃丽诺心里猜想。

不过，即使玛丽安真的写信去，也是秘密进行的，不会让埃丽诺察觉。无论事实真相如何，无论埃丽诺对此有多么不信服，但是，当她看见玛丽安兴高采烈的样子，她自己也就不再感到不安了。玛丽安因为天气晴朗而高兴、快活，同时，她以更加愉快的心情期待着霜冻的来临。

这天上午，大家主要做的事情是到詹宁斯太太的熟人家里去送名片，告知朋友们她回城里了，而玛丽安整个上午都在忙于观察风向，注视天气的细微变化，并想象着气温正在发生改变。

"你不觉得现在比早上冷吗？埃丽诺。我觉得明显不同了，我的手套在皮手筒里都不觉得暖和，昨天可不是这样的。唉，云彩正在消散，太阳很快就会出来，下午会很晴朗的。"

埃丽诺心里时而高兴时而难过，但玛丽安却沉溺其中，每天

晚上在炉火的亮光中、每天早上在观察空气的变化中，她都看得出即将霜冻的征兆。

詹宁斯太太对她们始终都很和善，对此，两位达什伍德小姐没有理由感到不满意，也没有理由对詹宁斯太太的生活方式和她的朋友们感到不满。詹宁斯太太的一切计划和活动安排都给了两姊妹很大的自由空间，在她的朋友中，除了几位总是使米德尔顿夫人感到讨厌的朋友外，其他来拜访的人都不会让两姊妹感到心绪不宁。埃丽诺高兴地发现，一切都比自己以前想象的舒适得多，只是希望一些晚间的聚会能有所改变，因为无论在詹宁斯太太家里开，还是在别人家里，这些聚会都只是打牌，而她对这类游戏几乎没有半点兴趣。

布兰登上校是詹宁斯家的常客，几乎每天都和她们在一起，一是来看望玛丽安，二是与埃丽诺说说话。与上校交谈，是埃丽诺来到城里感到满意的一件事，但上校对她妹妹流露出的情意与日俱增，又让她感到担忧。看到上校经常热诚地注视着玛丽安，看到他的情绪明显比在巴顿时更加低落，埃丽诺有些伤感。

到城里一星期后，她们确切地知道了威洛比就在伦敦。一天早上，她们散步回来，发现桌上有他的名片。

"天啊！我们出去时他来过。"玛丽安惊叫了起来。

得知威洛比在伦敦，埃丽诺很高兴，并大胆预言："他明天一定会来。"

但是玛丽安几乎没听见她说什么，早已拿着那张宝贵的名片溜到一边去了。

这件事使埃丽诺的心情好了起来，也使玛丽安的情绪高涨，甚至比以前更加激动不安。从此刻起，玛丽安的心情就没有平静过，无时无刻不在期盼着这一天就能见到他，以至于什么事情都不能做。第二天，当大家都出去的时候，玛丽安坚持留在家里。

埃丽诺出门后，脑海里一直在想伯克利街可能发生什么事情，

但是，当她回来后，只瞥了一眼妹妹，就知道威洛比没有来。正在这时，仆人送来一张便条，放在桌子上。

"是给我的！"玛丽安嚷着飞快地走上前去。

"不！小姐，是给我的女主人的。"

可玛丽安不相信，马上拿起来。

"确实是给詹宁斯太太的，真让人懊恼啊！"

"那么，你是在等信了？"埃丽诺问道，她再也不能保持沉默了。

"是的！有一点——但不是刻意等。"

稍微停顿了一下，埃丽诺说："你不信任我，玛丽安。"

"噢，埃丽诺，你有什么资格责备我！你对谁都不信任！"

"我？玛丽安，我没有隐瞒什么。"埃丽诺有些慌乱地说。

玛丽安语气强硬地回答："我也没有！那么，我们的情况就是一样的了，我们都没有什么事情好说的，你呢，是因为你要说的话都已经说了，而我呢，是因为我什么也没有隐瞒。"

埃丽诺因被妹妹误解为不坦率而感到苦恼，在这种情况下，她不知该怎么做才能使玛丽安向她坦率地说出真相。

詹宁斯太太很快回来了，她拿起便条大声读了起来。那是米德尔顿夫人写来的，她说他们一家人前天晚上已经抵达康杜特街的家，请她母亲和两位表姊妹明天晚上去做客，因为约翰·米德尔顿爵士事务繁忙，她自己又患了重感冒，所以不能来伯克利街拜访。基于对詹宁斯太太的尊重和礼貌，两姊妹都应该陪同前往，但是，当第二天赴约的时间临近时，玛丽安却不愿意去，因为威洛比还是杳无音信，她担心他再来时她不在家，埃丽诺费了半天口舌才说服妹妹一起去。

聚会结束的时候，人人都很开心，并没有因客居在外而心情有什么变化。虽然约翰·米德尔顿爵士刚到城里还没有安顿下来，就已经找来了将近二十个年轻人，而且还办了个舞会。但是，米德尔顿夫人并不同意他这么做，在她看来，如果是在乡下，随便举办一个舞会倒没什么，但这是在伦敦，风雅体面的名声更重要，举办舞会必须经过精心筹划，如果仅仅是为了使几位小姐高兴，而让人知道米德尔顿夫人举办了一个只有八九对舞伴、两把小提琴及在餐厅里只有一点小吃的小型舞会，那在名声方面所担的风险可就太大了。

帕尔默夫妇也来参加了聚会。自从来到城里，埃丽诺和玛丽安还没有见到过帕尔默先生，因为他总是设法避免对他岳母做出任何殷勤的表示，从不愿接近她，当她们进来时，他稍稍看了两姊妹一眼，就像不认识似的，只是从房间的另一端向詹宁斯太太点了点头。玛丽安一进门就环视了一下四周，很显然，他不在这儿，于是她坐下来，既不想自寻欢乐，又不想取悦他人。大约一个小时后，帕尔默先生向两位达什伍德小姐走去，表示很讶异会在城里见到她们，尽管布兰登上校最早就是在他家得到她们来到城里的消息，而他对她们的到来还说了一些莫名其妙的话。

"我还以为你们在德文郡呢！"帕尔默先生说。

"是吗？"埃丽诺响应道。

"你们什么时候回去？"

"我不知道。"

于是他们的谈话结束了。

玛丽安还从来没有像今晚这样不愿跳舞，也从来没有像今晚这样把自己弄得筋疲力尽，一回到伯克利街她就抱怨起来。

詹宁斯太太说："是啊！是啊！我们很清楚这一切的原因，如果某个人——暂且不说出他的名字，如果他在场，你就一点也不会觉得累了。说实话，我们邀请他，而他却不来和你见面，实在有失厚道。"

"受到邀请！"玛丽安叫道。

"我女儿米德尔顿夫人告诉我的。今天早上约翰·米德尔顿爵

士在街上遇见他，邀请他参加今晚的聚会。"

玛丽安没有再说什么，但是很明显受到了极大的刺激。看着事态的发展，埃丽诺非常焦急，决定第二天早上写信给母亲，希望唤起她对玛丽安健康的担忧，让母亲过问这件早就应该过问的事。第二天早上，埃丽诺看见玛丽安又在写信，她认为那信除了是写给威洛比之外，应该不会是别人，因此她更加急切地要给母亲写信。

大约中午时分，詹宁斯太太有事独自出去了，埃丽诺马上动手写信。此刻，玛丽安焦躁不安，什么事也做不了，什么话也说不出来，只是不安地走来走去，或坐在壁炉旁陷入悲哀的沉思中。埃丽诺在信中讲述了发生的情况，并对威洛比的忠诚提出了怀疑，恳求母亲基于对玛丽安的责任和疼爱，无论如何都要要求玛丽安说明她与威洛比到底保持着什么样的关系。

埃丽诺刚写好信，就听见敲门声，仆人通报说布兰登上校来了。玛丽安透过窗户看见了上校，她现在讨厌见其他任何人，于是在上校进屋之前就离开了。上校的神情看起来比以往更加严肃，见只有埃丽诺一个人似乎放心了一些，仿佛有什么要紧事要告诉埃丽诺似的，却又一言不发地坐了好一会儿。埃丽诺相信上校一定有话要说，而且与她妹妹有关，便急切地等他开口。埃丽诺有这样的感觉已经不是第一次了，在此之前，上校曾不只一次地用"你妹妹今天情绪不好"或是"你妹妹似乎心情沮丧"之类的句子提起话题，好像他要透露或打听某件与玛丽安有关的要紧事似的。过了好几分钟，上校终于打破了沉默，不安地问埃丽诺，什么时候他能为她得到一个妹夫表示祝贺。对于这样一个问题，埃丽诺感到猝不及防，一时不知道该怎么回答，只好反问上校，他说这话是什么意思。上校努力挤出一点笑意回答说："你妹妹与威洛比订婚的事已是尽人皆知了。"

埃丽诺回答说："不可能，因为她自己家里的人都不知道。"

　　上校似乎很吃惊，接着说："请你原谅我，我的问话恐怕失礼了，但是，既然他们公开通信，我想其中不会有什么秘密需要保守吧！而且大家都在谈论他们要结婚了呢！"

　　"怎么可能呢？你听谁说起过这件事？"

　　"很多人，有的你根本不认识，有的你很熟，像是詹宁斯太太、帕尔默夫人和米德尔顿夫人。今天我进门时恰巧看见仆人手里有一封你妹妹写给威洛比的信，否则我还不相信这件事呢！唉，一个人最不愿意相信某件事，但他总会碰到什么来证明某件事确实存在。我原本是来问个明白的，但是进门的时候我就已经相信了。所有的事都定下来了吗？难道不可能……喔，当然，我没有权利说这些，我也不会有成功的机会。请你原谅，达什伍德小姐，我知道我不合适，但我真的不知道该怎么办，你行事理性，我非常信任你，那么，请你告诉我，一切都已成定局了，只剩下一些具体的措施需要进一步商议——只是，如果可能的话，暂时保守秘密了。"

　　在埃丽诺听来，这些话不啻于公开坦白了他对她妹妹的爱情，她不禁大为感动。但是，对于上校的疑问，埃丽诺一时之间也不知道该怎么回答上校，而且还必须考虑到怎么回答最合适。事实上，对威洛比和她妹妹之间的真实关系，埃丽诺知道的也是微乎其微，因此在解释这件事情时，很可能不是说不到重点就是说过头，不过，埃丽诺确信，无论玛丽安和威洛比的爱情结局如何，布兰登上校都不会有任何希望，在此同时，她还想保护妹妹的行为，使其免受指责。经过再三考虑，埃丽诺认为，最理性、最友善的做法是，比她实际知道或相信的说得多一些。最后，埃丽诺回答说，虽然他们从来没有告诉过她他们之间是什么关系，但是她丝毫不怀疑他们彼此的爱情，因而对他们通信的事她也不感惊讶。

　　上校默默地听着，她刚一说完，他立即就站了起来，激动

地说：

"祝你妹妹得到一切幸福，也希望威洛比努力使自己无愧于她。"

说罢便告辞而去。

埃丽诺并没有在这番谈话中获得宽慰，以减轻她内心的不安，反而是布兰登上校的不幸让她非常伤感。

## 28

随后三四天里，威洛比既没有来，也没有写信来，埃丽诺更加坚信自己请求母亲那样做是正确的。一天，两姊妹应邀陪米德尔顿夫人去参加一次晚会，詹宁斯太太因为小女儿身体不适而不能同去。玛丽安对这个晚会全无兴致，去与不去都无所谓，一点儿也不在意打扮，脸上没有流露出半点愉快的表情。喝完茶之后，玛丽安一直坐在客厅的壁炉前，一动也不动地陷入沉思中，也没有察觉到她姊姊在客厅里，直到仆人通报米德尔顿夫人在门口等候她们，她倏地站起身，那样子仿佛忘记了在等什么人似的。

她们在预定时间到达了目的地。当她们走上楼梯时，只听见仆人从一个楼梯平台向另一个楼梯平台通报她们的姓名，接着她们走进了一间灯火辉煌的房间，里面拥挤不堪，闷热得几乎令人窒息。她们彬彬有礼地问候了女主人，随即加入众人之中。过了一会儿，米德尔顿夫人坐下玩纸牌，玛丽安没有兴致跳舞，她和埃丽诺有幸得到了座位，于是在离牌桌不远的地方坐下来。

没坐多久，埃丽诺一下子看见了威洛比，他就站在离她们几码远的地方，正和一个非常时髦的年轻女子亲热地交谈着。威洛比也看见了埃丽诺，马上向她点了点头，又继续与那个女子交谈，根本没打算过来跟她说话，也没打算走近玛丽安，尽管他一定看

见玛丽安了。埃丽诺不由自主地转向玛丽安，看看她是否注意到这一切。恰在此时，玛丽安看见了威洛比，突如其来的喜悦令她容光焕发，如果不是埃丽诺一把拽住她，她一定会马上向威洛比奔过去。

玛丽安惊呼道："天哪！他在那儿——他在那儿。哎呀！他怎么不看我？为什么我不能过去和他说话？"

"你要保持镇静！不要在众人面前暴露你的感情，也许他还没有看见你呢！"埃丽诺说。

可是，这话连埃丽诺自己也不相信，要在这样的情况下保持镇静，玛丽安不仅做不到，也不想这么做。玛丽安不安地坐在那里，焦躁的情绪从她所有的表情中流露出来了。

最后，威洛比又转过身来看着她们两人，玛丽安一下子站起来，温柔地叫着他的名字，向他伸出了手。威洛比走过来，避开她的目光，竭力不去注意她的姿态，也没有和她说话，而是向埃丽诺询问达什伍德太太的健康情况，并问起她们来城里多久了。埃丽诺听他这样问，再也无法保持镇静，气得一句话也说不出来。但是，玛丽安反应强烈，她脸色绯红，万分激动地嚷道：

"天哪！威洛比，你这话是什么意思？你没有收到我的几封信吗？你不想和我握手吗？"

威洛比无法再回避了，但是，好像和玛丽安接触会使他感到痛苦似的，他只轻握了她的手一下，立即就把手抽了回去。很明显地，在这几分钟的时间里，威洛比一直在竭力使自己镇静下来。稍过片刻之后，埃丽诺观察到他的表情平静下来，只听他心平气和地说：

"我在上星期二到伯克利街登门拜访，但你们和詹宁斯太太都不在家。我想你们见到我的名片了吧！"

"可是，你没有收到我的信吗？一定是出了差错——某种可怕的差错。这到底是怎么回事？告诉我，威洛比，这到底是怎么回

事?"玛丽安焦急万分地说。

威洛比没有回答，他的脸色变了，感到窘迫不安，但是，当看到刚才和他谈话的那个年轻女子的眼神时，他好像觉得必须马上克制住自己，于是他又恢复了镇静，说：

"是的，承蒙你发出你已到城里的通知，我荣幸地收到了。"

说完之后，微微欠了欠身，匆忙走开去找他的朋友去了。

此时，玛丽安的脸色像死人般惨白，她站不住，一下子瘫倒在椅子上。埃丽诺担心她随时都可能晕过去，急忙用熏衣草香水给她定神，并遮挡住她，不让人看见。

玛丽安刚缓过气来便说："去找他，埃丽诺，强迫他到我这儿来。告诉他，我必须见他，我有话对他说。在这件事解释清楚之前，我一刻也静不下来，一定是可怕的误会，噢，快去找他。"

"怎么可以呢？亲爱的玛丽安，你必须等待，这儿不是解释的地方，你只需要等到明天。"

埃丽诺好不容易才拦住妹妹，没让她亲自去找威洛比，但是要说服她抑制激动——至少表面上保持镇静——直到她可以私下和威洛比进行有效的谈话，这是她不可能做到的。玛丽安不停地呜咽，长吁短叹，以此来发泄她内心的痛苦。

一会儿后，埃丽诺看到威洛比离开了房间，于是告诉玛丽安他已经走了，今晚不可能和他交谈了，好让玛丽安镇静下来。玛丽安马上请姊姊恳求米德尔顿夫人送她们回去，因为她太痛苦了，一分钟也待不下去了。

米德尔顿夫人还没有打完一局牌，但是一听说玛丽安不舒服，她马上把牌交给了一位朋友，马车一准备好便告辞回家。在返回伯克利街的途中，她们几乎没说话，玛丽安在极度痛苦的重压下连哭都哭不出来。庆幸的是，詹宁斯太太还没回家，她们直接回到自己房里。玛丽安闻了闻嗅盐，稍稍镇定了些，她很快脱了衣服上了床，似乎想一个人独处。埃丽诺走出了房间，在等候詹宁斯太太回来的

时候，她有足够的时间可以仔细思考一下发生的事情。

毫无疑问地，威洛比和玛丽安之间一定存在着某种约定，而同样无可质疑的是，威洛比对这种关系已经感到厌倦了，威洛比今天的行为总不能归咎于不能解释的误解和误会。唯一的解释是威洛比已经彻底变心了。如果埃丽诺没有亲眼看见威洛比窘迫的样子，她一定比现在还要愤怒，他的窘态显示他意识到了自己的行为不当，这也让埃丽诺相信他不是那种品行不端的人，他并不是从一开始就心怀叵测地玩弄她妹妹的感情。埃丽诺深信，他们之间曾经有过爱情，威洛比确实爱过玛丽安，或许是分离减弱了他的感情，而贪图物质享受可能使他彻底抛弃了这种感情。

至于玛丽安，埃丽诺不禁深感忧虑，这次不幸的会面已经给她带来了极大的痛苦，而等待着她的可能后果会是更加强烈的痛苦。相比之下，埃丽诺觉得自己的处境倒算不了什么，因为她能够一如既往地敬重爱德华，不管他们将来如何各奔东西，她也总会有精神上的寄托。但是，所有的情况都在加剧玛丽安的不幸，看来，她和威洛比注定要分道扬镳，而即将来临的不可避免的决裂，一定会使玛丽安痛不欲生。

## 29

第二天，寒冷、阴郁的一月的早上，当太阳还未升起、当女仆还未点燃炉火的时候，玛丽安衣服也未穿好，就已经跪在靠近窗户的椅子上，借着透进来的微弱光线，一边泪如泉涌，一边奋笔疾书。埃丽诺被玛丽安凄凉的呜咽声惊醒，焦急地观察了妹妹一会儿，以最温柔的口吻说：

"玛丽安，我能不能问……"

"埃丽诺，什么也别问，你很快就会知道一切。"

玛丽安说话时拼命保持镇定，但话音刚落，又沉浸在和刚才一样撕心裂肺的痛苦之中。过了一会儿，她继续写信，但悲痛使她不得不时停下笔来，这充分证明，玛丽安一定在给威洛比写最后一封信。

埃丽诺本想安慰妹妹，但是玛丽安恳求姊姊无论如何不要和她说话，埃丽诺只能尽可能平静地注意着妹妹。玛丽安的精神状态非常令人担忧，她只想一人独处，在穿好衣服后，不仅不能在房间里多待片刻，而且不停地改换地方，于是在房子里四处徘徊，避免见到任何人，一直到吃早饭的时候。

吃早饭时玛丽安什么也不吃，也不打算吃。此时，埃丽诺能为妹妹做的就是竭力把詹宁斯太太的注意力完全吸引到自己身上，而不是百般安慰她、同情她。

今天詹宁斯太太的胃口很好，这顿早餐她们吃了很久。饭后，大家刚刚坐下来，就有人送给玛丽安一封信。玛丽安一把抓过信，脸色惨白，马上跑了出去。埃丽诺觉得信一定是威洛比写来的，顿时感到难受，低垂着头，坐在那里浑身发抖，非常担心詹宁斯太太会注意到这些。但是，那位好心的太太只看到玛丽安收到威洛比的信，这在她看来是个很好的笑料，于是开玩笑说她希望这封信正合玛丽安的胃口。至于埃丽诺的痛苦表情，因为詹宁斯太太正忙着计算织地毯所需的绒线长度，所以根本没有看见，继续平静地和埃丽诺谈话。

玛丽安刚一出去，詹宁斯太太说：

"我这一辈子从没见过一个年轻女子像玛丽安这样不顾一切地恋爱！我的女儿们完全没法和她相比，而且她们那时还非常蠢。玛丽安小姐可完全是个不同的人，我从心底里希望威洛比别让她再等下去了，看到她备受相思之苦，面带病容的样子，真让人心疼啊！他们什么时候结婚呀？"

埃丽诺原本不想说话，但是面对这样一个问题，她不得不强

迫自己回答，于是强作笑容说：

"夫人，你真的认为我妹妹和威洛比先生订婚了吗？我原本以为这不过是个玩笑，但你却认真地提出了这个问题，你的话里好像还有别的意思。我恳求你，不要再自欺欺人了，我向你保证，没有什么比听说他们两人要结婚更让我感到惊讶的了。"

"达什伍德小姐，你怎么能这么说呢！我们不都知道他们一见钟情，而且爱得神魂颠倒吗？难道我没看见他们在德文郡时每天都在一起，而且整天形影不离吗？难道我不知道你妹妹跟我到城里来是为了买嫁妆吗？得了，得了，别来这一套。你在这个问题上躲躲闪闪，就以为别人看不出来，告诉你吧！这件事早已闹得满城风雨了，我告诉了所有的人，夏洛蒂也是。"

埃丽诺非常严肃地说："不！夫人，你真的搞错了，真的，你不应该到处散布这个消息，你现在可能不会相信我的话，但将来你会发现你的确搞错了。"

詹宁斯太太听了大笑起来，可是埃丽诺已经无心再费口舌，她急切地想知道威洛比写了些什么，于是赶紧回到她们的房间里。打开门，只见玛丽安摊开四肢躺在床上，伤心得几乎喘不过气来，她手里抓着一封信，另外两三封信散落在她身旁。埃丽诺一句话没说，走过去坐到床上，拉起妹妹的手亲昵地吻了好几遍，随即失声痛哭了起来。两人就这样一起伤心了好一阵子之后，玛丽安把几封信都拿给埃丽诺，然后用手帕捂住脸，在极度痛苦的折磨下嚎啕大哭起来。埃丽诺知道，这样强烈的痛苦看起来令人震惊，但是会有缓和的时候，于是安静地坐在妹妹身边看着她，直到痛苦有所减弱。随后，埃丽诺急忙打开威洛比的信，读了起来：

亲爱的小姐：

我刚刚有幸接到你的信，请允许我向你致上诚挚的谢意。昨晚我的举止令你不满，这让我感到很不安，尽管我全然不知道在

哪一点上如此不幸地冒犯了你，但我还是恳请你原谅，并向你保证我的所作所为完全是无心的。每当想起以前在德文郡与你家的交往，我永远会感到由衷的快乐，而且我认为那种交往不会因为你们对我举止的误会、误解而断绝。我对你们全家充满了真诚的敬意，倘若因此让你以为我有其他意图时，或许是我在表达时有失谨慎，我将为此责备自己。当你了解了以下情况，就会同意我那时不可能有过别的意思：我的爱情早已别有所寄，而且我相信再过几个星期我们就将完婚。虽然我非常遗憾，但我仍须服从你的吩咐，把有幸从你那儿收到的信件和你亲切赠与的那绺头发归还给你。

你最顺从的、谦卑的仆人
约翰·威洛比
一月于邦德街

　　不难想象当埃丽诺读到这样一封信会多么愤慨。虽然埃丽诺在读信之前就已意识到这封信一定显示了威洛比的不忠诚，并确定他们必须永远分开，但是她怎么也没有料到他竟然会用这样无耻的语言来宣布这件事！她无法想象，威洛比的举止竟然与一切高尚的行为相距那么远，与一个绅士所应有的礼貌相距那么远，以至于写这样一封残忍、恶毒的信。这封信不仅没有表示他的歉意，而且还不承认他的背信弃义，甚至否认对玛丽安的特殊感情，可以说，信中的字字句句都是对收信人的一种侮辱，显示写信的人是个狠毒、冷酷的混蛋。

　　读完信，埃丽诺又气又惊地呆坐了一会儿，接着又读了几遍，每读一遍，都会增加她对威洛比的厌恶，她根本不敢开口说话，唯恐伤害玛丽安的感情。在埃丽诺看来，他们解约是好事，使玛丽安逃脱了终生和一个无耻的人相结合的命运，逃脱了一场最不

幸、最可怕的灾难，使她得到了真正的解脱和救赎。

埃丽诺认真思考着信的内容，想着能够写出这样一封信的人是多么卑鄙、无耻，甚至可能联想到了另一个人的迥然不同的品格，而那个人与这件事毫无关系。埃丽诺陷入无尽的退思中，暂时忘记了妹妹的痛苦，忘记膝上还有三封信没有读，甚至忘记了自己在房间里待了多久。这时，埃丽诺听见一辆马车驶到门前，她起身走到窗口察看，吃惊地发现是詹宁斯太太的四轮轻便马车。尽管现在无法使玛丽安平静下来，但埃丽诺还是不想离开她，让妹妹独自待在家里，于是她急忙禀告詹宁斯太太，妹妹身体不舒服，请求同意自己不去陪伴，詹宁斯太太一听说玛丽安不舒服，马上欣然同意了。送走詹宁斯太太，埃丽诺回去照顾玛丽安，发现她正打算从床上爬起来，因为长时间缺吃少睡而晕眩得差点摔倒，幸亏埃丽诺及时赶到。多少天来，玛丽安不吃东西、无法入眠，一直处于焦躁不安的期待中，而现在一旦失去了支撑她的精神支柱，所有折磨的结果是出现头疼、胃痛、神经衰弱的症状。埃丽诺倒了一杯葡萄酒给她，她喝下去后觉得舒服了一些，终于能够表达自己的感激之情了。

"可怜的埃丽诺，我连累你了！"玛丽安说。

"我只希望，我能够做点什么让你好过些。"

这话和别的话一样，让玛丽安受不了，她怀着极大的痛苦，只喊了一声：

"哎呀！埃丽诺，我实在太难过了啊！"话音未落已泣不成声。

埃丽诺再也不能保持沉默，不能眼看着这不可抵挡的痛苦继续折磨玛丽安了。

"克制一下自己，玛丽安，如果你不想毁掉你自己和所有爱你的人！想想你的母亲，想想你的不幸会使她遭受怎样的痛苦，为了她，你必须克制自己。"

玛丽安嚷道："我做不到，我没办法！如果我惹你心烦，你就离开我吧！恨我吧！忘掉我吧！但不要这么折磨我，对于那些没有悲伤的人来说，克制自己是多么轻松的事啊！幸福的埃丽诺，你是不会知道我在遭受怎样的痛苦啊！"

"你说我幸福，唉，你要是能知道我现在的心情就好了！看到你这么不幸，你认为我是幸福的吗？"

玛丽安用手臂搂住姊姊的脖子，说："原谅我，我知道你为我伤心，我知道你心地善良，不过，你还是——你一定是幸福的，因为爱德华爱你，不是吗？还有什么能抹杀那种幸福呢？"

"有很多很多。"埃丽诺严肃地说。

玛丽安拼命地叫喊道："不！不！不！他爱你，而且只爱你一个人，你是不会有痛苦的。"

"看到你这个样子，我也不会快乐的。"

"你永远不会看到我其他的样子了，我的不幸永远都无法消除的。"

"不许这么说，玛丽安。你没有可以感到安慰的事吗？没有朋友吗？你的不幸难道无法补救吗？尽管你现在感到很痛苦，可是请你想想，如果再晚些时候才发现威洛比的人品如此卑劣，你会多么痛苦啊——如果你们的婚约长久地保持下去，然后他再提出解除婚约，你受到的打击会有多大啊！你要知道，日子拖得越久，对你的打击就越大。"

"婚约？我们没有订婚呀！"玛丽安嚷道。

"没有订婚？"

"没有！威洛比并不像你想的那样卑鄙，他对我并没有什么不忠诚的。"

"但他对你说过他爱你吧？"

"是的——没有——不！从来没有明确说过，只是每天都在暗示这个意思，有时候我认为他已经……但其实他从来没说过。"

"可是你写信给他过吧？"

"是的。在巴顿发生了那一切之后，我写信给他难道错了吗?"

埃丽诺没有再说什么，开始读那三封信，很快把全部内容看了一遍。

第一封信是她妹妹在刚到城里时写给威洛比的，全文如下：

威洛比，你收到这封信会感到多么惊讶啊！我想，当你得知我在城里时一定会更加喜出望外。有机会来这里（虽说与詹宁斯太太一起来的），对我来说具有无法抵挡的诱惑力。希望你能及时收到这封信，今晚就能到这儿来，不过，我想你未必能来，对此我并没抱多大的希望。无论如何，我希望明天能见到你。再见！

> 玛丽安·达什伍德
> 一月于伯克利街

第二封信是参加完米德尔顿家的舞会后的第二天上午写的，内容如下：

前天没有见到你，我的失望难以言喻。还有，一个多星期前我写了一封信给你但也没有得到任何回音，我的惊讶也是难以表达的。每时每刻，日复一日，我都一直在盼望收到你的来信，更盼望见到你。请你尽快再来一次，解释一下让我徒劳地等待的原因，不过最好能早一些，因为我们通常一点左右出去。我们昨晚参加了米德尔顿家举行的舞会，听说你也受到了邀请，这是真的吗？如果情况真是如此，而你又没来参加舞会，那么，这表示自从我们分别以后你一定大大地改变了。但是，我认为这是绝对不可能的，我希望能很快得到你的亲自保证——你完全没有改变。

> 玛·达

玛丽安写的最后一封信的内容是:

威洛比,你昨晚的行为会让我怎么想呢?我再次要求你解释。我们久别重逢,我原本打算很高兴、很亲切地见到你,就以我们在巴顿的亲密无间的交情来说,亲切也是理所当然的,但是,实际上我遭到了冷落!我痛苦地度过了一个晚上,力求找到一个理由来解释你那种几乎可以称之为侮辱的行为。虽然我无法对你的行为做出合乎情理的解释,但我非常愿意听听你的理由。也许你误听了有关我的传言,或被别有用心的人欺骗了,而降低了我在你心目中的地位,那么,请告诉我是什么事,解释一下你为什么要做出那样的举动,我将为能消除你的疑虑而感到满足。如果是我误会了你,我会很难过;如果你已经不像迄今为止我所认为的那样的人,你对我们大家的敬重只是虚情假意,你对我的所作所为只是欺骗,那么,请你尽快告诉我。现在,我的内心处于可怕的犹豫不决的状态,不管你是哪一种情况,只要能清楚明白地告诉我,都会减轻我目前的痛苦。如果你的感情已不再和从前一样,请把我的信件和你保存的我那绺头发退还给我吧!

玛·达

埃丽诺怎么也不愿相信,如此充满温情和信任的几封信,竟然会得到威洛比那样的回复。不过,埃丽诺在心里谴责威洛比的同时,并未忽视玛丽安的失礼举动,她责备妹妹不该把这些写出来。埃丽诺默默地呆坐着,使她感到悲哀的是,玛丽安这样主动地、冒失地向别人表白爱情的不理性行为,结果却遭到对方的无情嘲弄。这时,玛丽安见姊姊读完了信,便对埃丽诺说,信的内容其实没什么,任何人处在同样的情况下都会这么写的。

玛丽安补充说："我以为，自己和他算得上已经订婚了，就像严格的法律已经把我们相互连在了一起一样。"

"我相信你是这么想的，但不幸得很，威洛比不是这么想的。"埃丽诺说。

"他以前也是这么想的，埃丽诺，在好几个星期他都是这么想的，我很清楚。不管他现在变成什么样的人（原因就是有人使用卑劣的手段诋毁了我），他曾经把我看作最可爱的人，他退还给我的那绺头发是他用最诚挚的恳求得到的，你要是看到了他当时的神态、听到了他当时的声音，你就会明白了！你没忘记我和他在巴顿的最后一个晚上吧？还有我们分别的那天早上，当他对我说，我们可能要过许多日子才能再见面时，他的痛苦——我怎么能忘记呢？"

玛丽安再也说不下去了，等一阵激动过去后，她以更坚定的语气说：

"埃丽诺，有人残忍地对待了我，但不是威洛比。"

"亲爱的玛丽安，不是他又是谁呢？他能受谁的怂恿呢？"

"可能是全世界所有的人，但不会是出自他自己的心。我宁可相信我认识的所有人联合起来诋毁了我在他心目中的形象，也不相信他的天性会如此残忍。他信里提到的那个女人——不管是谁——总而言之，除了你、妈妈和爱德华以外，任何人都可能这样残忍地对待我。但我为什么要怀疑威洛比，而不去怀疑其他人呢？你要知道，我了解他的心。"

埃丽诺不想争辩，只是回答说："不管什么人这么可恶地与你为敌，亲爱的妹妹，让他们看到你的心灵是何等高尚，让他们看到你的生活是何等快乐吧！这样，他们就别想幸灾乐祸了。让他们看看理性的、骄傲的心灵能够抵抗任何恶毒的攻击。"

"不！不！"玛丽安嚷道，"我这样不幸是没有任何骄傲可言的。我就是痛苦，无论谁知道我在痛苦我都不会在乎，见到我这

个样子的人都可以幸灾乐祸。埃丽诺呀埃丽诺，没有遭受什么痛苦的人尽可以感到骄傲，可以抵抗侮辱，甚至以牙还牙，但是我不能，我就是要感受痛苦，从中可以得到乐趣的人愿意高兴就尽管高兴去吧！"

"可是，为了母亲和我……"

"我会为你们着想。但是，要我在这样痛苦的时候装出高兴的样子——天哪，谁能做得到呢？"

两人都沉默下来。埃丽诺若有所思地在壁炉和窗户之间来回踱步，既没感到火炉的温暖，也没看见窗外的景色。玛丽安坐在床脚那头，头靠在床架杆上，又拿起威洛比的信，信中的每句话都使她颤抖，她惊叫道：

"太过分了！威洛比呀威洛比，这难道是你写的信吗？残忍，残忍——没有什么能为你开脱罪责，埃丽诺，什么都不能够为他开脱。即使他听到了什么诋毁我的传言，他难道不该先表示怀疑吗？他难道不该告诉我，给我澄清的机会吗？（玛丽安又在念信里的话："你亲切赠与的那绺头发"）——这是不能原谅的。威洛比，你写这话的时候良心何在？真是残忍、无礼！埃丽诺，他这样做对吗？"

"不，玛丽安，一定不对。"

"还有那个女人，谁知道她在玩什么诡计？预谋了多长时间？又是如何精心策划的？她是谁呢？她是个什么样的人呢？在我听他说起过的女人中有年轻、迷人的吗？不！没有，没有——他只说过我是这样的人。"

停顿一下后，玛丽安又激动地说：

"埃丽诺，我要回家，我要回去安慰妈妈。我们明天就走，好吗？"

"明天？玛丽安！"

"是！为什么我要继续留在这里呢？我来这里只是为了威洛

比，但现在有谁关心我？又有谁爱我？"

"明天走是不可能的。詹宁斯太太待我们这么好，我们陪伴她不仅是基于礼貌，还有感激的因素，即使是基于一般的礼貌，我们也不能这么匆忙地离开。"

"好吧！也许再住一两天，但我不能在这儿久留，我不能留在这儿忍受别人的非议。米德尔顿夫妇、帕尔默夫妇——我怎么能忍受她们的怜悯？像米德尔顿夫人那种女人的怜悯，噢，她知道这件事后会怎么说啊！"

埃丽诺劝玛丽安躺下，她听话地躺了一会儿，但是身心的痛苦让她难以安静，在床上辗转反侧，到后来变得歇斯底里，埃丽诺怎么安慰也无法让她安静地躺在床上，最后说服她喝了一些熏衣草药水，这倒有点作用。从这时起到詹宁斯太太回来，玛丽安都一直安安静静地躺在床上。

## 30

詹宁斯太太一回家就来到两姊妹的房间，而且是直接推开门进来的，脸上显出十分关切的神情。

"你好吗？亲爱的。"她同情地对玛丽安说。玛丽安扭过脸去，没有说话。

"达什伍德小姐，她现在怎么样？可怜的人儿！她的精神可不好，唉，这也难怪，威洛比马上就要结婚了，这个没出息的家伙！我可不能容忍他。泰勒太太半个小时前把这件事告诉了我，她是从格雷小姐的一个好朋友那儿听说的，否则我一定不会相信，当时我几乎气晕过去。唉，我说，我只能这样说，如果真有其事，那他就是非常恶劣地对待玛丽安了，我希望他的妻子把他折磨得心神不宁。我真不知道男人怎么会这么胡作非为，如果我再见到

他，一定狠狠地臭骂他一顿——他大概已经有很长时间没有受到过这样的责骂了。不过，有一点是令人宽慰的，亲爱的玛丽安小姐，他并不是世界上唯一可取的男人，就凭着你这张漂亮的脸蛋，永远不乏追求者。好了，可怜的人儿！我不打扰她了，最好叫她马上痛痛快快地哭一场，然后这事儿就算彻底过去了。幸好今晚帕里夫妇和桑德森夫妇要来，埃丽诺，你知道，这可以让玛丽安分散注意力，排解排解忧愁。"

她踮着脚尖走出去，好像觉得一点声响都会加重玛丽安的痛苦似的。

出乎埃丽诺的意料，玛丽安决定下楼和大家一起吃饭，埃丽诺劝她不要这样做，但是她不肯，说自己能忍受，这样可以堵住那些说三道四的人的嘴。尽管埃丽诺不相信玛丽安能一直待到正餐结束，但看见她能有意识地克制自己，不由得高兴起来。

到了餐厅，玛丽安虽然看起来很痛苦，但是比她姊姊预想的吃得多，也镇定得多。当然，如果她开口说话，或对詹宁斯太太过分殷切的关怀稍微有一点敏感的话，她就不可能保持如此镇定了，一定会再次痛苦不堪。幸运的是，玛丽安一声不吭，失神地呆坐在那里，对眼前发生的事情茫然不知。

埃丽诺承认，詹宁斯太太的关心完全是一片好意，但却使人痛苦，有时甚至让人觉得荒谬可笑，不过，埃丽诺还是一再代妹妹向她表示感谢，以示礼貌。看到玛丽安不开心，詹宁斯太太觉得有责任帮助她减少痛苦，于是像长辈在节日的最后一天溺爱自己的孩子一样，一个劲儿地娇宠她。詹宁斯太太让玛丽安坐在壁炉前最好的位置上，劝她吃各种甜食和水果，还说当天的趣闻、乐事来逗她开心。如果玛丽安对这一切好意的安排表示接受，并感到快乐的话，埃丽诺也就放心了，可是，她从妹妹的脸上看到了拒绝快乐的神情。玛丽安终于察觉了这一切，她再也待不下去了，只说了声难受，向姊姊做了个不要跟着她的手势，然后匆匆

走出了客厅。

玛丽安一出去，詹宁斯太太便大声说："可怜的人儿！看她这样真让我伤心。她应该喝完葡萄酒再走，还有樱桃干！天哪，看来没什么东西合她的胃口，如果我知道她爱吃什么，一定派人跑遍全城去找。唉，一个男人竟然如此错待这样漂亮的一个姑娘，真是不可思议！不过，在一方有很多钱，另一方钱很少的情况下，人们也就不在乎这些了。"

"那么，那位小姐——我想你叫她格雷小姐吧，非常有钱吗？"

"五万镑啊！亲爱的。你见过她吗？听说她是个风骚又时髦的小姐，但并不漂亮。我记得她的婶婶比迪·亨萧，嫁给了一个非常有钱的人，这家人都很富有。五万镑啊！人们都说这笔钱来得很及时，因为据说威洛比破产了。这也难怪，他总是把自己和马车、猎犬打扮得漂漂亮亮的，开销那么大，不破产才怪！唉，说这些有什么用呢！但是，一个年轻人和一个漂亮的姑娘谈恋爱，而且答应和她结婚，不能仅仅因为自己变穷了，而正好有一个阔小姐愿意嫁给他，就突然变卦。在他没钱的情况下，为什么不卖掉马、出租房子、打发走仆人，生活马上来个彻底的改变呢？要是那样的话，我敢保证，玛丽安小姐一定会愿意等待他的境况好转。不过，如今的年轻人是不会这么做的，他们绝对不会放弃寻欢作乐的事情。"

"你知道格雷小姐是个什么样的姑娘吗？别人说她和蔼可亲吗？"

"我从没听说她有什么不好，实际上，我几乎从没听到人们说起过她，除了今天早上听泰勒夫人说过。有一天，沃柯小姐向泰勒夫人暗示，她认为埃利森夫妇很愿意把格雷小姐嫁出去，因为格雷小姐和埃利森夫人总是合不来。"

"埃利森夫妇是什么人？"

"格雷小姐的保护人呀！亲爱的，她现在成年了，可以自己选

择丈夫了，而她做出的选择可真够漂亮的！现在——"詹宁斯太太顿了顿，然后说，"你可怜的妹妹回自己房间了，想必是独自伤心去了，难道我们就想不出个办法来安慰她吗？可怜的孩子，让她一个人独处实在是太残忍了，对了，等会儿会有几个客人，可能会让她高兴一点。我们玩什么呢？我知道她讨厌惠斯特纸牌游戏，难道没有一种她喜欢而且大家可以一起玩的游戏吗？"

"亲爱的太太，你大可不必太费心。我想，玛丽安今晚不会再离开她的房间了，如果做得到的话，我会劝她早点睡觉，她实在需要休息。"

"当然，我看休息对她是再好不过了。晚饭她想吃什么，让她自己点好了！天哪，难怪她这一两个星期总是神色不好，垂头丧气的，我想这段时间她一直都处于焦虑不安中，今天早上接到的一封信把这件事彻底了结了！可怜的人儿，如果我早知道信的内容是这些的话，说什么也不会拿她开玩笑，但我怎么猜得到是这样的事呢？我以为那不过是一封普通的情书，而且你也知道，年轻人总喜欢别人拿情书之类的事开他们玩笑。约翰·米德尔顿爵士和我的两个女儿要是听到这个消息，不知多担心啊！我刚才在回家的路上就该到康杜特街去告诉他们这件事，还好我明天会见到他们。"

"我相信，帕尔默夫人和约翰·米德尔顿爵士用不着你提醒，也会不在我妹妹面前提起威洛比先生，或拐弯抹角地提起这件事。他们都是善良的人，一定知道在玛丽安面前表现出知情的样子会让她多么痛苦。还有，亲爱的夫人，相信你会明白越少在我面前提起这件事，我就越不会难受。"

"喔，当然，听见别人谈论这件事你一定非常难过。至于你妹妹，我保证不会向她提起这件事儿，你都看见了，整个用餐期间我都只字未提。约翰·米德尔顿爵士和我的两个女儿都是很体贴的人，他们是不会提起的——尤其是我给他们一个暗示的话。就

我个人认为，这件事说得越少越好，打击也就会越快过去，遗忘得也就越快，议论这件事有什么好处呢？"

"对这件事，议论纷纷只有害处，而且害处非常大，因为其中有些情况是不适合众人谈论的。事实上，我必须替威洛比先生说句公道话，他与我妹妹并没有明确的婚约，所以谈不上解除婚约。"

"哎呀！你就不要替他辩护了。哼，没有明确婚约？当他带着你妹妹走进艾伦罕庄园闲逛后，还需要谈什么婚约呢？"

为了玛丽安和威洛比，埃丽诺没有坚持纠正詹宁斯太太的想法，因为别人弄清楚真相后，玛丽安的名誉可能会受损，威洛比也将无利可得。两人沉默了一会儿，詹宁斯太太又忍不住开口说：

"好啦，亲爱的，俗话说：塞翁失马，焉知非福，这对布兰登上校来说是个好消息，他最终会得到玛丽安的，他会得到的。如果到了夏天他们还没有结婚，你来找我好啦！天哪！上校听到这个消息会多开心啊！我希望他今晚就来。总之，很可能你妹妹和他结婚更好，一年两千镑，既无债务又无障碍——只是有个小私生女，不过花不了几个钱就可以打发她去当学徒，这样一来，小私生女的事又有什么影响呢？我告诉你，德拉福德是个好地方，完全像个古典式的庄园，舒适又设施齐备，四周栽种着最好的果树围成园墙，在一角还有一棵很棒的桑树！天哪！我和夏洛蒂去过那儿一次，还把肚子撑坏了！那里还有一所鸽舍、几个泛着波光的鱼塘、一条流水潺潺的水渠。总而言之，那里有一个人所希望得到的一切。还有，那里到教堂很近，离公路只有四分之一英里，你只要坐在屋后的一棵老紫杉树上，就会看到络绎不绝的马车，所以从不会感到单调乏味。喔！那真是个生活的好地方！不远处的村子有卖肉的，而且距离牧师的住所也很近，在我看来，那里比巴顿庄园好一千倍，因为在巴顿庄园要到三英里外才能买到肉，而且没有一个比巴顿别墅更近的邻居。好啦，我要尽快给上校加油打气。你知道，一块好的羊肩肉会把其他肉都比下去，我们要努力让玛丽安把威洛比彻底忘记。"

"是呀！太太，只要能做到这一点，有没有布兰登上校都没关系。"埃丽诺说，然后站起来去找玛丽安了。不出所料，玛丽安坐在自己房里的壁炉前，闷闷不乐地面对着一小堆余火发呆——直到埃丽诺进去，那是屋里唯一的亮光。

"你最好离我远一点。"埃丽诺只听她说了这么一句。

"只要你上床睡觉的话，我马上离开。"

但是，玛丽安一时任性起来，刚开始时拒绝睡觉，经过姊姊的好言劝说，很快就顺从了。埃丽诺看着玛丽安上了床，痛苦地把头枕在枕头上，然后才离开。

埃丽诺来到客厅，一会儿，詹宁斯太太也来了，手里端着一只酒杯，里面盛装着一些液体。

詹宁斯太太进屋时说："亲爱的，我刚刚想起家里还有康斯坦丁葡萄酒，味道很棒，我给你妹妹倒了一杯。我可怜的丈夫，他很喜欢这酒啊！只要他痛风的老毛病一发作，世上没有什么东西比这酒对他更有效了。你一定要拿去给你妹妹喝下。"

埃丽诺不禁笑了起来，因为她妹妹的情况和詹宁斯太太的丈夫完全不是同一回事。

埃丽诺回答说："亲爱的夫人，你真是太好了！刚才我离开房间的时候，玛丽安已经上床了，现在应该睡着了。我想，对她来说休息是最有益于健康的，如果你允许的话，我可以喝了这杯酒。"

詹宁斯太太真后悔自己没有早来五分钟，可是对这个折衷办法倒也满意。埃丽诺一口喝下大半杯酒，心里在想，说不定这酒还能治疗一颗失恋的心，在她和妹妹身上试验一下也未尝不可。

喝茶的时候，布兰登上校进来了，先环视了一下房间，埃丽诺从他的神态看出，上校对玛丽安是不是在客厅里并不抱任何希

望，显然他已经知道她不在这里的原因了。可是，詹宁斯太太不是这样想的，一看见上校进门，她就来到茶桌旁悄悄对埃丽诺说：

"你瞧，上校和平时一样严肃，他还不太知道这件事呢，一定要告诉他，亲爱的。"

上校拉过一张椅子挨近埃丽诺坐下，然后询问起了玛丽安的情况，他的眼神中透露出他完全知道了一切情况。

"玛丽安不舒服，一整天都很难受，我们劝她睡觉去了。"埃丽诺说。

"那么，也许，我今天早上听到的消息是确切的了。"上校犹豫地说。

"你听到了什么？"

"一位绅士，我有理由认为……简单地说，一个我早就知道已经订了婚的男人……我怎么跟你说呢？如果你已经知道了，我就不必说了，你一定已经知道了。"

埃丽诺强作镇定地说道："你指的是——威洛比先生要与格雷小姐结婚的事？是的，我们确实知道了，今天早上才知道的，看来这件事一天之内已经到处传开了，真猜不透威洛比先生是怎么想的。你是在哪儿听说的？"

"在帕尔·玛尔街的一家文具店里。有两个女士正在等马车，其中一个向另一个说起这件婚事，声音很大，所以我听见了。她先是一再提到威洛比，这引起了我的注意，接着她十分肯定地说，威洛比与格雷小姐的婚事已经敲定了，这不再是个秘密了，只需要再做一些具体的准备工作，在几周内就会举行婚礼。有一件事我记得非常清楚，因为它有助于进一步认清威洛比那个人。婚礼过后，他们马上就会到威洛比在萨默塞特郡的宅第库姆去。真令我讶异啊！我向周围的人一打听，得知刚才说话的人是埃利森太太，后来又听人说她就是格雷小姐的保护人。"

"是的。不过，你有没有听说格雷小姐有五万镑？关于威洛比

与格雷小姐结婚的原因，这是我们能找到的唯一解释。"

"可能是吧！不过威洛比可能……至少我认为——"上校停顿了一下，然后以不太自信的语气说，"那么，你妹妹……她现在……"

"她非常痛苦，我只能希望这种痛苦能很快过去。我相信，直到昨天为止，玛丽安从未怀疑过威洛比的爱情，甚至现在也是，也许——但我认为他几乎从未真正爱过她，而且从某些方面看来，他是个冷酷的人。"

"噢！是的，是很冷酷！可是你妹妹并不——我想你是这样说的——她和你的看法并不一样吧？"

"你了解她的个性，如果可能的话，她仍然会竭力替他开脱罪责。"埃丽诺说。

上校没有再说话。一会儿，茶具端走了，牌桌安排妥当，中断了他们之间的谈话。一旁的詹宁斯太太一直高兴地注视着他们谈话，希望玛丽安的事会让布兰登上校感到快乐，因为他又看到了希望，他可能会成为一个幸福的人，但是，让她感到惊讶的是，整个晚上上校比往常还要不苟言笑和心事重重。

## 31

第二天早上，玛丽安醒来，但痛苦并未减轻。

埃丽诺鼓励玛丽安把她的感受都倾诉出来，在吃早饭前，她们已经就此事谈论了好几遍。像往常一样，埃丽诺表现冷静，观点鲜明；玛丽安感性、冲动，没有定见。有时玛丽安认为威洛比和她一样无辜、不幸，而有时又认为他是不可宽恕的；有时她觉得对外界的非议无所谓，有时又想永远与世隔绝。不过，只有一件事玛丽安是始终如一的，那就是尽量避开詹宁斯太太，如果万

不得已必须听她唠叨，坚决一言不发，因为玛丽安绝不相信詹宁斯太太会同情她，体谅她的痛苦。

"不！不！这不可能，她不可能有同情心。她的好意不是体谅，她的和蔼也不是爱，她所需要的只是聊天的素材。"玛丽安大声嚷道。

埃丽诺觉得现在没有必要和妹妹争论这个问题。玛丽安一向个性敏感、思想细密，过于重视强烈细致的感情和良好教养的举止，因而在评价他人往往有失偏颇。如果说世界上大多数人都是聪明、善良的话，那么，具有卓越才能和优雅举止的玛丽安却属于极少部分的那类人，既不通情达理，又有失于公正。发生了这样一件事之后，玛丽安对詹宁斯太太的评价更低了，即使詹宁斯太太完全是基于一片好心，但她的任何举动都会使玛丽安感受到新的痛苦。

早饭后，姊妹俩一起待在房里，詹宁斯太太手里拿着一封信走了进来，因为她认为这封信一定会给玛丽安带来安慰，于是面带笑容说：

"亲爱的，我带来一样东西给你，一定会让你高兴的。"

玛丽安听到这话，马上想到一定是威洛比的来信，想象信的内容充满了爱与悔恨，把发生的一切都解释得合情合理，随即就是威洛比急匆匆地冲了进来，拜倒在她的脚下，用一双脉脉含情的眼睛望着她，以证明他说的句句是实。但是，事实马上毁灭了玛丽安的幻想，展现在她眼前的是她母亲的来信。经历从狂喜到悲哀，这使玛丽安感到痛苦一直跟随着她，她根本无法摆脱。

对詹宁斯太太的残忍行为，玛丽安的愤怒无以复加，只能用狂涌出的泪水来谴责她，不过，这种谴责对詹宁斯太太来说完全没用，她还以为玛丽安因收到这封信而得到了安慰呢！但是，当玛丽安镇定下来读信的时候，并未从中得到什么安慰。在她母亲来信中，每一页纸上都有"威洛比"，她母亲仍然确

信他们订婚了，一如既往地相信威洛比，相信他对玛丽安是忠诚专一的，只是因为埃丽诺的迫切请求，她才来信恳求玛丽安坦诚地公开他们之间的关系，字里行间充满了对女儿的疼爱、对威洛比的喜欢，以及对他们将来的幸福的深信不疑，这令玛丽安痛苦万分。

想到母亲，玛丽安又想马上回家，尽管母亲错误地相信了威洛比，但母亲才是最爱她的人，而且是比任何人都要亲的亲人。母亲对她来说比以往任何时候都备感亲切。玛丽安迫不及待要走，埃丽诺自己也拿不定主意，不知道究竟是待在伦敦好，还是回到巴顿好，于是提出听听母亲的意见再定夺，这也得到了妹妹的同意。

这一天詹宁斯太太比平常早出门，因为如果不让米德尔顿夫妇和帕尔默夫妇也和她一样感伤，她是不会安心的，并且还断然拒绝了埃丽诺的陪伴。看看发生的事情，再看看母亲给妹妹的来信，埃丽诺觉得自己当初恳求母亲写这样一封信是不当之举，她忧心忡忡地坐下来，把发生的事如实地告诉了母亲，请求她对她们下一步做出吩咐。玛丽安等詹宁斯太太一走也来到客厅，一直站在桌旁看着埃丽诺写信，为姊姊煞费苦心地如何向母亲吐露这件事而感到不安，同时更为母亲读到信的内容后会带来怎样的影响而感到悲伤。

大约一刻钟后，一阵敲门声把玛丽安吓了一跳，她的神经已经脆弱得无法承受任何突如其来的声响。

"这么早会是谁呢？我还以为不会有人来打扰呢！"埃丽诺问。

玛丽安走到窗口。

"是布兰登上校！我们怎么摆脱不了他！"她不耐烦地说。

"詹宁斯太太不在家，他不会进来的。"

"我才不信呢！"她说着走回自己的房间，又说，"他整天无所事事，竟然都不觉得打扰了别人。"

玛丽安的说法既不公平也不对，但她的推测是正确的。布兰登上校确实进来了，埃丽诺深知他是因为挂念玛丽安才来的，而且，从他那悲伤不安的眼神中、从他那简短焦急的问候中，埃丽诺确实看到了那种挂念，而她妹妹竟如此轻蔑他，这让她无法原谅妹妹。

上校说："我在邦德街遇见了詹宁斯太太，她鼓励我来一趟，我是很容易被人说服的。我想，可能只会看到你一个人，我很希望是这样，我的目的……我的愿望……我希望你一个人在是……我相信是……是能够给你们带来点安慰一不，我不能说安慰……不是一时的安慰……而是要使你们确信……使你妹妹永远确信，我对她的尊敬，对你和你母亲的尊敬……请允许我讲一些事情，以证明我这样做完全是基于极其诚挚的尊敬……完全是基于一种急切的希望帮助你们的愿望，我花了很长时间思考，我相信自己这么做是正确的，难道还有什么理由会让我感到自己这么做是错误的吗？"他顿住了。

埃丽诺说："我明白你的意思，你想告诉我一些威洛比的事情，以便我们更了解他的人品，你能说出一些事情就是对玛丽安表示出了最深厚的友谊。不管是谁，只要能告诉我们这样的讯息，我都将感激不尽，而我相信玛丽安有朝一日也一定会对此表示感激的。请快告诉我吧！"

"简单地说，去年十月我离开巴顿的时候——不过从这儿说起你可能会听不懂，我必须从更早的时候说起。唉，达什伍德小姐，我笨嘴拙舌的，真不知道从何说起。我想，有必要简单讲一下我自己，关于这个问题——"他说着深深叹了口气后又说，"过去几乎没有什么能够诱使我把它说出来。"

上校停顿片刻，接着又叹口气，继续说：

"你大概忘记了那一次谈话，那是在巴顿庄园的一个舞会上，我们坐在一起谈话，当时我提到我认识一位小姐，长得有些像你

妹妹玛丽安。"

埃丽诺答道:"我没有忘记那次谈话。"

听说她还记得,上校显得很高兴,便接着说:

"她们两人在容貌和性格上都十分相似,都一样热情奔放,一样有想象力,一样思维敏捷。这小姐是我的一个近亲,从小就失去了父母,我父亲成了她的保护人,把她养大成人。我们俩差不多一样大,从小就是很好的伙伴和朋友,我不记得我有不喜欢伊丽莎的时候。我们长大后,我非常爱她,对她一往情深,不过,从我现在郁郁寡欢的样子来看,你可能无法想象我曾经有过那么强烈的爱情。我相信,伊丽莎对我的爱,就像你妹妹对威洛比的爱情一样炽热,可是我们爱情结局的不幸并不亚于你妹妹,尽管原因不同。十七岁那年,我永远失去了伊丽莎,她结婚了——违心地嫁给了我哥哥。她有一大笔财产,而我们家却负债累累,这恐怕就是能够为我父亲——她的叔父保护人——的行为做出解释的唯一原因。我哥哥根本配不上伊丽莎,甚至也不爱她。我原本希望,她对我的爱会帮助她度过任何困难,而在一段时间内她也确实是这样,可是到后来,她受到了无情的虐待,悲惨的处境动摇了她的决心,虽然她向我保证没有什么会使她……我真是乱说一气,还从没告诉你整个事情的发展呢!在她结婚前,我们曾经准备一起私奔到苏格兰,不料在出发前几个小时,我表妹那背信弃义的女仆把我们出卖了。我被赶到一个远房的亲戚家里,她则失去了自由,不许交际和娱乐,除非得到我父亲的允许。唉,我太相信伊丽莎坚忍不拔的毅力,这种打击对我来说太大了!但是,如果她的婚姻美满幸福,而我当时又很年轻,心灵的创伤只要几个月也就抚平了,至少我现在不用为之悲叹了,但情况并非如此。我哥哥一点也不爱伊丽莎,生活放荡不羁,从一开始就待她不好。对于像伊丽莎这样一个年轻、活泼、缺乏经验的女性来说,我哥哥的行为给她的影响是可想而知的,所造成的后果也是不难想象

的。起初，伊丽莎对自己所遭受的一切痛苦听天由命，但是，她有那样一个丈夫逗引她用情不专，又没有一个人开导或制止她，因为我父亲在他们结婚后几个月就去世了，而我随团部驻扎在东印度群岛，所以她堕落了。如果我当时还在英国，也许……但是我那时想离开几年，以促成他们两人的幸福，为此还特意和别人换了防。大约两年后，我听说她离婚了，这消息与她结婚对我造成的打击相比简直就无足轻重了。就是这件事给我的生活笼罩上了阴影，直至现在，一想起我那时的痛苦……"上校激动不安地说。

上校说不下去了，一下子站起来在屋子里踱来踱去，好几分钟都难以平静下来。听到上校讲的事情，埃丽诺深受感动，而看到他痛苦不安的样子，她一句话也说不出来。上校见她关切的表情，走上前来紧握住她的手，非常尊敬地吻了吻。又过了几分钟，上校终于稍微冷静了一些，可以继续讲下去了。

"这样痛苦地过了将近三年，我回到英国，头一件事就是寻找伊丽莎。我四处打听，但是毫无结果，从第一个引诱她堕落的人那里也没有找到线索，我担心她陷入了更堕落的深渊。她的离婚津贴根本不足以维持她的奢华生活，而且我哥哥告诉我，她的离婚津贴权在几个月前就转让给另一个人了，他猜想——冷静地猜想，伊丽莎奢侈的生活方式使她为了摆脱暂时的经济困境而被迫转让领取这笔钱的权利。最后，在我回到英国六个月后，我终于找到了她。我以前有个仆人，在我离开后遭到不幸，因为负债而被关进拘留所，我基于对他的关心，到拘留所看望他，没想到伊丽莎也因负债被关在那儿。她完全变了样，是那样衰老，各种痛苦和磨难已使她青春不再。我简直不敢相信，眼前这个病弱憔悴的人，就是我曾经热恋过的那个美丽可爱的姑娘，看到她沦落到如此悲惨的境地，我是多么痛苦啊！她患了肺结核，而且是末期的，而这对我倒是莫大的安慰，至少她不会继续堕落，或遭受更

多的磨难。在这种情况下，生命对她来说已经没有意义了，除了有一段时间为死亡做好充分的准备。我把她安置在一座舒适的房子里，给她妥善的照顾，在她去世前短暂的一段时间里，我每天都去看她，在她生命的最后时刻，我守候在她身旁。"

上校又停下来，迫使自己镇定一下，埃丽诺不由得发出一声感叹，表达了对他那朋友的不幸命运的深切同情。

"因为我认为你妹妹和我那可怜的、不名誉的表妹十分像，我希望你妹妹不要生气，她们的命运是不会一样的。我表妹可爱温柔，如果她有坚强的意志，或有一个美满的婚姻，她就有可能像你将来会看到的你妹妹的情况一样。唉，我说这些干什么？达什伍德小姐，我已经有十四年没有提起过这一个话题了，很难把它表述得清楚，我还是冷静下来，说得简洁些吧！伊丽莎把她唯一的小孩托付给我，那是个三岁的小女孩，是她第一次不正当关系的结晶。她很爱这个孩子，总是把她带在身边，她将孩子托付给我，是对我的莫大信任。如果我的情况允许，我很乐意严格履行我的职责，亲自教育孩子，但是我没有结婚，没有妻子，因此只好把小伊丽莎安排在学校里寄宿，我一有空就会去看她。五年前我哥哥死后，我继承了家庭的财产，那孩子就经常来德拉福德看我。我跟别人说她是我的远亲，但是我知道大家都不相信，怀疑我和她有很近的血缘关系，就是说她是我的私生女。三年前，她十四岁，我让她离开了学校，把她托付给多塞特郡一个非常受人尊敬的妇人照顾，那个妇人同时还照顾着另外五个与小伊丽莎年龄相近的小女孩。从那时算起来，有大约两年时间我们都过着平静快乐的生活，但去年二月，大约十二个月前，她突然失踪了。我马上联想起一件事，在她的恳求下，我曾经做出了一个不谨慎的决定，允许她和她的一个年轻女友到巴斯去，那个女孩是去照顾她父亲的。那个女孩的父亲是个纯朴的人，可是我完全错了。当我去巴斯询问那个女孩时，她怎么也不肯说，什么也不告诉我，

虽然我可以肯定她什么都知道。她父亲太老实了，完全不清楚自己的女儿在外面干什么，他相信自己的女儿与此事无关，还试图说服我相信。总之，小伊丽莎就这么走了，从此杳无音讯。在漫长的十八个月中，我整日胡思乱想、担心受怕，我所遭受的痛苦可想而知。"

"天哪！怎么会是这样！难道会是威洛比……"埃丽诺惊叫起来。

"我得到小伊丽莎的消息——"上校继续说，"是去年十月，她写了一封信给我，这封信是从德拉福德转寄来的，而我收到时正好大家准备去惠特维尔游玩的那天早上，这就是我突然离开巴顿的原因。我知道，大家当时一定觉得很奇怪，我相信我还得罪了几个人。我想，威洛比可能没想到，当他因为我无礼地破坏了大家的游览兴致而向我投来责难的目光时，我却赶去拯救一个因为他而成了可怜的、痛苦的人。但是，即使威洛比知道了，又有什么用呢？她会因此在看见你妹妹的笑容时减少几分快乐、几分快活吗？不！他已经做出了这样卑劣的事，而这样的事，任何一个男人只要有一点怜悯之心是做不出来的。他诱骗了一个天真纯朴的少女，之后把她抛入无望的绝境，使她无家可归、得不到帮助、没有朋友，甚至连他住哪里都不知道。他抛弃了她，哄骗她说他还会回来，但他既没有回去，也没写信，也没有使她从困境中解脱。"

"真是卑鄙可恶到极点！"埃丽诺大声叫道。

"你现在应该知道威洛比的人品了——挥霍无度、放荡不羁，而且比这两者更恶劣。如今你了解了这一切，请设想一下，我早就知道了你妹妹和他之间的事，看到你妹妹一直那么迷恋他，还听说要嫁给他，我心里会做何感想呀！我上星期到这里来，发现只有你一个人的时候，就决定搞清楚事实真相，虽然我还不知道自己了解真相后会怎么办。你一定认为我当时的举动很奇怪，但现在你该明白了吧！眼看着你们大家被欺骗，眼看着你妹妹……但我又能做什么呢？我知道，我是无法干预此事的，而且有时我又想，也许你妹妹能够感化他，但是事到如今，威洛比竟然又干出了这样卑劣的事情，谁知道当初他对你妹妹安的是什么心？不过，不管他是何居心，现在你妹妹只要把自己的处境与小伊丽莎的处境相比，想想那个可怜少女的凄惨遭遇，你妹妹一定觉得自己已经很幸运了。小伊丽莎和你妹妹一样对威洛比一片痴情，所不同的是，小伊丽莎一生都要忍受自责的痛苦，相比之下，你妹妹就会觉得她自己的痛苦微不足道。要知道，她的痛苦不是因为她行为不端造成的，因而不会使她的名誉受损，相反的，所有的朋友会因此对她更加友善，并对她的不幸表示关切，为她在遭遇这样的打击下能够坚强起来而尊敬她，会越来越喜爱她。不过，关于我告诉你的情况，请你酌情转告她吧！会产生怎样的效果你最清楚。还有，很重要的一点，如果我不是发自内心地相信这样做对玛丽安有帮助，会减少她的悔恨的话，我绝不会说出自己的家庭不幸来烦扰你，来让我自己更痛苦，我担心别人以为我这样做是为了贬低他人而抬高自己。"

听完上校的话，埃丽诺向他表示了深深的谢意，而且她相信，把这些事告诉玛丽安会大有好处。

埃丽诺说："最让我痛心的是玛丽安一直在设法为威洛比开脱罪责，因为这样做比确信他是个卑鄙的人更使她好受些。尽管玛丽安现在会很痛苦，但是我相信她很快就会平静下来的。"

稍停了片刻，她接着说："自从在巴顿与威洛比分手后，你有没有再见到他？"

"见过，见过一次。一场决斗是不可避免的。"上校严肃地回答。

埃丽诺被他那副神态吓了一跳，不安地看着他说：

"什么？你见他是要找他……"

"我不可能以别的方式和他见面。在被迫的情况下，小伊丽莎勉强地说出了情人的姓名。在我回到城里之后两个星期，威洛比也回到了伦敦，于是我们相约见面，他是为自己的行为自卫，我是去惩罚他的行为，我们都没有受伤，因此这次决斗没宣扬出去。"

想象决斗的情景，埃丽诺不由得发出了一声叹息，不过，对于一位具有男人气概的军人来说，她又觉得这样做没什么可指责的。

"唉！"布兰登上校停顿了一下，然后说，"这就是她们母女俩的悲惨命运，多么相似啊！我完全辜负了她对我的信任，没尽到我的责任。"

"小伊丽莎还在城里吗？"

"不在。我见到她的时候，她已经快要分娩了。产后刚刚恢复，我就把她和孩子一起送到了乡下，她现在还待在那儿。"

过了一会儿，上校想起自己可能让埃丽诺离开她妹妹太久了，便告辞离去。当他告别的时候，埃丽诺再次对他表示了感激之情，同时打从心里对他充满了同情和敬意。


## 32


埃丽诺很快就把这次谈话的内容说给妹妹听，玛丽安没有对其中任何一部分的真实性表示怀疑，但是，所产生的效果并不完全像埃丽诺预料的那样明显。在埃丽诺讲述的过程中，玛丽安都是十分安静、认真地听着，既没有提出异议，也没有发表意见，更没有为威洛比进行辩解，她的眼泪似乎显示她认为他罪无可恕了。尽管埃丽诺确信玛丽安已认识到威洛比是有罪的，尽管埃丽诺满意地看到，玛丽安在布兰登上校来访时不再回避，甚至主动

和他说话，对他怀着同情和尊敬，尽管玛丽安不再像以前那样喜怒无常，情绪已平静下来，但在埃丽诺看来，玛丽安的痛苦并没有因此而减轻，她依然忧郁。玛丽安觉得，发现威洛比品行卑劣比失去他的爱情更加令人痛苦，他对小伊丽莎的诱骗和遗弃、那个可怜小女孩的悲惨遭遇、他一度可能对她自己抱有不良企图的怀疑，这一切加在一起，痛苦强烈地折磨着她，使她难以表达出内心的感受，所以一直沉溺于无言的郁闷中。

达什伍德太太收到埃丽诺的来信，可以说受到了极大打击，她的痛苦不亚于玛丽安，她的愤怒甚至超过埃丽诺。她接连写来一封封长信，告诉女儿们她所遭受的痛苦、她所能想到的一切，表示了对玛丽安的担忧和牵挂，并恳求玛丽安在不幸之中一定要坚强——就连达什伍德太太也说到坚强，可见玛丽安的痛苦是多么大。达什伍德太太认为，玛丽安一定觉得自己受到了伤害、受到了屈辱，但是她希望女儿不要一直沉溺于痛苦中。

达什伍德太太原本希望玛丽安回巴顿，若是这样她们就可以相互慰藉，但是，最后她断然做出决定，玛丽安现在去哪里都可以，就是别回巴顿，因为巴顿的一切景物都可能勾起玛丽安的回忆，使她想起过去与威洛比在一起的情景，痛苦会更强烈地折磨她。因此，达什伍德太太向两个女儿建议，千万不要缩短对詹宁斯太太的访问期——从来没有明确说过她们在伦敦待的时间，不过大家都希望至少有五六个星期——在伦敦一定会有各种消遣和活动，还有很多朋友，而这些在巴顿是得不到的，尽管达什伍德太太知道玛丽安对这些不屑一顾，但是她仍然希望玛丽安可以借此消除烦恼、治愈创伤，甚至从中得到一点快乐。

达什伍德太太希望玛丽安和威洛比永远不要再见面了，她认为玛丽安待在伦敦不会有遇见威洛比的危险，因为自称是她们的朋友的那些人一定会和威洛比断绝来往，而且在熙熙攘攘的伦敦遇见威洛比的可能性比巴顿小得多——达什伍德太太在后来的信

中认为，玛丽安在巴顿一定会遇到威洛比，因为威洛比结婚后会去艾伦罕庄园拜访。

达什伍德太太希望女儿们待在伦敦还有另外一个原因，约翰·达什伍德来信告诉她，他们夫妇二月中旬以前要到伦敦，达什伍德太太认为她们应该和她们的哥哥见见面。

玛丽安认为，母亲的意见和自己所希望的大相径庭，是大错特错了，而且要求她继续留在伦敦意味着得不到母亲的安慰，自己还会被迫到那些讨厌的社交场合中去，尽管如此，玛丽安还是服从了母亲的意愿。

不过，让玛丽安感到欣慰的是，给她带来不幸的事情却会给姊姊带来好处。而在埃丽诺看来，继续留在伦敦已无法做到完全避开爱德华，这只会给自己增添烦恼，但这对玛丽安来说比马上回德文郡要好，为此埃丽诺也稍感欣慰。

埃丽诺小心谨慎地保护着妹妹，不让她听见别人提起威洛比的名字，她的努力没有白费，因为不论是詹宁斯太太，还是约翰·米德尔顿爵士，甚至帕尔默夫人，他们都从未在玛丽安面前说起过威洛比。埃丽诺希望他们在自己面前也不要谈论威洛比，但这根本就是奢望，完全不可能，她不得不日复一日地听着他们一个个发泄对威洛比的愤怒。

开始时，约翰·米德尔顿爵士简直不敢相信会有这种事，因为他一直认为威洛比是一个体面的绅士、英国最勇敢的骑手，这真是令人不可思议！而后，约翰·米德尔顿爵士又发自内心地诅咒威洛比，发誓永远不再和他说一句话，即使是在巴顿这样的小地方，他们一起待上两个小时也不会和他说半句话。约翰·米德尔顿爵士大骂威洛比是一个混蛋、一只欺骗人的狗！他们在最后一次见面时，约翰·米德尔顿爵士还把他的一只小狗送给了威洛比呢！

帕尔默夫人以她特有的方式表示了她的气愤，她决定马上和

威洛比断绝来往，其实他们根本就不认识，为此她感到万分庆幸；她还真心希望库姆离克利夫兰别那么近，不过这没有什么关系，因为两地本来就相距甚远；她恨透了威洛比，发誓永远不再提起他的名字，而且逢人就说他是个饭桶。

帕尔默夫人的同情还表现在尽力打探正在筹办的威洛比的婚礼细节，然后转告给埃丽诺，比如在哪个马车行订做新马车、由哪位画家给威洛比画像、格雷小姐的衣服在哪家衣料店缝制。

埃丽诺常被这些过于殷勤的慰问搞得心烦意乱，而此时米德尔顿夫人礼貌的、漠不关心的态度倒使她感到些许宽慰，她不禁在想，在安慰人的时候，好教养比好心肠更重要。

在埃丽诺时常被善意的喧闹搞得心烦意乱的时候，她确切地知道有一个人对这件事毫无兴趣、没有半点好奇心，对她妹妹的健康也没有任何焦虑之感，这对她来说是个莫大的安慰。

如果这件事成为众人热议的话题，米德尔顿夫人也会表示她的看法，发出一两声"的确非常令人震惊"的感叹。在这样温和地表达了自己的感情后，米德尔顿夫人不仅在见到两位达什伍德小姐时不带一丝感情，完全无动于衷，而且在见到她们时也根本不会联想到此事。在这样表示了对别人错误的坚决谴责，以及在这样维护了女性的尊严后，米德尔顿夫人认为自己可以心安理得地去关心她的聚会了，并做出了一个决定（虽说违背了约翰·米德尔顿爵士的意愿）——既然威洛比夫人既风雅又有钱，那么，等她一结婚就把自己的名片送过去给她。

埃丽诺一直很喜欢布兰登上校亲切体贴的问候，所以他们时常在一起讨论玛丽安的事情，谈话时彼此都十分信任。上校沉痛地说出自己不幸的过去与现在所遭受的耻辱，所做出的痛苦牺牲，而他得到的回报就是玛丽安有时会以怜悯的眼神看着他，和他说话时语气温和，这些举动不仅使上校确信他的努力增加了玛丽安对他的好感，而且也给埃丽诺带来希望，而这好感也将与日俱增。

但是，詹宁斯太太对此一无所知，她只知道上校仍然像以前一样郁郁寡欢，她既无法说服他去求婚，也不能说服他委托她去代他求婚。因此，在事情发生后的前几天里，詹宁斯太太认为上校和玛丽安在夏天结不了婚，婚礼得拖延到米迦勒节（九月二十九日），而在一星期后，詹宁斯太太得出结论——他们不会结婚，因为上校和埃丽诺相处得十分融洽，谈话也很投机，这似乎显示德拉福德的桑树、水渠、紫杉树及由此带来的一切荣誉都将给予埃丽诺，上校将不会向玛丽安求婚，而是向埃丽诺求婚，一时间把爱德华忘得一干二净了。

二月初，就是从玛丽安收到威洛比的来信不到两个星期，埃丽诺不得不告诉妹妹一件痛苦的事——威洛比结婚了。其实埃丽诺早就向人打了招呼，一旦知道威洛比的婚事办完，就把消息转告她，因为她看到玛丽安每天早上都会焦虑不安地翻看报纸，而她不愿让妹妹先从报纸上得到这个消息。

玛丽安乍听到这一消息时表现得很镇静，什么都没有说，一滴眼泪也没有，但一会儿就哭了起来，一整天都一副可怜兮兮的模样，看起来十分痛苦。

还好威洛比夫妇一举行完婚礼就出城去了，既然没有再见到威洛比夫妇的危险，埃丽诺就希望说服妹妹出门走走，因为玛丽安自从受到打击以后一直没出过门。

不久前，两位斯蒂尔小姐来到霍尔本街巴特利特大厦，在她们的表姊家做客，现在，她们又来到康杜特街和伯克利街拜访两家更为尊贵的亲戚，并受到了主人热情的欢迎。

不过，埃丽诺非常不愿见到她们，她们的出现只会让她感到难受。露西见她还在城里，那副虚假的高兴模样让埃丽诺哭笑不得，也顾不得什么叫礼貌了。

"如果我看不到你还在这儿，一定会大失所望。"

露西反复说，并特别加重了那个"还"字的语气。

"不过，我一直觉得我会见到你，而且很肯定，你是不会在伦敦待很短时间的，尽管你在巴顿对我说，你在城里不会超过一个月，但我当时就认为到时候你一定会改变主意的。是啊！你的哥哥、嫂嫂就快来了，如果你没有见到他们，一定会遗憾的，现在你一定不会急着走啦！你没按照自己所说的话去做，这让我既惊讶又开心。"

埃丽诺完全明白她这番话的弦外之音，她不得不尽力克制自己，装作听不懂似的。

"亲爱的，你们是怎么来的？"詹宁斯太太说。

"老实说，我们不是坐公共马车来的，是乘驿车来的，这一路上有个非常潇洒的年轻人陪伴我们。大卫博士打算进城，所以我们认为可以和他乘驿车一起来，他举止温文尔雅，还很大方，比我们多付了十到十二个先令。"斯蒂尔小姐马上得意洋洋地回答。

詹宁斯太太叫道："哎呀！真不错，太棒了！我想，这位先生一定还是个单身汉。"

斯蒂尔小姐装模作样地说："得了吧！每个人都拿他和我开玩笑，我想不出这是为什么。我的表妹们都说，一定是我把他征服了，不过，我可没时时刻刻想着他。那天，表姊看见他穿过街道朝她家的方向走来，对我说：'天哪！你的意中人来了，南茜。'我说：'我的意中人，真的吗？我不知道你指的是谁，这位先生可不是我的意中人。'"

"哎呀！说得多动听啊！我看他根本就是你的意中人。"

"真的不是！你要是再听见别人这么议论，我求你反驳一下。"她矫揉造作地回答，脸上装着一副认真的神情。

詹宁斯太太马上给了南茜一个令她满意的答复，向她保证不会对此进行反驳，南茜听了高兴极了。

"达什伍德小姐，你哥哥、嫂嫂进城后，想必你们会和他们住一起吧！"露西停止了恶毒的含沙射影，开始发起了攻击。

"我想我们不会的。"

"喔，我敢说你们会。"

埃丽诺不想和她就此事争执下去。

"这是一件多么令人意外而开心的事情啊！达什伍德太太竟然能让你们两个离开她这么长时间！"露西继续说。

"长时间？才不是呢！她们的访问才刚刚开始呢！"詹宁斯太太插话说。

这让露西哑口无言了。

"达什伍德小姐，很遗憾我们不能见到你妹妹，听说她身体不舒服。"斯蒂尔小姐说。

原来玛丽安在她们进来之前便急忙离开了。

"你真客气，错过了和你们见面的快乐，我妹妹也很遗憾。她近来头痛得厉害，每天筋疲力尽，不适宜会客说话。"

"哎呀！太不幸了！不过，露西和我都是你们的好朋友，我想她可以见我们，我们只看看她，保证绝不会说半句话。"

埃丽诺客气地拒绝了这一建议，说她妹妹也许已经换了睡衣，也许已经躺下休息了，因此不能来见她们。

"如果只是这样，我们还是可以去看她嘛！"斯蒂尔小姐嚷道。

埃丽诺觉得自己对这样的无礼行为已经忍无可忍了，不过就在这时露西厉声责备了她姊姊一句，省去了埃丽诺出面制止的麻烦。

## 33

有一天上午，在埃丽诺的一再劝说下，玛丽安同意陪姊姊和詹宁斯太太出去半个小时，不过她提出了附加条件——不去做客，

只陪她们去萨克维尔街格雷商店，除此之外哪里也不去。

为了兑换母亲的几件旧首饰，埃丽诺要去萨克维尔街格雷商店和老板洽谈。

她们来到商店门口时，詹宁斯太太提出想去拜访一下住在这条街的另一头的一位女士，反正她到格雷商店也无事可办，于是她们商定，各做各的事，詹宁斯太太拜访结束后回来找她们。

两位达什伍德小姐刚一走上台阶，就发现商店里已有不少人了，她们只好等候。她们站在一位绅士的后面，这一列只有他一个人，看起来很快就会轮到她们。但是事实证明，这位绅士精心的打扮与他的礼貌相去甚远，完全一副目中无人的样子。为了挑选一个牙签盒，他查看、品评了店里的所有牙签盒，花了一刻钟的时间才确定了牙签盒的大小和式样。在此期间，这位绅士根本没有注意到两位小姐，只是无礼地瞟了她们三四眼。尽管这位绅士是一流的时髦打扮，但他的五官却使埃丽诺猛然联想到一个人，想起了与这张脸有几分相似的另一张坚定但毫不惊人的脸孔。

玛丽安始终都没有察觉到那位绅士对她们不礼貌的打量、对牙签盒吹毛求疵时自负的神情，倒省却了产生蔑视、愤怒之感的烦恼，因为她在格雷商店和在自己卧室里一样，完全沉浸在自己的内心世界里，对周围发生的事浑然不知。

最后，牙签盒的事终于有了定案，连上面装饰的象牙、黄金和珠宝都做了要求，还指定了日期，要求最晚必须在哪天把牙签盒送去给他。然后，他慢条斯理地戴上手套，又瞟了两位达什伍德小姐一眼，仿佛是想让对方艳羡自己，然后带着自负与傲慢的神情扬长而去。

埃丽诺赶忙上前抓紧时间办自己的事。正在办理成交手续的时候，又有一位绅士站在埃丽诺旁边，她转过脸看了一眼，讶异地发现那是她哥哥。

在格雷商店里众目睽睽下，他们见面时的那个高兴与亲热劲，

看起来还真像回事似的，这让兄妹们都感到满意，而他对她们母亲的问候也是充满敬意的。

埃丽诺得知，他和芬妮到伦敦已经两天了。

"我昨天就很想去看你们，可是根本走不开，因为我们必须带着哈里到埃克塞特交易所去看动物，哈里高兴极了，剩下的时间得陪费拉尔斯太太。今天早上我本打算去看你们，只要有半小时的空闲时间就够了，可是我们刚进城总有一大堆事情要办，我来这里是帮芬妮订做一件海豹皮制品。不过，我想我明天一定能去伯克利街，由你们引见一下你们的朋友詹宁斯太太。我知道她很有钱，还有米德尔顿夫妇，你一定要把我介绍给他们，既然他们是我继母的亲戚，我很乐于表示对他们的敬意。我听说，他们是你们的好邻居。"他说。

"的确很好。他们照顾我们，让我们过得很舒适，可以说无微不至地关心我们，他们的友善好得我无法形容。"

"听你这么说，我高兴极了，真的。不过，这是理所当然的嘛，他们都很有钱，又是你们的亲戚，本来就应该对你们以礼相待，提供种种方便。这么说来，你们在小别墅里过得非常舒适，什么都不缺了。关于那栋别墅，爱德华跟我们做了一番最迷人的描述，他说最完美的是你们非常喜欢它，我们听了也很高兴。"

听到哥哥说出这番话，埃丽诺不禁替他感到羞愧。这时，詹宁斯太太的仆人来告诉埃丽诺，他的女主人在门口等候她们，埃丽诺正好省得回哥哥的话。

达什伍德先生陪着她们走下台阶，来到詹宁斯太太的马车旁，埃丽诺把他介绍给了詹宁斯太太。告别的时候，他再次表示希望第二天能去拜访她们。

约翰·达什伍德先生如期来访了，而且还带来了她们的嫂嫂的口信，为她未能同来假意地表示歉意，说是因为她要陪伴母亲，所以没时间到处走。詹宁斯太太当即表示，因为都是亲戚，她不

会拘泥于礼貌，请她尽管放心；同时她还肯定地说，她很快就会去拜访约翰·达什伍德夫人，带着她的小姑们去看她。达什伍德先生对妹妹们态度冷淡，而对詹宁斯太太则殷勤有加、礼貌周全。

随后布兰登上校也来了，约翰·达什伍德先生用好奇的目光打量着他，好像在说，如果上校是个有钱人，他同样也会以礼相待。

待了半个小时之后，达什伍德先生要埃丽诺陪他去康杜特街，把他介绍给约翰·米德尔顿爵士和米德尔顿夫人。那天天气晴朗，埃丽诺欣然同意了。两人刚走出屋子，达什伍德先生就开始打听起上校的情况来。

"布兰登上校是什么人？他有钱吗？"

"他在多塞特郡有一大笔财产。"

"这太让人高兴了。他看起来很有绅士风度，埃丽诺，我想我可以为你将拥有一个受人尊敬的家庭而恭喜你了。"

"我？哥哥，你是什么意思？"

"他喜欢你，我仔细观察过他，我真的这么认为。他有多少财产？"

"我想，一年大约两千镑。"

"一年两千镑。"他说了一句，心里顿时涌起一股激昂之情，接着说，"埃丽诺，看在你的份上，我真心希望他的钱是这个数目的两倍。"

"我相信你的话，但我敢肯定地说，布兰登上校并没有想娶我的意思。"

"你错了！埃丽诺，你大错特错了，你只要稍微努力一下，就能把他抓到手。也许目前他还犹豫不决，因为你的微薄财产使他畏缩，他的朋友也可能从中作梗，但是，一个女人只要稍稍献点殷勤和鼓励就会让他不由自主地就范，你没有理由不努力争取他。你不要留恋你之前的恋爱了，简而言之，你要知道那种爱情是根

本不可能的，阻力是不可克服的，你很理性，不会不明白这个道理。布兰登上校是个不错的选择，我会对他彬彬有礼，我会让他对你和你的家庭感到满意，总之，这是一件……"他压低声音说，"总之，这一定会受到所有人的祝福。"

他镇定了一下，接着说："我的意思是，你的朋友们都真心希望看到你有个好归宿，尤其是芬妮，她十分挂念你们的事，还有她母亲，费拉尔斯太太是个很和蔼的人，她一定会很高兴的，前几天她就这么说过。"

埃丽诺不想回答。

达什伍德先生继续说："如果真是这样，那会发生相当惊人的事，芬妮的一个弟弟、我的一个妹妹都同时结婚，这也并非完全不可能。"

"爱德华·费拉尔斯先生要结婚了吗?"埃丽诺问道，声音很坚定。

"还没有完全确定，不过正在考虑之中。爱德华有一个世上最出色的母亲，如果婚约订下来，费拉尔斯太太会非常慷慨地每年给他一千镑。女方是已故莫顿侯爵的独生女莫顿侯爵小姐，有三万镑财产。这个婚约对双方来说都很理想，我认为他们会及时完婚。对一个母亲来说，每年都要拿出一千镑给自己的儿子，费拉尔斯太太真是太伟大了。再告诉你一件事，你就知道她有多慷慨了。那天，我们刚进城，她大概知道我们手头的钱不是很多，就给了芬妮一张两百镑的现金支票。真是雪中送炭呀! 因为我们在这儿的开销一定会很大。"

达什伍德先生停下来，等待埃丽诺说句表示赞同和同情的话，埃丽诺只好勉强说：

"你们在城里和乡下的开销一定都相当可观，但你们的收入也很高呀!"

"并不像许多人想象的那么多，不过我不想抱怨穷啊什么的，

我们的收入是相当不错，我希望有朝一日这个数目会更大，但是，正在进行的诺兰公地的圈地耗资极大，是我们最沉重的负担，此外，这半年里我还买了一点产业——伊斯特·杰翰农场。你一定记得那个地方，老吉布森以前住在那里。从各方面来说那个农场都十分理想，而且与我的产业相邻，我觉得我有义务把它买下来，如果让它落到别人手里，我将会非常自责。人得要为自己的便利付出代价，这下可好了，它已经花了我一大笔钱。"

"比你认为的实际价格高吗？"

"那倒不是。买下农场的第二天，如果我手头缺几千镑，我本来可以卖掉小赚一笔钱，可是想到买下它时花了我那么多钱，如果便宜地卖掉，那就太不划算了，因为当时的市价很低。"

埃丽诺只能微微一笑。

"我们刚到诺兰庄园时，大笔的开销是难免的。你也很清楚啊，我们的父亲把从斯坦希尔带到在诺兰庄园的财产（它们都是非常值钱的）全部送给了你母亲，我绝不是埋怨他不该这么做，毕竟他有权依自己的意愿处置自己的财产。可是，我们就不得不因此而大量购买亚麻、丝绸、瓷器之类的东西，用来弥补家里被拿走的东西。在花费了所有这些开支后，我们元气大伤，所以费拉尔斯太太的好意真的是雪中送炭啊！"

"是啊！我希望在她的慷慨援助下，你们能过舒适、富足的生活。"

"再过一两年可能差不多，现在还没办法，而且还有很多事要做呢！芬妮的温室一块石头也没有砌，还有，除了拟定了花园的计划外，什么都没做。"达什伍德先生严肃地回答。

"温室要建在哪儿？"

"房子后面的小山坡上。我们把那些老胡桃树全部砍掉了，坡顶上的荆棘也清理干净了。温室建好后，从庄园的各个角度看，都是一道漂亮的风景，而花园就在它前面的斜坡上，漂亮极了。"

埃丽诺把对老胡桃树的关切和对哥哥、嫂嫂这种行为的责难憋在心里，什么也没说，但让她感到庆幸的是，玛丽安没有听到这件让人恼怒的事。

达什伍德先生哭穷叫饿地已经说得够多了，足以让人知道他有多穷，足以让他下次去格雷商店时不必为他的妹妹们每人买一副耳环了，于是他把话题转向一些较为愉快的事情上，开始恭喜埃丽诺能有詹宁斯太太这样一位朋友。

"她的确是个非常富有的人，她的房子、她的生活方式，都显示她有很高的收入，你们和她交往会很有好处，不仅现在大有好处，将来可能也有大大的好处。她邀请你们到城里来，说明她非常喜欢你们，她去世的时候应该也不会忘记你们的，她一定会留下一大笔遗产。"

"我倒认为不会留下什么财产，因为詹宁斯太太只从她去世的丈夫那里得到一笔财产，她会留给她女儿。"

"但是，她的生活开支绝对不会超过她的收入，理性的人很少会这样做，而无论她积攒下来多少钱，她自己都有权处置。"

"难道你不认为她更可能把财产留给她的女儿，而不是留给我们吗？"

"她的两个女儿都嫁给了有钱人，她没必要担心她们，也不必把财产留给她们。在我看来，她这么关心你们，这么慈爱地对待你们，就是向别人显示她将来可能会给予你们一种权利，这是一个做事谨慎的女人不可忽视的。她对你们很友善，而只要她表现出了这样的行为，她就一定会意识到她的做法所引起的期望。"

"但是，她的做法并没有引起那些与这件事关系重大的任何人的期望。哥哥，你想得太多、太远了。"

"呃，当然！"达什伍德先生说着，似乎想让自己镇定一下，接着又说，"但是一个人的能力是非常有限的。对了，亲爱的埃丽诺，玛丽安怎么了？她看起来很不好，脸色苍白，身体也相当赢

弱，她生病了吗？"

"她不舒服，她头痛已经好几个星期了。"

"真令人难过，在她这个年龄，任何疾病都会毁掉她的青春！她的青春太短暂了！去年九月，她还是我见过最漂亮的姑娘呢！对男人很有吸引力，她的气质具有一种特别使男人倾倒的魅力。我记得芬妮时常说，玛丽安会比你早出嫁，婚姻会比你美满，可是事实证明芬妮错了。说实话，我现在对玛丽安能否嫁一个每年最多只有五六百镑的男人都表示怀疑，所以如果你不能拥有一桩好姻缘的话，那就让我太失望了。多塞特郡！我对那个地方了解得不多，不过，亲爱的埃丽诺，我很乐意多了解一些，而且我想，到时候芬妮和我一定会成为你们的第一个客人。"

埃丽诺非常认真地想让她哥哥明白，她根本不可能嫁给布兰登上校，但是，她哥哥一心期望这桩婚姻能为他带来极大的喜悦，所以他是不会就此放弃的，因此他还决定努力拉近与上校的关系，尽心全力促成这门婚事。约翰·达什伍德对自己没能为妹妹们做点儿事而感到内疚，所以他极度渴望别人能够为她们多做些事，而布兰登上校的求婚，或是詹宁斯太太的遗赠，是弥补他失职最简单、最容易、最划算的方法。

他们的运气不错，米德尔顿夫人在家，一会儿约翰·米德尔顿爵士也回来了，大家都很客气。约翰·米德尔顿爵士一向是好客的，尽管约翰·达什伍德先生不擅长识人，但也很快就认为他是一个好脾气的人，而米德尔顿夫人根据达什伍德先生时髦的装扮也认为他是一个值得交往的人。当约翰·达什伍德先生离去时，对爵士夫妇都赞美有加。

约翰·达什伍德先生对他妹妹说："我要跟芬妮报告一个令人高兴的消息，米德尔顿夫人真是一个风雅的女人！我敢肯定，芬妮一定喜欢结识这样的女人。还有詹宁斯太太，虽然不像她女儿那样，但她举止得体，你嫂嫂可以放心地来拜访她了。我们以前

听说詹宁斯太太那已故丈夫的全部财产都是用卑劣的手段挣来的，所以，芬妮和费拉尔斯太太因此有着强烈的偏见，认为她和她女儿都不是可以交往的女人。现在我的报告应该会令她们满意的，她们可以放心地来往了。"

## 34

约翰·达什伍德夫人非常相信她丈夫的判断力，第二天就去拜访了詹宁斯太太和她的女儿。她发现，詹宁斯太太是值得结识的，即使这个女人和她的两位小姑处在一起。至于米德尔顿夫人，约翰·达什伍德夫人也觉得她是世上最讨人喜欢的女人之一。

米德尔顿夫人也一样喜欢约翰·达什伍德夫人。她们两人都很冷酷、自私，这是她们相互吸引的首要原因，而她们的举止都得体而乏味，她们的内涵都比较贫乏，这些又使她们之间产生了共鸣。

不过，约翰·达什伍德夫人的言行虽然得到了米德尔顿夫人的欢心，却没有赢得詹宁斯太太的好感。在詹宁斯太太看来，她不过是个举止傲慢、谈吐虚伪的小女人，她和她的小姑见面时毫不亲热，和她们几乎无话可说。约翰·达什伍德夫人在伯克利街逗留了一刻钟，其中至少有七分半钟坐在那里一言不发。

埃丽诺心里很想知道爱德华这时在不在城里，但她绝不会主动去问芬妮，而芬妮说什么也不会在埃丽诺面前主动提起爱德华，因为芬妮相信爱德华与埃丽诺之间仍然有很深的感情，需要随时随地使他们保持距离。但是，芬妮不肯透露的消息，埃丽诺很快就从别人那儿知道了。不久，露西因为见不到爱德华而来向埃丽诺诉苦，希望得到她的同情。爱德华已经和达什伍德夫妇一道来到城里，而露西却见不到，因为害怕被人察觉他们之间的关系，

爱德华不敢来巴特利特大厦，虽都迫不及待地想见对方，但也只能写信互通讯息。

时隔不久，爱德华两次来伯克利街拜访，证实了他人就在城里。有两回当她们上午赴约回来的时候，在桌子上发现他的名片。埃丽诺对他的来访感到高兴，更为自己没有见到他感到高兴。

达什伍德夫妇非常喜欢米德尔顿夫妇，虽然他们从来不愿意给别人什么好处，但他们还是决定请米德尔顿夫妇到哈利街共进晚餐，他们租了一座很好的房子，为期三个月。同时，他们还邀请了两个妹妹和詹宁斯太太，约翰·达什伍德也没有忘记布兰登上校。上校总是乐于与达什伍德小姐们待在一起，对自己受到达什伍德先生的热情礼遇，感到十分讶异，但更感到快乐。费拉尔斯太太将会出席这个家庭晚宴，但埃丽诺不知道她的两个儿子是否会在场，不过，一想到能见到费拉尔斯太太，倒使她对这次宴会产生了兴趣。过去，埃丽诺每当一想到拜见爱德华的母亲，心里就会忐忑不安，现在她可以不必为此忧心忡忡，对他母亲对自己的看法也可以持完全无所谓的态度，但她很想知道费拉尔斯太太究竟是个什么样的人，这种好奇心促使她像以前一样强烈地希望见到费拉尔斯太太。

埃丽诺虽然有点不开心，但对这次晚宴的兴趣却大大地增加了，因为她听说两位斯蒂尔小姐也受到了邀请。

两位斯蒂尔小姐的殷勤使米德尔顿夫人非常喜欢她们，尽管露西并不优雅，她姊姊也没礼貌，可是米德尔顿夫妇还是乐意邀请她们到康杜特街做客一两个星期。当两位斯蒂尔小姐一听说达什伍德夫妇要请客，于是她们在晚宴举行的前几天就到米德尔顿夫妇家做客了。

两位斯蒂尔小姐之所以能成为约翰·达什伍德夫人的座上嘉宾，并不是因为他们是多年照顾爱德华的绅士的侄女，而是她们是米德尔顿夫人的客人，所以她们得和主人受到一样的欢迎。露

西早就想结识费拉尔斯一家人，以便清楚地了解他们的性格，同时更明确地了解她自己的困难所在，并争取获得一个努力取悦于他们的机会，因此，在收到约翰·达什伍德夫人的请帖的那一刻，她感到了一种很少有过的快乐。

不过，埃丽诺接到请帖的反应却截然不同。埃丽诺推测，爱德华和他母亲住在一起，既然他母亲要去参加晚宴，那他一定也会受到邀请。在发生了所有的一切事情之后，她第一次见到他就是看见他和露西在一起——她不知道自己到时候怎么受得了。

也许，埃丽诺完全不必有这些忧虑，而且事实证明这些忧虑根本没有必要，因为露西的"好意"帮助她消除了忧虑。露西为了使埃丽诺感到失望和痛苦，她告诉埃丽诺，爱德华星期二一定不会去哈利街，并说爱德华不去是因为对她的爱，他担心自己和露西在一起时无法掩饰这种爱情。

星期二到了，两位年轻的小姐即将见到那位令人生畏的婆婆了。

大家一起上楼时，露西说："可怜、可怜我吧！亲爱的达什伍德小姐！这里只有你能同情我，我快站不住了。天哪！我马上就要见到那个能决定我终身幸福的人了，那个将要成为我的婆婆的人！"

埃丽诺本来可以提醒她，她们要见到的人可能成为莫顿小姐的婆婆，而不是她的婆婆，自己也得到些许安慰，但埃丽诺没有这么做，而是诚恳地向露西保证，她真的很同情她，而这却使露西大为讶异，因为她虽然不安，但至少希望自己能成为埃丽诺艳羡不已的对象。

费拉尔斯太太是个瘦小的女人，身板挺直，近于呆板，五官给人近乎乖戾的印象。她的脸色灰黄，小鼻子小眼，毫无美感，低矮的额头增添了傲慢和暴躁的个性色彩，修饰了过分单调乏味的面部表情。她不苟言笑，因为她和一般人不同，她说话的多少

与她想法的多少是成正比的，即使偶尔说几句，也没有一点儿与埃丽诺有关。费拉尔斯太太见到埃丽诺，决定无论如何不会喜欢她，而且为了进一步贬抑她，还有意对两位斯蒂尔小姐很亲热。

现在，埃丽诺不会被费拉尔斯太太对自己的态度搞得不开心。如果是在几个月前，费拉尔斯太太对自己的态度一定会严重地伤害她，可是现在费拉尔斯太太已经办不到了。看到费拉尔斯母女非常喜欢露西——因为露西很活跃，埃丽诺哑然失笑，如果她们像她一样了解露西，那她们一定会立即伤害露西了，而埃丽诺自己根本不会给她们带来危险，却受到了她们的故意冷落。当埃丽诺为误施的礼遇感到好笑时，想到了这一切是有着卑鄙用意的，同时看到斯蒂尔姊妹不断地大献殷勤，她不由得对她们四个人极端蔑视。

荣幸地受到如此赏识，露西简直欣喜若狂，而斯蒂尔小姐呢，只要别人拿她和大卫博士开玩笑，她就感到很快活了。

晚宴非常丰盛，仆人很多，一切都显示女主人想要炫耀一下这个家庭的富有和男主人管理财产的能力。尽管诺兰的产业正在扩增中，尽管它的主人一度因为只要手头再缺几千镑就会忍痛卖掉其中的一部分，但是，找不到任何迹象显示他们是贫穷的——这是达什伍德先生和埃丽诺谈话时曾经想要得出的结论。实际上，在这个家庭里，除了谈话，什么都不贫乏。约翰·达什伍德的话没几句值得一听，而他妻子的话就更少了，不过这并没有什么好丢脸的，因为他们的大多数客人也都是这样。

女士们吃完饭回到客厅后，这种谈吐的贫乏表现得非常明显，因为男士们先前在谈论什么政治、圈地、驯马等，可是全都谈完了，他们已经在谈别的话题了。于是，在咖啡端上来前，女士们一直在谈论一个话题：年龄相仿的哈里·达什伍德和米德尔顿夫人的二儿子威廉到底谁高谁矮。

如果两个孩子都在，只要比一下就能分出高矮，但因为只有哈里在，大家各说各的，随意猜测，而且执意坚持自己的看法。

各方的猜测是这样的：

两位母亲虽然都深信自己的儿子高，但都礼貌地说对方的儿子高一点。

两位外祖母的偏爱不亚于两位母亲，但是她们更坦率些，都认为自己的外孙比较高。

露西一心想取悦两位母亲，认为两个孩子就年龄来说个子都很高，她分不出他们的高矮有什么差别，斯蒂尔小姐把两个孩子都赞美了一番。

埃丽诺曾发表过一次看法，认为威廉高一些，结果得罪了费拉尔斯太太，更得罪了芬妮，而她竟然觉得没有必要谈论这件事，更加得罪了她们。当大家让玛丽安发表意见时，她马上说自己从来没有考虑过这件事，没有什么看法，因而得罪了她们所有人。

在离开诺兰之前，埃丽诺曾为她嫂嫂画了一对非常漂亮的画屏，刚刚装裱好送过来，此刻就摆放在客厅里。约翰·达什伍德陪同男宾们走进来时，殷勤地把画屏拿给布兰登上校欣赏，希望得到他的赞美。

"这是我妹妹埃丽诺的画作，你是个很有欣赏眼光的人，你一定会喜欢它们的。我不知道你以前有没有见过她的作品，不过大家都说她画得很好。"

上校矢口否认自己的欣赏水准高，但是就像见到埃丽诺的任何画作一样，热情洋溢地称赞了这对画屏，这自然引起了其他人的好奇，于是大家轮流传看。费拉尔斯太太不知道这是埃丽诺画的，要求马上拿给她看看，这对画屏在得到米德尔顿夫人令人满意的赞赏之后，芬妮把它们递给了她母亲，同时考虑周全地告诉她，这是达什伍德小姐画的。

"嗯哼，很漂亮。"费拉尔斯太太说着，但连看都不看一眼就递回给了她女儿。

芬妮的脸有点儿红了，也许她也觉得母亲的行为太无礼，于

是说：

"这画屏很漂亮，妈妈，不是吗？"

但是，她大概又担心自己太有礼貌，对埃丽诺的夸奖太过分了，马上又补充说：

"你不觉得它们和莫顿小姐的绘画风格很像吗？妈妈，莫顿小姐的确画得好极了，她最后的一幅风景画画得太漂亮了！"

"的确画得太漂亮了，她做什么事都做得很漂亮。"

这一下让玛丽安忍无可忍了。她早已讨厌费拉尔斯太太，再一听她这么不合时宜地赞赏别人而贬低埃丽诺，尽管玛丽安一点儿也不知道对方的用意何在，但也激怒了她，顿时怒气冲冲地说：

"真是一种特别的称赞方法！对我们来说，莫顿小姐算什么？谁知道她是什么人？谁又在乎她是什么人？在这里，我们谈论的只是埃丽诺。"

说着，她从嫂子手里夺过画屏，给了它们应得的赞赏。

费拉尔斯太太看起来怒火中烧，她挺直了僵硬的身体，给了玛丽安尖锐猛烈的回击。

她宣布说："莫顿小姐是莫顿侯爵的女儿。"

芬妮也显得非常生气，她丈夫也因为他妹妹的放肆而感到惊恐不安，而玛丽安的发怒使埃丽诺受到的伤害比导致玛丽安发怒的原因所受到的伤害更大。不过，从布兰登上校注视着玛丽安的眼神看来，他只注意到玛丽安可爱的一面。

看到姊姊在如此微小的地方受人轻视，玛丽安是无法容忍的，但玛丽安的感情流露还不只于此。费拉尔斯太太以冷酷、傲慢的态度对待她姊姊，这似乎预示着埃丽诺将来会遭遇非常大的困难、极大的不幸，一想到这些，玛丽安不寒而栗，于是，在一种挚爱感情的强烈驱使下，她走到姊姊身旁，伸出手臂搂住姊姊的脖子，脸紧贴着姊姊的脸，低声而热烈地说：

"亲爱的，亲爱的埃丽诺，不要在乎她们，不要因为她们而不

开心。"

玛丽安说不下去了，情绪完全失控，一头扑到埃丽诺的肩上，突然放声大哭，大家的注意力都被吸引了过来，而且似乎都很关心她。

布兰登上校马上不由自主地站起来，径自走向她们；詹宁斯太太一边说"哎哟，可怜的宝贝！"一边明智地拿出自己的嗅盐给她闻；约翰·米德尔顿爵士对这种神经性疾病的制造者威洛比感到十分愤怒，他马上换了个位置，坐到露西·斯蒂尔小姐旁边，用耳语把整个不幸事件简短地讲述了一下。

几分钟后，玛丽安恢复了正常。尽管刚才发生的事影响了她的情绪，但她一直和大家坐在一起，没有要求提前离去。

她哥哥轻声对布兰登上校说：

"可怜的玛丽安！她的身体不像她姊姊那样好，她很敏感，性情也没有埃丽诺好。对于一个曾经非常美丽的年轻姑娘来说，一下子失去了魅力，这是非常痛苦的。也许你不会相信，玛丽安几个月前还被大家惊为天人呢！她和埃丽诺一样漂亮，可是现在你看到了，一切都成为了过去。"

## 35

埃丽诺想见见费拉尔斯太太的好奇心得到了满足，在费拉尔斯太太身上发现的一切使她相信，如果两家结成姻亲，一定弄得双方都不愉快。同时，费拉尔斯太太的傲慢、冷酷和对她自己的偏见使她意识到，即使爱德华没有婚约的束缚，她和爱德华的婚事也一定会困难重重。因为在她和爱德华之间存在着一个更大的障碍，而这障碍使她可免于遭遇费拉尔斯太太所施加的痛苦，使她免于寄希望于费拉尔斯太太的反复无常，使她免于费尽心机地

去赢得费拉尔斯太太的好感，埃丽诺不禁为自己感到庆幸。

让埃丽诺难以理解的是，露西因为受到费拉尔斯太太的礼遇而十分高兴，利益与虚荣心竟使她失去了判断力，完全没有看出来她之所以会受到偏爱，仅仅只是因为她不是埃丽诺，或说只是因为她们不了解她的真实身份。事实上，情况的确如此，露西的快乐心情不仅从她当下的眼神里表现出来了，而且第二天早上她还毫不隐讳地说出来了——露西请求米德尔顿夫人用马车把她送到伯克利街，她期望单独见见埃丽诺，告诉她自己有多快乐。

幸运的是，露西刚到不久，詹宁斯太太收到帕尔默夫人的一封信而出门去了。

屋子里刚一剩下她们两个人，露西就叫了起来："我亲爱的朋友，我太快乐了，难道还有什么事比费拉尔斯太太昨天对我的偏爱更令人高兴吗？她太和蔼可亲了！以前我一想起见到她就害怕，可是当我认识她之后，才感觉她是那样亲切，看来她非常喜欢我，不是吗？一切你都看见了，没让你留下深刻印象吗？"

"她对你非常客气。"

"客气！难道你只看见客气吗？但是我看见的比这还多很多，她对我万分亲切，一点儿也不傲慢，你嫂嫂也是啊！她们都和蔼可亲。"

埃丽诺很想谈点别的，可是露西非要埃丽诺承认她有理由感到快乐，埃丽诺只好说：

"如果她们知道你们订婚了，还这样喜欢你的话，那是当然值得高兴的了，但是情况并非如此……"

露西打断埃丽诺的话说："我就猜你会这么说，但是，如果费拉尔斯太太不喜欢我，没有必要装出喜欢我的样子，而她喜欢我，这比什么都重要。我敢说事情的结果一定会很圆满，我过去常常想到的那些阻碍根本就不存在。费拉尔斯太太是个很好的人，你嫂子也是，她们两人都是很可爱的人！我真纳闷，怎么从来没听

你说过你嫂子有多讨人喜欢。"

对此，埃丽诺无话可答，也不想回答。

"你不舒服吗，达什伍德小姐？你看起来没精神——你连话都不说，一定是不舒服。"

"我的身体从来没有像现在这么好过。"

"我打从心里为你感到高兴，但的确看不出来。如果你真的病了，我会非常难过的，因为你是这个世上给了我最大安慰的人！要是没有你的友谊，真不知道我会变成什么样子。"

埃丽诺尽力做出客气的回答，看来露西对她的答复似乎颇为满意，所以接着说：

"我完全相信你对我的友谊，它仅次于爱德华的爱，让我得到了最大的安慰。可怜的爱德华！不过，现在好了——我们可以见面了，可以经常见面了，因为米德尔顿夫人很喜欢达什伍德夫人，这样我们一定会经常去哈利街，而爱德华差不多有一半的时间都会待在他姊姊家里。费拉尔斯太太和你嫂子都很好，她们不只一次地说见到我很高兴，她们真是太好了！如果你告诉你嫂子我对她的看法，相信你怎么说都不会过分。"

但是，埃丽诺并没有做出任何表示。露西继续说：

"我敢断定，如果费拉尔斯太太不喜欢我，我马上就会看出来。比方，如果她只是礼貌性地跟我打招呼，然后一句话也不跟我说，也不看我一眼，也从不和颜悦色地看我，你知道我的意思——如果她以这种可怕的方式对待我的话，我会忍受不了，我就会死了这条心，因为我知道，如果她真的不喜欢什么，那种不喜欢的程度一定是非常强烈的。"

埃丽诺完全不必对此做出任何回答，因为房门打开了，仆人通报说费拉尔斯先生来了，随即爱德华就走了进来。

这是个令人尴尬的场面，这从每个人的表情都看得出来，三个人的样子都非常可笑，爱德华似乎感到进退两难。这是他们每

个人都竭力想要避免的局面，但是还是出现了，而且只有他们三个人，没有其他人帮助解围。两位小姐首先恢复了镇定，不过露西必须装出保守秘密的样子，因而只能用眼神表示她的爱，和爱德华打了个招呼后，就再也不做声了。

不过，埃丽诺要做的事可就多了。她稍稍镇定了一下，强迫自己用一种轻松而自然的态度对他的到来表示欢迎，经过进一步的努力，她的表情更加自然了。尽管露西在场，尽管她觉得自己受到了不公平的对待，但她还是对爱德华说很高兴见到他，而且还为他上次来伯克利街时她不在家而感到很抱歉。尽管露西那双锐利的眼睛正密切地注视着她，但埃丽诺并没有因此而失去应有的殷勤，本来就是朋友，也还算得上是亲戚，所以她认为对爱德华应该以礼相待。

埃丽诺的态度使爱德华放心许多，终于鼓足勇气坐了下来，不过，他的神情窘迫，但这是合乎情理的，因为他不像露西那样不在乎，他的良心无法让他像埃丽诺那样处之泰然。

露西故作正经地坐着，一句话也不说，几乎就只有埃丽诺一个人说话了。埃丽诺不得不主动告诉爱德华她母亲的身体状况、她们如何来到伦敦等等情况，而这些情况原本应该是爱德华主动问起的，但他根本没问。

埃丽诺很快就果断做出了决定，她以去叫玛丽安来为借口，离开了他们两人。埃丽诺不仅这么做了，而且做得很漂亮，还在楼梯口磨蹭了几分钟，好多给他们留点时间，然后才去叫她妹妹。玛丽安听说爱德华来了，立即跑进客厅，她见到爱德华所表现出的欢快，就像她的其他感情一样强烈。玛丽安伸出手和爱德华握手，说话的语气充满了一个妹妹对哥哥的真挚的爱。

"亲爱的爱德华！这真是值得欢喜的日子！好得可以补偿一切！"她大声嚷道。

爱德华本想以同样亲切的态度响应玛丽安，但在这样的状况

下，他连自己实际感情的一半都不敢流露出来。他们又坐下来，一两分钟内都无人说话，而此时，玛丽安正以柔情的眼神时而看看爱德华，时而看看埃丽诺，唯一使她感到遗憾的是，姊姊和爱德华见面的喜悦被露西打扰了。爱德华第一个说话了，因为他注意到玛丽安的脸色变了，他表示说担心玛丽安不适应伦敦的生活。

"哎呀！不要为我担心！"玛丽安活泼而热情地说，眼睛里却充满了泪水，"不要担心我的健康，你看埃丽诺的身体好好的，这对我们两个来说就足够了。"

这话既不能使爱德华和埃丽诺感到好受，也不能博得露西的好感，她不满地抬眼看着玛丽安。

"你喜欢伦敦吗?"爱德华问。他想随便说点什么，把话头岔开。

"一点儿都不喜欢。我原本以为会得到很多快乐，结果什么乐趣也没有。看到你是伦敦给我的唯一的安慰，真好，你还是那个老样子!"

她停了下来，可是没有一个人响应。

玛丽安接着说："我想，埃丽诺，我们应该请爱德华送我们回巴顿。我想我们再过一两周就该走了，我相信爱德华不会不愿意吧!"

可怜的爱德华嘀咕了一句，但谁也不知道他说的是什么，甚至连他自己也不知道。玛丽安看见爱德华不安的样子，以为那是和她内心猜测到的相同原因造成的，因而感到心满意足，于是很快说起了别的事。

"爱德华，我们昨天在哈利街过的是什么样的一天啊！太乏味了，简直乏味至极！关于这件事我有好多话要对你说，不过现在不能说。"

玛丽安想要对爱德华说的是：她发现他们两人的亲戚比以前更难相处了，而且她非常讨厌他母亲。此时此刻，玛丽安非常谨

慎，并没有把想说的话说出来，这表现可说是一个很大的进步，令人钦佩。

"爱德华，你为什么不在那里呢？为什么你没去？"

"我在别处有约会。"

"约会！有这样的朋友来相聚，还有什么约会比这更重要呢？"

露西渴望马上报复玛丽安，她大声说："玛丽安小姐，也许在你看来年轻男子遇到各种大小约会时只要不对味就会不守约，当然啦，如果他们原本就不打算守约，当然就不会赴约了。"

埃丽诺怒不可遏，但是玛丽安似乎没有察觉到这句话的讥讽意味，她冷静地回答说：

"我不是这样认为，真的，我非常肯定爱德华只是良心驱使才没有去哈利街。我认为，他是世上最有良心的人，无论那个约会多微不足道，无论它多么违背他的利益或快乐，他都会赴约。他最怕给别人带来痛苦，最怕让别人失望，他是我见过的最不自私自利的人。爱德华，事实就是如此，我一定要这么说。什么！你不想听到别人赞美你吗？那你就不能算是我的朋友，因为想要接受我的友爱和敬意的人，必须接受我的公开赞美。"

可是，在这样的场合下，她的赞美却使她三分之二的听众心里不是滋味，更使爱德华非常不高兴，他很快起身告辞。

"这么快就走？亲爱的爱德华，这可不行！"玛丽安说。

她把他拉到旁边一点，小声对他说露西不会待很久，但爱德华仍执意要走。而露西呢？即使爱德华在这里待上两个小时，她也会待得比他更久。爱德华刚走一会儿，露西就走了。

露西离开后，玛丽安说："鬼才知道她为什么老来这里？难道她看不出来我们希望她走吗？这让爱德华多难受啊！"

"你为什么这么说？我们都是爱德华的朋友，而且露西认识他的时间比我们久，爱德华喜欢见到她就像喜欢见到我们一样。"

玛丽安目不转睛地望着姊姊，然后说："你知道，埃丽诺，你

这么说我可不能忍受，我才不相信你那些违心的话呢！"

　　说完后玛丽安离开了房间。埃丽诺不敢跟她再说什么，因为她向露西保证过要保守秘密，所以只能让玛丽安继续持有错误的看法了。这么做埃丽诺自己也很痛苦，但她必须恪守承诺，而她所能希望的只是：爱德华不要常来这里，让她或他自己因为听到玛丽安错误且热情的话语而感到痛苦，也不要再承受今天会面时遭遇的任何痛苦。

## 36

　　这次会面后才几天，报纸上登出了这样一条消息——汤玛斯·帕尔默先生的夫人平安地生下一个儿子，一个继承人。对于这家人所有的亲朋好友来说，这无疑是一件令人兴奋、满意的事情。

　　这件事关系到詹宁斯太太的幸福，因而让她改变了原本她的时间安排。为了尽可能地与夏洛蒂待在一起，她每天一早就过去了，直到深夜才回家。达什伍德姊妹原本可以清清静静、舒舒服服待在詹宁斯太太家里，可是，在米德尔顿夫妇的再三要求下，只好整日待在康杜特街，把她们的时间都花在米德尔顿夫人和两位斯蒂尔小姐身上，而其实这几个人一点也不欢迎她们，只是口头上声称需要她们陪伴罢了。

　　达什伍德姊妹是有头脑的人，不会成为米德尔顿夫人的理想同伴，而两位斯蒂尔小姐更以嫉妒的目光看待她们，认为她们闯入了自己的地盘，来分享她们想要独占的盛情。米德尔顿夫人对待埃丽诺和玛丽安的态度温和有礼，其实她并不喜欢她们，因为她们既不会恭维她，又不会赞美她的孩子，她认为她们不是温柔贤淑的姑娘，又因为她们喜欢看书，她便认为她们一定很爱挖

苦人。

　　达什伍德姊妹的出现，使米德尔顿夫人和露西都受到了约束。米德尔顿夫人不好意思在她们面前整日游手好闲、无所事事，而露西就无法做她想做的事——阿谀奉承，因为她怕惹来她们的轻蔑。在这三个人中，对达什伍德姊妹的出现最不会感到不安的是斯蒂尔小姐，而且完全可以和她们和睦相处，只要她们任何一个愿意把玛丽安和威洛比之间发生的事完整、详细地讲给她听，那她就会认为，她们的到来使她做出的牺牲——把壁炉前最好的位置让出来——得到了最好的补偿，但是，达什伍德姊妹并不想以这种方式和斯蒂尔小姐和睦相处。尽管斯蒂尔小姐常向埃丽诺表示对她妹妹不幸遭遇的同情，并且不只一次在玛丽安面前流露出对不忠实的男人的谴责，但这除了引来埃丽诺冷漠的目光、玛丽安的憎恶之外，并产生不了其他的效果。当然，还有一种更容易的方法可以使斯蒂尔小姐成为她们的朋友，那就是只要拿博士的事和她开玩笑就行了，但是她们根本不想满足她的这个愿望。因此，如果约翰·米德尔顿爵士不在家，斯蒂尔小姐可能会一整天都听不到对此事的笑谈，而她只能自己可怜兮兮地提上几句了。

　　詹宁斯太太可完全没有想到还有这些妒忌和不满，认为姑娘们在一起是件令人高兴的事，所以每天晚上她都会恭喜这些年轻朋友们能躲开她这样一个老蠢妇人的陪伴。詹宁斯太太有时会到约翰·米德尔顿爵士家，有时在自己家里和她们待在一起，但无论在哪儿，她总是兴致勃勃、兴高采烈。她把夏洛蒂的顺利康复归功于自己的悉心照料，而且总是津津乐道地讲述夏洛蒂的情况，可惜只有斯蒂尔小姐一个人有兴趣听这些事。不过，有一件事一直使詹宁斯太太感到不愉快，她每天都要抱怨几句，原因是帕尔默先生坚持他们男人的一个共同观点，认为所有的婴儿都是一个样。尽管詹宁斯太太一眼就能看出小家伙和这个家庭的每个亲戚都长得很相像，但却无法使他的父亲接受这一点，也无法使他相

信这个孩子和其他婴儿长得并不一样，甚至不能使他承认一个简单的事实——这个小家伙是世上最漂亮的孩子。

大约就在这个时候，不幸开始降临到约翰·达什伍德夫人头上。当她的两个小姑和詹宁斯太太首次来哈利街做客时，碰巧她的一个朋友丹尼森太太也来访，这件事本身似乎并不会给她带来不幸，但是，当丹尼森太太听到达什伍德小姐们的姓名，自然认为她们是达什伍德先生的妹妹，由此得出了一个错误的判断，她马上推断出她们也住在哈利街，而因为有这样的误解，在其后的一两天内，达什伍德姊妹和她们的哥哥、嫂嫂一样接到了丹尼森太太的请柬，邀请大家去她家参加一个小型音乐会，这样的结果必然导致约翰·达什伍德夫人不得不用自己的马车去接达什伍德姊妹，更糟糕的是她还必须表现得对她们关心备至，忍受因此引起的一切不快，而且谁能保证日后还会不会出现这样的误会，她们以后不会再和她一起出去呢？

玛丽安已经逐渐习惯了每天出去参加各种聚会，不过无论出去与否对她来说都是一件无所谓的事。她总是安静而机械地为每天晚上的约会做着准备，一点儿也没希望从中获得丝毫快乐，而且经常是直到出发前的最后一刻才知道去哪里。

玛丽安对自己的衣着打扮已经变得漠不关心，只是随随便便地梳妆一下。在等待约翰·达什伍德夫人的马车来接她们的时候，斯蒂尔小姐对玛丽安的穿着打扮充满好奇，她事事都要打听，不弄清楚玛丽安每件衣服的价钱绝不罢休，她还能估算出玛丽安一共有多少件外套，而且比玛丽安算得还精准；她还希望打听到玛丽安每周花多少钱洗衣，以及每年在自己身上花费多少钱。经过一番调查后，斯蒂尔小姐总是会以恭维的话作为结束，但玛丽安认为这是一种非常无礼的行为，因为在经受了对她外衣的价格和制作、鞋子的颜色和头发样式的盘查后，斯蒂尔小姐总是会对她说："在我看来，你漂亮极了，一定会征服不少男人。"

约翰·达什伍德夫人的马车到了，玛丽安向斯蒂尔小姐辞别后便上了马车。

晚会就像其他音乐会一样，到会的有不少人对音乐确实有欣赏力，也有不少人根本一窍不通，而那些表演者在他们自己和亲密朋友看来，是英国第一流的民间音乐家。

埃丽诺不懂音乐，钢琴、竖琴和小提琴都不能吸引她的注意，她随意地观察着屋子里的其他东西。一会儿，她瞥见了那个在格雷商店里挑选牙签盒的人，并发现他在和她哥哥说话，并且还望着自己。她决定从她哥哥那儿打听他的名字，不料他们两人朝她走过来，达什伍德先生向她介绍说，他是罗伯特·费拉尔斯先生。

他从容且客气地向埃丽诺打了招呼，并鞠了躬，他的动作和语言使埃丽诺完全相信，正像露西所说的，他是个十足的花花公子。如果埃丽诺当初喜欢爱德华不是因为他的人品好，而是因为他的至亲的份上，那她应该感到非常庆幸了，她对他母亲和姊姊的乖戾脾气十分反感，而现在他弟弟的这一鞠躬更把这种反感推向了顶点，而她就不会为必须和爱德华分开而有半点惋惜了。埃丽诺对这对兄弟俩有如此大的差异感到十分讶异，她同时也发现，尽管一个人愚昧和自负，但根本不会使她对另一个人的谦虚和美德失去敬爱之心。他们兄弟两人为什么会如此不同，罗伯特在谈话中向埃丽诺做了解释。罗伯特确信，爱德华之所以不能进入与其身份相符的社交界，完全是因为他非常不善交际，罗伯特为此感到惋惜。在罗伯特看来，导致这种不幸的原因在于爱德华接受的是私人教育，而不是天赋不足，而他自己虽说天赋不见得优越，但是得到了在公立学校受教育的益处，因而很容易地就融入到社交中去了。

他接着说："我认为，其实这没有什么大不了的，当我母亲为此感到难过的时候，我时常这样劝慰她。我总是对她说：'亲爱的妈妈，你要放宽心，这种不幸是无法补救了，而且是你自己造成

的，为什么当初你违背自己的意愿，听信舅舅罗伯特先生的话，让爱德华在他一生中最关键的时间去接受私人教育呢？如果你就像对我一样，把他送进威斯敏斯特公学（伦敦著名的贵族子弟学校），而不是把他送到普拉特先生家里的话，所有的一切都不会发生了。'这就是我对这件事的一贯看法，我母亲已经完全认识到了她的错误。"

埃丽诺不想反对他的意见，因为一想到爱德华住在普拉特家里这件事，她就不会感到丝毫满意。

"我想你是住在德文郡道利希附近的一座别墅里。"罗伯特接着说。

埃丽诺纠正了他说的地理位置，这似乎让他感到很讶异，竟然有人住在德文郡却不靠近道利希。不过，他还是对她们的别墅表示了由衷的赞许。

"就我本人来说，我非常喜欢别墅，它总是给人舒适优雅的感觉。如果我有足够的钱，我一定会在伦敦郊区买一小块地建造一座别墅，随时可以开车去那儿，和几个朋友好好娱乐一番。对那些想要盖房子的人，我都劝他们建造别墅。前几天，我的朋友罗德·考特兰特意来征求我的意见，将博诺米（约瑟夫·博诺米，当时著名的建筑师）帮他画的三张设计图给我看，要我帮他决定采用哪一张，但我跟他说：'亲爱的考特兰，哪一张都别用，无论如何你要建造一座别墅。'同时把三张图纸都抛进了火里，我想他最终会这么做的。

"有些人认为，别墅空间小，招待客人很不方便，这可完全错了。上个月，我在达特福附近我的朋友伊里亚德的别墅里做客，伊里亚德夫人想举办一个舞会。她着急地问我：'亲爱的费拉尔斯，怎么办呢？请告诉我该怎么办，这别墅里没有一个房间能容得下十对舞伴，晚餐又在哪里吃呢？'我马上发现在这里举办舞会不会有任何困难，于是说：'伊里亚德夫人，完全用不着急。餐厅

可以很轻松地容纳十八对舞伴，牌桌可以摆在客厅里，书房可以用来吃茶点，晚餐就设在大会客室里吧！'伊里亚德夫人听了这个意见非常高兴。我们量了一下餐厅，发现恰好能容纳十八对舞伴，于是事情完全按照我的设想安排妥当了。因此，只要知道如何筹划，在一座别墅里就可以和在一所宽敞的住宅里一样，享受到舒适的生活。"

埃丽诺对此一概表示同意，她认为自己的合理反驳就是对他的恭维，而罗伯特根本不配得到。

约翰·达什伍德和埃丽诺一样不喜欢音乐，因而把精力集中在思考别的事情上，并突然产生了一个想法，回到家后立即说给妻子听，希望得到她的赞同。达什伍德先生的想法是，既然丹尼森太太误以为他妹妹住在他们家，还不如趁詹宁斯太太这段时间外出忙碌的时候，请她们来家里做客，开销就少多了，也不会带来什么不便。达什伍德先生之所以会有这种想法，全是因为受到良心的谴责，因为他没有履行对父亲的诺言，良心上总是感到不安，要想从内疚中解脱出来，有必要这样对他的妹妹们以示关心。芬妮听到丈夫这个想法大吃一惊。

"在我看来，这样做会得罪米德尔顿夫人，因为你妹妹天天都跟她在一起，否则我会很高兴这么做的。你知道，我总是愿意尽力关心她们，像今天晚上带她们出去就说明了这一点。但是，她们现在是米德尔顿夫人的客人，我怎么能要求她们离开她呢？"

达什伍德先生虽然对妻子一向很恭顺，但她的反对理由毫无说服力，他说："她们已经在康杜特街住了一个星期了，再到我们亲近的亲戚家里住一个星期，我想米德尔顿夫人是不会不高兴的。"

芬妮停顿了一下，然后说："亲爱的，如果行的话，我会诚恳地邀请她们来，可是我刚刚已经决定，想邀请两位斯蒂尔小姐来住几天。她们是举止得体的好姑娘，再说她们的叔叔普拉特先生

对爱德华那么好，我觉得应该款待她们。你知道，我们可以在其他时间邀请你的妹妹，而斯蒂尔姊妹可能以后不会再来城里了。我敢肯定，你会喜欢她们的，我母亲也很喜欢她们，哈里也非常喜爱她们。"

达什伍德先生被说服了，而且马上意识到邀请两位斯蒂尔小姐是必要的，日后再邀请妹妹来，这样的决定让他的良心也平静许多。不过，他又想到，也许以后也不需要这种邀请，因为埃丽诺会是布兰登上校的妻子，而玛丽安就会成为布兰登家的客人了。

芬妮为自己避掉了一些麻烦事而欣喜，还为自己的急中生智而得意。第二天早上，她写了封信给露西，邀请她和她姊姊在米德尔顿夫人能让她们出来的时候到哈利街待些日子。这一邀请让露西真正打从心里高兴了起来，看来达什伍德夫人似乎在帮助她，使她的希望成为事实！能够有机会和爱德华及其家人待在一起，这对露西来说是最重要的事，没有什么比这一邀请更能使她感到心满意足！

露西收到信不到十分钟就拿来给埃丽诺看，这使埃丽诺第一次感到露西可能真的有很大希望，因为芬妮和她们相识才不久，就做出了如此不同寻常的友好表示，这显示她对露西的友善并非完全是基于对埃丽诺本人的敌意，一定有其他的原因。露西的阿谀奉承已经征服了米德尔顿夫人的傲慢，打开了约翰·达什伍德夫人一向紧闭的心扉，也为露西可能获得更大胜利开展了平坦大道。

两位斯蒂尔小姐搬到哈利街去了。约翰·米德尔顿爵士不只一次地去拜访了斯蒂尔姊妹，带回来的都是她们备受宠爱的消息，埃丽诺认为一切都符合她对那件事的预料。达什伍德夫人很快乐，她从来没有像喜欢她们那样喜欢过任何年轻女子，还送给她们每人一个针线盒，并称呼露西的教名，她甚至不知道自己以后能否离得开她们。

## 37

　　十四天后，帕尔默夫人的身体状况已恢复得非常好，她母亲认为自己没必要用全部时间来陪她，只要每天看望她一两次就够了。詹宁斯太太又回到了自己家里，恢复了以前的生活作息，还发现达什伍德姊妹对她的回来十分开心。

　　达什伍德姊妹回到伯克利街三四天后的一个上午，詹宁斯太太去看望帕尔默夫人回来后，急匆匆地走进了客厅，脸上一副严肃的神情。当时埃丽诺独自坐在客厅里，看见詹宁斯太太的样子，以为有什么惊人的消息要宣布，果然不出所料，詹宁斯太太说：

　　"天哪，亲爱的达什伍德小姐！你听说那个消息了吗？"

　　"什么消息？夫人。"

　　"一件奇怪的事！但你不用急，我会慢慢把详细情况告诉你的。今天我到帕尔默先生家时，夏洛蒂被孩子急坏了，认为孩子病得厉害。那孩子不停地哭闹，躁动不安，浑身长满了疹子。我仔细察看了一番，对她说：'亲爱的，没什么大不了的，不过是麻疹。'奶妈也是这么说的。可是夏洛蒂不相信，于是派人去请多诺万医生，他刚从哈利街回来，马上就赶来了。他检查了一下孩子，说是麻疹，没什么大问题，夏洛蒂这才放下心来。多诺万医生刚准备要走，我也不知道怎么回事，突然心血来潮地问他有没有什么新闻。他听了之后，脸上的表情似笑非笑，就像他知道一件极其重大的事情似的，最后他小声说：'恐怕在你照料下的两位年轻小姐会感到不愉快，因为她们嫂嫂身体不舒服，不过我认为没有什么好大惊小怪的，希望她能尽快康复。'"

　　"什么？芬妮生病了？"

　　"亲爱的，我当时也是这么问的：'达什伍德夫人病了？'然

后，很快就把事情的来龙去脉搞清楚了。爱德华·费拉尔斯先生，就是我常常拿来取笑你的那个年轻人（我很高兴根本没这回事），他好像和我的表侄女露西订婚已经一年多了！就是这么一回事，亲爱的，而且这件事除了南茜之外没有人知道！你能相信竟然有这样的事吗？他们彼此相爱并没有什么好稀奇的，但是事情居然发展到这个地步，而且没有引起任何人的猜疑，真是怪！我从来没有看见过他们在一起，否则我一定马上就会发现这件事的蛛丝马迹。因为害怕费拉尔斯太太，这件事一直严格保密，就连你的哥哥、嫂嫂也没怀疑。直到今天早上，可怜的南茜把事情全部泄漏了，你知道，南茜心肠好，可是没大脑。南茜心里这样想：'天哪！她们这么喜欢露西，对她和爱德华之间的事一定不会刁难。'于是她走到你嫂子跟前，向她吐露了这件事。你嫂子当时正独自坐着织毛毯，一点儿也没想到会发生什么事，因为五分钟前她还在跟你哥哥说，她希望爱德华和某位侯爵的女儿配成一对，我忘了是哪位侯爵了。所以，你可以想象得出来，这件事对你嫂子的虚荣心和自尊心是多么沉重的打击，结果她马上歇斯底里地尖叫了起来，才惊动了你哥哥，而他当时正在楼下的化妆室里，打算给诺兰庄园的管家写封信，他一听见马上飞奔上楼，然后，一个可怕的情景出现了！此时，露西正好走进去，她做梦也没有想到会发生这种事。可怜的人！她真可怜！她还遭到粗暴无礼的对待，你嫂子发狂似的大骂她，然后就晕了过去。南茜跪在地上，尖叫着，放声痛哭。你哥哥在屋子里烦躁地踱来踱去，完全束手无策。达什伍德夫人说，不许她们再待一分钟，于是你哥哥也跪下了，请求她给她们时间收拾东西后再走。这时，你嫂子又歇斯底里地发作起来，你哥哥怕得要命，马上派人去请多诺万医生。当多诺万医生到达时，他们全家人吵闹不休，乱作一团。多诺万医生离开的时候，看见我的表侄女们跨进了马车，可怜的露西几乎走不动，南茜的情况也差不了多少。我无法容忍你嫂子的行为，无论

她反对与否，我都衷心地希望爱德华和露西能够结婚，天哪！据说爱德华很爱露西，要是他听到这一切一定会心烦意乱，他姊姊竟然如此对待他心爱的人，如果爱德华为此大发脾气，我一点也不讶异的，多诺万医生也是这么认为的。幸好多诺万医生又回到了哈利街，因为费拉尔斯太太闻讯赶了过去，你嫂子断言她一定也会歇斯底里。我一点也不同情她们母女，真不懂人们为了金钱和地位竟然如此小题大做，在我看来，根本没理由不让爱德华和露西结婚。我相信，费拉尔斯太太有能力让她的儿子过得很好，虽然露西一无所有，但是她知道如何把一切事情安排打理得更好，只要费拉尔斯太太一年能给爱德华五百镑，露西就能把家务操持得很好，而别人要用八百镑才能做到呢！天哪！他们要是能有一座像你们家一样的别墅该有多舒服啊！或许稍微大一点，再有两名女仆和两名男仆，我能帮他们找个好管家，因为我的管家贝蒂有个妹妹现在正闲着，她非常合适。"

詹宁斯太太说到这里停住了。在詹宁斯太太叙述的过程中，埃丽诺一直在思考，如何对这件事做出在别人看来很自然的评价。她高兴地发现，没有人怀疑她对这件事特别有兴趣，也高兴地发现詹宁斯太太不再认为她喜欢爱德华了，而最使她高兴的是，因为玛丽安不在场，她可以毫不窘迫地谈论这件事，能够毫无偏袒地对与这件事有关的每个人的行为做出评价。

埃丽诺努力想要驱散头脑中"他们最终不会结婚"的想法，但事实上，她不能肯定自己内心真正盼望事态究竟如何结局，她很想知道费拉尔斯太太会怎么说，更加想知道爱德华会怎么做。埃丽诺十分同情爱德华，但对露西只有那么一点点同情，而对与此事有关的其他人一点也不同情。

因为詹宁斯太太没完没了地谈论这件事，埃丽诺意识到有必要让玛丽安做好谈论这件事的准备，所以必须立即告诉她事情真相，努力让她在听别人谈论时不要流露出为姊姊感到难过或对爱

德华感到不满的神情。

　　埃丽诺要做的是件痛苦的事，因为爱德华和她的关系，对玛丽安来说是一种精神慰藉，如果她知道了真相，恐怕对爱德华会永远没好感，而且在玛丽安看来，她们姊妹俩的遭遇极其相似，这会使她再次陷入痛苦之中，尽管如此，埃丽诺还是必须马上告诉她。

　　自从知道爱德华订婚以来，埃丽诺一直十分克制，也没有表现出自己的痛苦，她希望自己的言行举止可以启示玛丽安该怎么做。埃丽诺简洁地讲述了事情，虽然不能做到完全不动情，但她既没有过于激动，也没有过于悲伤，反倒是玛丽安一脸惊恐地听着，然后痛哭了起来。埃丽诺不停地安慰妹妹，一再保证说自己的心情很平静，说爱德华除了轻率以外，并没有其他的过错。

　　但在玛丽安看来，爱德华就是第二个威洛比，她无法理解埃丽诺的行为，因为埃丽诺承认真心地爱过爱德华，可是她并没有表现出多痛苦，根本不及自己当初的悲伤。至于露西·斯蒂尔，玛丽安认为她是一个令人讨厌的人，绝对不可能吸引一个有理智的男人爱上她，埃丽诺费了很大精力才让她相信爱德华以前钟情于露西，但始终无法说服她原谅这件事，她甚至不愿承认这是件很自然的事。埃丽诺想，只有对人性有了更清楚的认识，玛丽安才会理解这些事。

　　埃丽诺首先讲述的是爱德华和露西之间婚约存在的事实及其时间，这时玛丽安激动了起来，埃丽诺只好省略更多细节，好言安慰妹妹，以减轻她的痛苦、惊讶，并平息她的愤怒。一会儿之后，玛丽安开始问起详情。

　　"埃丽诺，这件事你知道多久了？他写信告诉你的吗？"

　　"四个月了，去年十一月露西来巴顿时就把他们订婚的秘密告诉我了。"

　　听了这话，玛丽安的目光里流露出难以置信的惊愕，然后叹

道："四个月！你知道这件事有四个月了？"

埃丽诺做了肯定的回答。

"什么！在你对我的不幸倍加关切的时候，你心里一直藏着这件伤心事？而我当时还责备你不了解我的悲伤，说你幸福得很呢！"

"事实正好相反，但你当时的状况不适宜知道这件事。"

"四个月！你表现得那么冷静，那么乐观！你怎么能承受得住呀？"玛丽安叹息不已。

"因为我答应过露西要保守秘密，而且我觉得不应该让我的亲人和朋友担心，否则我是不会快乐的。"

看起来玛丽安似乎受到了极大的震撼。

埃丽诺接着说："那个时候，我常希望你和母亲不要陷入错误的认识中，曾经有过一两次，我很想向你们说明真相，但是一想到别人对我的信任，就打消了念头。"

"四个月！而且你还一直在爱着他！"

"是的。但我不仅仅只是爱他，我还珍惜你们的幸福，我不想让你们为我痛苦。现在，无论是想起这件事还是谈到这件事，我几乎可以做到不那么冲动，也不感到特别痛苦了，因为我认为，这一切并不是因为我有什么轻率的行为而引起的，我也认为爱德华并没有不端正的行为，他没有过错，我希望他幸福。我确信爱德华是在尽自己的义务，虽然现在他可能有些悔恨，但最终他一定会尽到自己的责任的，因为露西并不缺乏理智，而这是建立美满婚姻的基础。玛丽安，尽管忠贞的爱情令人向往，但是从另一角度来看，一个人的幸福并不完全依赖于某一个人，这是不恰当的，也是不可能的。爱德华会娶露西，至少露西在才貌方面胜过大部分的女性，而随着时间的推移，爱德华会逐渐忘记他曾经爱过的另一个比露西优秀的人。"

"如果你真的这样想，如果你失去了最珍贵的东西还能如此轻

易地用其他的东西来弥补的话，那么，对你的坚忍不拔和理性也就没有什么好讶异的了，我完全可以理解。"

"我明白你的意思。你以为我从来没有痛苦过，可是四个月啊！玛丽安，这件事一直紧紧缠绕在我心头，却不能向任何人倾诉！告诉我这件事的人，正是那个和爱德华订过婚，毁了我的一切前程的人，她是强迫我，并带着洋洋得意的神情告诉我的，因此，我必须消除那个人的猜疑，努力表现出漠不关心的样子，而且她还一遍又一遍地跟我讲起这件事，欣喜若狂地说起她的希望和幸福。我知道，我与爱德华已经永远没希望了，尽管我多盼望能和他在一起，尽管没有任何事证明他是卑鄙的，也没有任何事显示他对我是冷漠的。你知道，这件事并不是我唯一的不幸，我还受到了他姊姊敌意的、他母亲傲慢无礼的对待，我因为爱情吃尽了苦头，却没有享受到它所带来的甜蜜。你现在一定可以想到，我曾经一直在遭受痛苦，我之所以能冷静地考虑这个问题，完全是在痛苦中不断努力克制的结果。"

玛丽安完全信服并深为感动。她嚷道：

"哎呀！埃丽诺，我将痛恨自己一辈子，我对你是多么残忍啊！你是唯一安慰我的人，为我的不幸而悲伤、痛苦，可是我对你的感激和报答是什么啊？你一直在为我做出表率，而我却不当一回事。"

说完，两姊妹激动地拥抱在一起。玛丽安答应姊姊，当任何人谈起这件事时，绝不会表现出丝毫的痛苦，见到露西也不会流露出讨厌的神情，甚至在看见爱德华的时候，也要一如既往地热诚相待，这对玛丽安来说已经是很大的进步了。玛丽安认为，如果她在什么地方伤害了别人的话，只要能弥补过失，要她做什么都行。

玛丽安果真履行了她的诺言，无论詹宁斯太太说什么，她的表情都很正常，也没有提出任何异议，只是礼貌地回答："是的，

太太。"当詹宁斯太太赞扬露西时，她只是不由自主地从一张椅子挪到另一张椅子上，当詹宁斯太太谈到爱德华的爱情时，她只是感到喉头很紧。看见妹妹在克制自己时表现得如此坚强，埃丽诺感到十分欣慰。

第二天早上，她们的哥哥来访，玛丽安的坚强再次经受到考验。达什伍德先生一脸严肃地来和她们谈论这件可怕的事，并带来了他妻子的消息。

他刚刚坐定就说："我想，你们已经听说了吧！我们家昨天发生了一件骇人听闻的事情。"

她们都流露出肯定的表情。

"你们的嫂子遭受了巨大的痛苦，费拉尔斯太太也是，总之，那个情景非常复杂和不幸，不过，我希望这场风暴能很快过去，我们当中没人被这件事所击垮。可怜的芬妮！她昨天一整天都歇斯底里，但我不想惊动你们。多诺万医生说，不用太担心，芬妮的体质好，个性又坚强，她会挺过去。她以天使般的坚毅承受住了这一切！她说她绝不会再相信任何人了，不能怪她说出这样的话，因为她被人如此愚弄和欺骗，她是那样厚待和信任她们，却遭到了如此忘恩负义的对待！她邀请她们完全是基于仁慈之心，认为她们是纯洁无瑕、举止得体的姑娘，值得受到关切，否则我们两个人是打算邀请你们到我们家的，她之所以这样做，只是因为她觉得她们值得器重，都是天真无邪、规规矩矩的姑娘。现在好了，却得到这样的报答了！可怜的芬妮充满感情地对我说：'我真心希望，我们当初邀请的不是她们，而是你的妹妹。'"

他说到这里停下来，等着他的妹妹们表示感谢，然后接着往下说。

"当芬妮向费拉尔斯太太说明这件事时，可怜的费拉尔斯太太所遭受的痛苦是无法用言语来形容的。本来她怀着最真挚的爱一心想为爱德华安排一门合适的婚事，谁能想到他居然早就和另一个人秘密订婚了，这是她万万没料到的，她非常痛心。我们商量下一步该怎么办，最后她决定把爱德华叫来。爱德华真的来了，但是要讲述后来发生的事情，我都感到很难过。费拉尔斯太太要他马上解除这个婚约，我和芬妮都恳求他，可是一切都无济于事，什么义务、感情等一切的一切，爱德华全都置之不顾，我以前从未想到爱德华这么固执，这么没有感情。他母亲严肃地对他说，如果他和莫顿小姐结婚，她会非常慷慨，她会把诺福尔克的产业交给他，扣除税金后每年足有一千镑的收益，她甚至还说如果他们的经济情况不好，每年还可以给他一千二百镑。费拉尔斯太太还表示，如果他依然坚持那个低贱的婚约，那么，毫无疑问地贫穷一定会与这个婚姻共存，他自己的两千镑将是他的全部财产，而她永远不会再见他了，也绝不会给他任何帮助，如果他想要获得一个有较好收入的职业，她会千方百计地加以阻止。"

玛丽安听到这里，愤怒得不得了，忍不住拍手大叫起来："天哪！这可能吗？"

"爱德华竟然如此顽固，你可能很惊讶，玛丽安，这是很自然的。"她哥哥回答道。

玛丽安正要反驳，但想起了自己的诺言，于是忍住了。

达什伍德先生继续说："所有的努力都毫无结果，爱德华很少说话，但他的态度很坚决，说什么都不放弃婚约，无论付出多大的代价，他也要坚持婚约。"

詹宁斯太太再也无法保持沉默了，直截了当地说："这么说来，他的行为像个正直的人，请恕我直言，达什伍德先生，如果他的行为与此相反的话，我倒会认为他是个混蛋。我和你一样，这件事多少和我有点关系，因为露西是我的表侄女，我相信世上没有比她更好的姑娘，她比任何人都更应该得到一个

好丈夫。"

听到这样的话，达什伍德先生不禁大为惊讶，不过他一向冷静，很少发火，从不想得罪任何人，尤其是有钱人。于是他心平气和地说：

"我一点儿也不想批评你的亲戚，夫人。我想，露西·斯蒂尔小姐一定是个非常值得爱的姑娘，但是在目前的情况下，这门亲事是不可能的，况且，和一个由她叔叔照管的年轻人秘密订婚，而这个年轻人还是费拉尔斯太太这样特别有钱的人的儿子，这事可不同寻常。总之，我并不想指责与你有关系的任何人的行为。我们都希望露西获得幸福，事情发生后，费拉尔斯太太的行为是高贵和仁慈的，是所有好母亲都会这么做的。爱德华已经抽出了自己的命运之签，但恐怕是支下下签。"

玛丽安叹了口气，表示了她的忧虑。埃丽诺为爱德华感到悲伤，因为他竟不顾母亲的威胁，而坚持娶一个不能给他全部幸福的女子为妻。

"那么，结果呢？"詹宁斯太太说。

"很遗憾，夫人，结果是不幸的决裂，爱德华将永远得不到他母亲的眷顾了。他昨天离开了他的家，不知道去哪儿了，也不知道是否还在城里。"

"可怜的年轻人！他会变成什么样啊？"

"是呀！夫人，想到这一点就让人痛心。他出生在富贵人家，原本应该享有富足的生活，如今搞得一无所有，我真想不出来还有什么比这更悲惨的了。总共两千镑的财产外加利息，一个男人怎么能靠这点钱生活呢？他本来在三个月内就能得到每年两千五百镑的收入（因为莫顿小姐有三万镑的财产），却因为他的愚蠢而失去了这一切，真是天大的不幸啊！我们都很同情他，也因为我们没有能力帮助他，更加同情他。"

詹宁斯太太大声说："可怜的年轻人！如果他愿意来我家吃

住，我是非常欢迎的，要是我能见到他，一定会这么对他说，因为他现在的收入显然是负担不起开销的。"

埃丽诺从心里感激詹宁斯太太对爱德华的关心，不过她的表达方式让埃丽诺忍俊不禁。

约翰·达什伍德先生说："如果他听从朋友的劝告，现在什么也不会缺了，既然情况如此，那谁也帮不了他了。事实上，还有一件对他更不利的事呢，他母亲在目前的情绪状态下做出了一个决定，打算把诺福尔克的产业交给罗伯特，而那本来应该是爱德华的。早上我离开的时候，费拉尔斯太太正和律师商量这件事呢！"

詹宁斯太太说："哎哟！这就是她的报复。每个人都有自己的报复方法，但我想我不会因为一个儿子惹恼了我就让另一个儿子从中获益。"

玛丽安立起身，在屋子里踱来踱去。

达什伍德先生说："对一个男人来说，还有什么比看见弟弟占有本应属于自己的财产而恼火的呢？可怜的爱德华！我真的同情他。"

达什伍德先生就这样抒发了一阵自己的感情，然后结束了他的访问。他一再向他妹妹们保证，芬妮的病情并没有什么危险，请她们不必担心，说完便告辞而去。

约翰·达什伍德刚一离开，玛丽安的怒火就爆发了，埃丽诺没办法让她克制下来，而詹宁斯太太则认为没有必要压抑自己的情感，于是三人各抒己见，对那群人展开了激烈的抨击。

**38**

詹宁斯太太称赞了爱德华的行为，但只有埃丽诺和玛丽安明

白他的行为的实际价值。其实，爱德华为了露西而不愿顺从他母亲这种行为的意义实在很渺小，因为他不仅失去了朋友，也失去了财富，除了认为自己的行为是正确的之外，再也没有什么事能使他稍感安慰的了。埃丽诺赞赏他的正直，玛丽安因他受到了惩罚而同情他，原谅了他的过错。

当这件事公开了后，当姊妹俩单独在一起时，谁也不愿提起这件事。埃丽诺不愿提起这个话题，是因为玛丽安总是武断地认为爱德华仍然钟情于她，使得埃丽诺越想从头脑中驱散那个想法——"他们最终不会结婚"，但那个想法却越坚固；而玛丽安没有勇气谈论这个话题，是因为这必然会使姊姊的行为和自己的行为形成鲜明的对比，结果只会让自己更加悔恨。

玛丽安感受到了自己的行为和姊姊的行为之间的差距，但她没有像她姊姊所希望的那样振作起来，而是以不断自责的痛苦来充分感受这种差距，深深地懊悔自己以前从来没有尝试过努力振作起来。现在，玛丽安只感到悔恨，却没有想到及时改过，她的意志薄弱，仍认为自己不可能振作起来，因而情绪只会变得更加低落。

在她们知道事情后的第三天，这天是星期天，天气晴朗，阳光明媚，虽然还只是三月中旬，但已经吸引了许多人到肯辛顿花园去玩了，詹宁斯太太和埃丽诺也在其中。因为得知威洛比夫妇回到了城里，玛丽安总是害怕碰见他们，因而宁可待在家里。

来到花园不久，詹宁斯太太遇到一位好友，她们热情地交谈起来，埃丽诺倒也落个清静，正好可以趁机想想心事。周围全是陌生人，无论是严肃的人还是快乐的人，她完全不感兴趣。后来，她无意中看见斯蒂尔小姐正在向她打招呼，看起来相当害羞。在詹宁斯太太的盛情邀请下，她暂时离开了她的同伴，来到她们中间。詹宁斯太太马上对埃丽诺低声说：

"让她把一切全说出来，亲爱的，只要你问，她什么都会告诉你。你看，我不能离开克拉克太太。"

其实，根本不用问，斯蒂尔小姐（南茜）自己就会主动把一切告诉她们。

"见到你真高兴，因为我最想见到你了。"然后放低声音说，"我想詹宁斯太太都听说了，她生气了吗？"斯蒂尔小姐说着，然后亲昵地挽着埃丽诺的手臂。

"我想她对你们一点儿也不生气。"

"太好了。那么，米德尔顿夫人呢？她生气了吗？"

"我想她不可能生气。"

"我太高兴了。因为这件事，这段时间我过的是什么日子啊！我还从来没见过露西如此大怒过。开始时，她发誓说这辈子再也不会帮我装饰新帽子了，也不会再为我做任何事情了，不过她现在已经恢复正常了，她不生气了，我们又和好如初。你看，她帮我的帽子做了个蝴蝶结，昨天晚上还装饰了羽毛，我看，你也要取笑我了。可是，我为什么就不能扎粉红色丝带呢？我倒不在乎这是不是博士最喜爱的颜色，当然，如果他没有说过，我也绝不会知道他最喜欢这个颜色了。我的表姊们总是拿博士和我开玩笑，有时我在她们面前都抬不起头来。"

斯蒂尔小姐说话完全离题了，埃丽诺几乎无话可说，幸好她意识到了这一点，马上回到了正题。

"好吧！达什伍德小姐，对于人们谣传爱德华不能娶露西这件事，他们爱怎么说就怎么说，但那根本不是事实，散布这种流言的人太无耻了。"斯蒂尔小姐得意地说。

"我从来没有听到过类似的说法。"埃丽诺说。

"你没听到？但是有人说过，我很清楚，而且不只一个人。戈德比小姐就对斯帕克斯小姐说过：'凡是有点理智的人都不会认为费拉尔斯先生应该放弃像莫顿小姐这样拥有三万镑财产的女子，而去娶一个一无所有的露西·斯蒂尔。'这话我是亲耳听到斯帕克斯小姐说的。另外，我表哥理查也说，真的涉及到财产问题时，他担心费拉尔斯先生会改变主意。当爱德华三天没到我们那儿去的时候，我自己也不知道是怎么想的了，就连露西都有些绝望了，因为我们是星期三离开你哥哥家的，星期四、五、六整整三天都没见到他，也不知道他怎么了。露西曾打算写信给他，但自尊心不允许她这么做，随即打消了这个念头。不过，今天上午我们从教堂回到家时他就来了，事情的经过就全搞清楚了。原来，星期三他被叫到哈利街，他母亲和所有人责骂他，他向她们宣布，他爱露西，非露西不娶；因为被这些事搞得心烦意乱，他一离开他母亲的家就骑上马，跑到乡下去了；为了让自己好受些，星期四、五，他在一家客栈独自待了两天。他说，现在他没有财产了，什么都没有了，经过再三考虑，他认为继续和露西保持婚约似乎太不公平，那样她的损失可就太大了，还要跟着他过穷日子，因为他只有两千镑，也没有希望再得到更多收入，如果去做牧师，他能得到的不过是副牧师的职位，而靠这样微薄的收入他们怎么生活呢？他无法忍受露西过得不好，因此他请求露西，如果她愿意，可以马上解除婚约。他之所以提出解除婚约，这完全是为了露西好，是为了她，而不是为了他自己。我敢发誓，自始至终他都没有说一个字表示厌倦露西了，或想和莫顿小姐结婚，或其他任何类似的想法。但可以肯定的是，露西根本不愿意听，她马上告诉他——柔情蜜意地告诉他，她不想解除婚约，她和他靠微薄的收入能够维持生活，而且，无论他的钱多么少，她都会知足的，这让爱德华简直欣喜若狂。然后，他们谈论了一会儿，一致认为爱德华应该马上去做牧师，等他得到一份牧师的薪水后再结婚。就在这个时候，我表姊在楼下叫我，说理查夫妇的马车到了，要带我们之中的一个来肯辛顿花园，于是我只好走进去打断他们，问露西是否想去，她说她不想离开爱德华，所以我跑上楼穿上丝袜，然后和理查夫妇到这儿来了。"

"我不明白，你所说的'打断他们'是什么意思？你们不是待在一起吗？"埃丽诺说。

"怎么会呢？哎呀！达什伍德小姐，你以为人谈情说爱时允许旁人在吗？真不害臊！这一点你一定比我清楚（她笑起来，但很不自然）。他们在客厅里，我只是在门外听到的。"

埃丽诺大声说："原来这些都只是你在门口听到的？不好意思，我事先不知道，否则我是不会让你告诉我的，因为这些谈话是你不该知道的。你怎么能对你妹妹这么做呢？"

"哎呀！那有什么关系，我只是站在门口听到了能够听到的话，我相信，要是换成露西，她也会这么做的。大约一两年前，当玛撒·夏普和我偷偷约会时，露西总是藏在壁橱里或壁炉板后面偷听我们说话。"

埃丽诺想谈点别的事，但是斯蒂尔小姐迫不及待地想把脑子里的想法说出来。

"爱德华说他很快就要去牛津，他现在住在帕尔·玛尔街。他母亲的脾气真是乖戾，不是吗？你的哥哥、嫂嫂也不太厚道。不过，我不想在你面前说他们的坏话，但我们真的是被他们用马车打发回家的。我很担心你嫂子向我们要回送给我们的针线盒，不过她只字未提，我小心翼翼地把针线盒藏了起来。爱德华说，他在牛津有点事，必须去一段时间。我想，只要他能得到任何一位主教的赏识，应该就会马上接受圣职。我真不知道他会得到什么样的副牧师职位！天哪！（她一边说一边咯咯地笑起来）我敢打赌，我知道我的表妹们听到这些后会说什么，她们一定会对我说，我应该写封信给博士，请他为爱德华找个职位——副牧师职位。可是，我绝对不会做这件事，我会直截了当地说：'哎呀！真的要我写信给博士？我真不明白你们怎么会这么想。'"

"好啊！有备无患嘛，看来你们已经做好准备了。"埃丽诺说。

　　斯蒂尔小姐刚想回答，她的同伴正向这边走来，于是她换了个话题。

　　"哎呀！理查夫妇来了，我本来还有很多话要对你说，可是我不能离开他们太久了。理查夫妇是很体面的人，理查先生赚了很多钱，他们有自己的马车。没时间了，请你转告詹宁斯太太，听说她没生我们的气，我很高兴，也请转告一下米德尔顿夫人。如果你和你妹妹要离开这里，而詹宁斯太太又需要人陪伴的话，我们会很高兴去陪她的，不管她要我们待多久都行。我想，米德尔顿夫人一定不会再邀请我们去了。再见！很遗憾，玛丽安小姐不在这里，请代我向她问好。哎呀！你今天不该穿这件斑点薄纱裙，我不明白你怎么不担心它被勾破了。"

　　这就是斯蒂尔小姐临别时所关心的事情，一说完便被理查夫人叫走了。

　　埃丽诺了解到的情况比她自己所预料的并没有多多少，但也够她琢磨好一阵子了。就像她推断的一样，爱德华和露西结婚已是确定的事，但婚礼的时间还无法确定，一切都取决于爱德华是否能得到牧师职位，而关于这一点，目前看来一点机会也没有。

　　刚回到马车里，詹宁斯太太就迫不及待地想知道情况，但是埃丽诺认为，那些情况是偷听来的，尽量少传播为好，因而她简单地讲述了一下，只谈到他们还继续保持着婚约，以及将采取什么办法来实现这个婚约。詹宁斯太太听了之后，很自然地发表了一番评论：

　　"等到他得到牧师的薪水！好啊！我们都知道结局会怎样。他们会等上一年，发现毫无希望，他们就会用副牧师那一年五十镑的薪水安家，再加上他那两千镑财产所得的利息及斯蒂尔先生和普拉特先生能够给露西的一点点钱，然后他们每年会生一个孩子！上帝保佑，他们会极度贫穷的！我必须想想办法，看看我能为他

们的家做点什么。对了，一定得雇两名女仆、两名男仆。不！不！他们还必须雇一个身强力壮的姑娘做粗活。现在看来，贝蒂的妹妹永远不会是他们的管家了。"

第二天上午，埃丽诺收到一封信，是露西写来的。

亲爱的达什伍德小姐：

希望你能原谅我冒昧地写信给你，但是我知道你对我非常友善，在发生了一切不幸后，你一定很高兴听我说明我自己和我亲爱的爱德华的情况，因此我不再表示歉意，就直截了当地说了。感谢上帝！我们虽然遭遇不幸，但现在都很好，而且都为拥有彼此的爱情而感到幸福。我们承受了巨大的磨难和考验，但我们非常感谢许多朋友的帮助，你是其中最重要的一位，我将永远铭记朋友们的深情厚谊，爱德华也是这么认为的。我想，你和亲爱的詹宁斯太太一定会很高兴地听到下面的情况。昨天下午我和爱德华在一起待了两个小时，我认真地提出了解除婚约的建议，但他根本不愿意听。我想，为了慎重起见，我有责任去敦促他这么做，如果他同意，我们就立即分手，但是爱德华说他永远不会同意，只要能得到我的爱情，他就不会在乎他母亲的怒火。当然，我们的前景并不很光明，但我们必须乐观地等待，希望他很快就能被任命为牧师。如果你有能力给他推荐一个能够给予他牧师的职位的人，相信你不会忘记我们的。可爱的詹宁斯太太也一定会这么做，相信她会向约翰·米德尔顿爵士、帕尔默先生或任何能够提供帮助的人为我们说几句好话。可怜的南茜，她本应为她所犯的错误受责备，但她也是一片好意，所以我没说什么。希望詹宁斯太太不要觉得太麻烦而不来看望我们，无论她在哪天上午能光临寒舍，都是对我们最友好的表示，我表姊们也会感到万分荣幸的。信纸有限，我就此搁笔了。请代我问候詹宁斯太太，如果你有机会见到约翰·米德尔顿爵士、米德尔顿夫人及可爱的孩子们，也

请代我问候他们，向他们转达我最诚挚的敬意，请转达我对玛丽安小姐的爱。

你的露西

三月写于巴特利特大厦

埃丽诺看完信，马上就推断出了写信人的真实意图，把信交给了詹宁斯太太。詹宁斯太太一边朗读，一边满意地称赞。

"真是太好了，她写得多感人啊！当然，如果爱德华愿意，应该让他解除婚约，这倒完全像露西的风格。可怜的人！我希望我能替他找到一个牧师的职位。你瞧，她称我为可爱的詹宁斯太太，她真是世上心肠最好的姑娘，的确非常好，这句话说得太漂亮了。嗯，我一定会去看她。她考虑得多周到啊！想到了所有的人！谢谢你，亲爱的，谢谢你把信给我看，这是我所读过最感人的一封信，露西是多么高尚的一个人啊！"

## 39

达什伍德姊妹来到城里已有两个多月了，玛丽安越来越不想待下去，非常渴望回到巴顿，因为那里有清新的空气、自由和静谧的气氛。玛丽安以为，如果有什么地方能使她感到自由自在的话，那就是巴顿。埃丽诺渴望离开这里的心情几乎和妹妹的一样迫切，但她认为这并不是马上就能做到的事，因为这么远的路途一定会有难处，但玛丽安却无法认同这一点。不过，埃丽诺也开始认真考虑回家的事了，并把这件事告诉了詹宁斯太太，而詹宁斯太太则好意地极力挽留她们，并且提出了一个方案，如果根据这个方案去做，虽然她们回到家的时间会晚个几星期，但比较之

下，埃丽诺觉得这个方案确实可行。帕尔默夫妇在三月底要回到克利夫兰过复活节，詹宁斯太太和达什伍德姊妹都接到了夏洛蒂的热情邀请，希望她们一同前往。埃丽诺对这个邀请并没有兴趣，但因为帕尔默先生在知道玛丽安的不幸之后，对她们的态度有了很大的改变，再加上他也非常真诚地邀请她们，所以埃丽诺就欣然接受了。

可是，当埃丽诺把这件事告诉玛丽安时，玛丽安的反应却非常激动。

"克利夫兰？不！我不能去克利夫兰。"

"你忘了，克利夫兰不是在……它和……并不相邻。"埃丽诺轻声细语地说。

"但它在萨默塞特郡！我不能去萨默塞特郡，那个我曾经盼望去……的地方。不，埃丽诺，你不要指望我会去那里。"

埃丽诺不想说服妹妹克服这种情绪，她只是以比较特别的方法来告诉妹妹，唯有这个方案能够让她们尽快回到巴顿，尽快回到她们渴望见到的母亲身边，这方案不仅更方便、更可行，而且时间上也不会拖延太久。克利夫兰距离布里斯托尔只有几英里远，从那里到巴顿不过一天的路程，到时候母亲可以派仆人到布里斯托尔去接她们，她们不必在克利夫兰待一个星期以上，大约三个星期以后就可以到家了。玛丽安深爱自己的母亲，因而最终战胜了感情上的恐惧，听从了姊姊的意见。

詹宁斯太太非常真诚地劝说她们和她一起从克利夫兰再回到伦敦，埃丽诺对此表示了感激，但不能使她们改变计划，而且她们还得到了母亲的赞同。所有回家的事都已尽可能地安排好了，玛丽安还列出了回到巴顿的时间表，从中得到了一些安慰。

达什伍德姊妹确定要离开之后，布兰登上校第一次来访时，詹宁斯太太对他说：

"唉！上校，我真不知道，如果没有达什伍德小姐，我们俩该

怎么办？她们已经决定从帕尔默家直接回巴顿，我们回来的时候会有多沮丧啊！到时候，我们会像两只猫一样无聊地坐在那里，只能你看我、我看你了。"

也许，詹宁斯太太描绘出一幅无聊乏味的生活情景，是希望激起上校求婚的勇气，而如果詹宁斯太太真是那样想的话，那她马上有理由相信她的目的达到了。当时，埃丽诺走到窗口去为朋友丈量一幅版画的尺寸，上校也跟了过去，目光意味深长，他们两人在窗口交谈了好几分钟。詹宁斯太太是个有教养的人，绝不会偷听别人说话，甚至为了不听见谈话而刻意换了座位，坐到了正在弹钢琴的玛丽安的旁边，尽管如此，但这并不妨碍她细致入微地观察埃丽诺的表情，什么风吹草动都逃不过詹宁斯太太的目光。她发现埃丽诺的脸色变了，情绪很激动，因为极其专注地听上校说话，竟停下了手上的工作。在玛丽安从一个乐章转到另一个乐章的一点间歇时刻，詹宁斯太太听到了上校说的一些话，他好像在为自己的房子不好而道歉，这使她的想法得到了进一步的证实，并认为这件事是确凿无疑了。不过，令詹宁斯太太感到奇怪的是，上校怎么会认为有必要道歉，也许是基于礼貌吧！至于埃丽诺回答了什么，詹宁斯太太没听清楚，但从她的嘴型判断，她认为那没有多大关系。他们又谈了几分钟，可惜詹宁斯太太一个字也没听见。

一会儿，玛丽安的演奏又停了下来，詹宁斯太太又听见上校说的一些冷静的话。

"恐怕这件事不能很快就办成。"

这完全不像爱人应该说的话，詹宁斯太太不禁大为震惊，差点儿激动得脱口而出："天哪！还有什么使这件事不能很快办成呢？"不过她克制住了自己，只是内心默默地说："太奇怪了！他没必要等到再老一点才结婚吧！"

但是，上校说出这句话后，埃丽诺并没有生气。又过了一会

儿，他们结束了谈话，两人朝不同的方向走去，上校看起来是要告辞。他们分别的时候，詹宁斯太太清清楚楚地听见埃丽诺真诚地说：

"我将永远感激你。"

詹宁斯太太很满意埃丽诺的感激之情，只是不明白上校在听到这句话后竟然马上沉着地向她们告别，而且也没有对埃丽诺的话做出任何响应。这让詹宁斯太太大感意外，她以前从没有想到过，这位老朋友求起婚来怎么会这么漠然。

事实上，埃丽诺和上校之间的谈论内容完全是另一回事。

上校满怀同情地说："我听说，你的朋友费拉尔斯先生受到了他的家人的不公平对待。如果我听到的消息是准确的话，那么，他是因为坚持与一个很值得爱的年轻小姐的婚约，而被他的家人完全抛弃了，对吧？是这样吗？"

埃丽诺告诉他情况确实如此。

上校极愤慨地说："太残忍了！太蛮横无礼了！把两个长久相爱的年轻人拆开，或企图把他们拆开，真是没人性啊！费拉尔斯太太不清楚她的行为可能造成什么后果，可能会把她的儿子逼到绝境！我在哈利街见过爱德华·费拉尔斯先生两三次，我很喜欢他。我想，他不是那种一见面就可以和他亲密交往的人，不过，我所看到的已足以让我祝福他，而他又是你的朋友，我就更希望他万事如意了。我听说他打算去做牧师，麻烦你告诉他，德拉福德的牧师职位正好空着，我从今天刚收到的来信里得知，如果他愿意接受，那个职位就是他的了，不过，他目前处境堪怜，再怀疑他是否愿意接受，也许是无稽之谈。那是一个很小的教区，薪水并不多，我想前任牧师每年的收入不会超过两百镑，虽然这对他多少有点帮助，但恐怕没办法让他过舒适的生活。尽管如此，我还是很乐意把这个职位推荐给他，请你让他相信这一点。"

埃丽诺听到这一番话大为吃惊，就算是上校向她求婚，她也不会比此刻更吃惊。两天前埃丽诺还认为爱德华没有希望得到推举，但现在已经有了，他可以结婚了！而使他得到这个职位的人不是别人，偏偏是她自己！她非常激动，内心在刹那间涌动着一种非常复杂的情绪，但无论她的这种情感中是否搀杂了不很纯洁、不很快乐的因素，都已不重要了，重要的是爱德华得到了一个牧师职位。她对上校的善行和友谊表示了由衷的敬佩和感激，还认真地称赞了爱德华的品德和性格，并且答应，如果上校真的愿意把这个职位推荐给爱德华，她很乐意转告给他。不过，埃丽诺认为，上校本人去跟爱德华说更合适，因为她不愿意让爱德华觉得是因为她的关系他才得到了恩惠，她希望自己能置身事外，但是，布兰登上校也是基于同样的想法而不愿意亲自出面，这使得埃丽诺不便再推辞。埃丽诺相信，爱德华还在城里，而且那天在肯辛顿花园斯蒂尔小姐已经告知了他的地址，她可以保证当天就可以把这个消息告诉爱德华。这件事谈妥后，布兰登上校开始谈到他很高兴有这么一位令人尊敬的邻居，然后，抱歉地说起牧师的房子很小，状况也不好，对于这个问题，埃丽诺认为无关紧要，至少房子的大小是无所谓的。

"我想，房子小应该不会给他们带来不便，但和他们的家庭收入相称。"

一听这话，上校马上发现，因为有了这个职位，埃丽诺认为爱德华可以结婚了，这让上校很讶异，因为在他看来，德拉福德的牧师薪水有限，像爱德华那种长期习惯舒适生活的人，根本无法依靠这点微薄的收入来安家，于是上校说出了他的看法。

"这个小教区的牧师薪水很少，只能让费拉尔斯先生过比较舒适的单身汉生活，根本无法养家。很抱歉，我的帮助只限于此，我的关心也只能做到这一步了。不过，如果将来有机会进一步帮助他，我一定会像现在一样真诚地尽心尽力，除非那时我对他的看法和现在大不一样。我现在提供的帮助微不足道，只是使他距离那唯一幸福的目标前进了一点点，至于说到结婚，那还是非常遥远的事，至少，这件事无法很快达成。"

## 40

布兰登上校刚走，詹宁斯太太就笑着说："达什伍德小姐，我并不想向你打听上校跟你说了什么。我发誓，我尽量不听你们的谈话，不过，有几句话还是传到了我的耳朵里，知道他在说什么。老实对你说，我生平还从来没有像现在这样高兴过，我衷心地祝福你快乐。"

"谢谢你，夫人，这确实是一件让我快乐的事，而且我深深地感到布兰登上校是多么善良的人，像他这样的人已经不多了，很少有人能有这样一颗同情心！我从来没有遇到过比这更让我讶异的事呢！"

"天哪！亲爱的，你太谦虚了！我一点也不讶异，因为我最近时常想这件事，它的发生实在是再正常不过了。"

"那是因为你了解上校平日的为人，不过，至少你没有预见到那个机会这么快就出现了。"

"机会！"詹宁斯太太重复道，"那是一定的，当一个男人决定了一件事情后，无论如何总会很快找到一个机会的。亲爱的，希望你永远开心，如果说世上真有幸福的伴侣的话，我想我很快就会知道到哪儿去寻找他们了。"

"我想，你打算去德拉福德寻找。"埃丽诺淡然一笑。

"是啊！亲爱的，我的确要去。至于说到房子不好，我不知道上校是什么意思，因为那是我见过的最好的房子。"

"他说那房子很久没整修过了。"

"唉，这怪谁呢？他为什么不修？他自己不去做这件事还有谁

做呢?"

这时,仆人进来报告说马车已在门口等候。詹宁斯太太准备出门了,于是她说:

"亲爱的,我的话还没说完却不得不走了,不过,无论如何,晚上我们可得好好把话说个痛快。我就不邀请你跟我一起出去了,你大概满脑子都想着这件事,希望不会有人打扰你。还有,你一定想把这件事告诉你妹妹。"

玛丽安在她们谈话前就走出去了。

"当然,太太,我会告诉玛丽安的,但现在我还不想告诉任何人。"

"喔,很好,那你也不愿意我把这件事告诉露西了,我今天想去一趟霍尔本。"詹宁斯太太相当失望地说。

"是的,夫人,请你也别告诉露西,晚一天说没什么关系,在我写信给费拉尔斯先生之前,我认为不应该对任何人说起这件事。我马上就写信给他,现在最重要的是不能耽误他的时间,因为他会有许多与接受圣职有关的事情要做。"

这话让詹宁斯太太感到莫名其妙,不懂她为什么要急着把事情告诉费拉尔斯先生。不过,考虑片刻之后,她有了一个快乐的想法,于是大声说:

"啊哈!我明白你的意思了,你希望费拉尔斯先生做主人,嗯,这对他再好不过了,是啊!他做牧师前当然要做好准备了。我真高兴,你们两人之间的事情发展得如此神速。但是,亲爱的,这是不是不太合适?不应由上校亲自写信给他吗?由他写最合适。"

埃丽诺不明白詹宁斯太太开头说的那几句话,也不想明白,只是对她的话的结尾部分做了回答。

"布兰登上校是个谨慎的人,他宁愿让别人把他的打算告诉费拉尔斯先生,也不愿意自己去做。"

"所以，你就只好做这件事了，啊哈！这种谨慎倒满奇怪的。好了，不打扰你了，再见，亲爱的。噢，自从夏洛蒂生孩子之后，我还没有听到过让我这么高兴的事呢！"

詹宁斯太太走了出去，可是很快又走了回来。

"我刚才想起贝蒂的妹妹，亲爱的，我很乐意给她找到一个这么好的女主人，不过，她是否能做女主人的贴身侍女，我可不敢肯定，但她的确是个出色的女仆，擅长做针线活儿。好吧！这事等你有空时再考虑吧！"

"当然，夫人。"埃丽诺答道。

其实，她根本没有注意听詹宁斯太太在说什么，她只想独自安静地写信。

现在，埃丽诺唯一关心的问题是，应该如何向爱德华表达那个意思。因为他们之间的特殊关系使这件事执行起来有些困难，她既担心说得过多，又担心说得过少，于是手里拿着笔反复思忖着，直到被爱德华的到访所打断。

爱德华是来送告别名片，正好在门口遇见了詹宁斯太太，她一定要他进去，说达什伍德小姐在楼上，想跟他说一件重要的事。

在埃丽诺看来，告诉爱德华这件事，无论写信多么困难，但至少比直接对他本人说要容易些，但是，爱德华的突然出现使埃丽诺大吃一惊。自从爱德华的婚约公开后，他们一直都没见过面，再加上埃丽诺一直在考虑如何告诉爱德华那件事，因此，当她看见他时，有好几分钟都非常不安，爱德华也很苦恼，两个人就这么尴尬地坐在一起。最后，还是爱德华先开口说话。

"詹宁斯太太告诉我，你想和我谈谈，至少我理解她是这个意思，否则我一定不会这样贸然闯进来打扰你，尽管在离开伦敦以前不能见到你和你妹妹我会感到非常遗憾，尤其是我可能无法在短期之间再见到你们。我明天要去牛津。"

埃丽诺稍稍镇定下来之后说："可是，你总应该得到我们美好

的祝福再走吧！即使我们没办法亲自向你表示祝福。詹宁斯太太
说得一点不错，我是有件重要的事要告诉你，刚才正准备写信呢！
我接受了一个非常愉快的使命，布兰登上校十分钟前还在这里，
他要我转告你，他知道你打算去做牧师，他很高兴能把德拉福德
的牧师职位送给你，现在那个位子刚好有空缺，只是俸禄不高。
请允许我祝贺你，有一位如此令人尊敬的朋友，而且我和他都希
望牧师薪水——一年大约两百镑——能够更多一些，使你能更好
地……或许不只是解决你自己的衣食问题……总而言之，能够使
你实现你的一切幸福愿望。"

一时间，爱德华说不出话来，没有人知道他的内心有何感想。
看起来，他对这个意外的消息感到格外震惊，只说出了几个字：

"布兰登上校！"

"是的。"这时她更加镇定了，因为难熬的时刻已过，她继续
说，"布兰登上校是想表示一下他对最近发生的事情的关切——对
于你的家人的不公平行为使你陷入痛苦的境地的关切，我相信，
玛丽安、我及你的所有朋友，都同样关心你，而这也证明上校非
常尊敬你的品德，非常赞许你目前的举动。"

"布兰登上校送给我一个牧师职位，这可能吗？"

"因为你受到自己家人不友善的对待，让你讶异有人对你表示
好意了。"

"不是这样的！"爱德华回答，猛然醒悟过来是怎么回事。

"能得到你的友好相待我并不感到讶异，因为我知道，这一切
都应该归功于你，归功于你的善良。如果我能够表达出我感激的
心情的话，我会这么做的，但是你知道，我不善言辞。"

"你搞错了。这事与我毫无关系，你应该把上校的帮助归功于
——至少可以完全归功于你自己的美德和上校的赏识。在我得知
上校的想法前，根本不知道那里有个牧师职位空着，也没想到他
会有这么一个职位送给你。作为我和我们家的一个朋友，上校也

许会——其实我知道，他提供给你这个职位会让他从中感受到很大的快乐。不过，说句老实话，他之所以这样做根本不是我的请求。"

埃丽诺不愿意让爱德华觉得自己是他的恩人，但是，诚实又迫使她犹豫地承认了自己稍微发挥了一点作用。大概因为埃丽诺态度犹豫的缘故，爱德华更加确信他心里最近产生的猜疑——埃丽诺和上校交好了。埃丽诺说完之后，爱德华坐在那里沉思了一会儿，然后像是相当费劲地说：

"看来布兰登上校是个品德高尚的人。我总是听人们这样评论他，而且我知道，你哥哥非常敬佩他。毫无疑问的，他是个聪明人，而且他的举止是十足的绅士风度。"

"的确如此，我相信，透过进一步交往，你会发现他完全就像你所听说的那样，日后你们将会成为近邻（我听说牧师住所几乎紧邻着他的宅第），他具有这样的品格，这一点就非常重要了。"

爱德华没有回答。不过，当埃丽诺转过头时，他严肃地、不快地看了她一眼，仿佛是说：他希望牧师住所和上校的宅第距离远一点。

"我想，布兰登上校住在圣·詹姆斯街吧?"他一边说，一边从座位上站了起来。

埃丽诺告诉了他门牌号码。

"那我得赶快走了。既然你不肯接受我的谢意，那我就去向上校表达我的感谢，并告诉他，他已经让我成为了一个非常非常幸福的人。"

于是他们道别了。埃丽诺诚挚地表示，无论他所处的环境发生怎样的变化，她都永远祝他幸福。爱德华也想表示同样真诚的祝福，但却表达不出来。

房门在爱德华身后关上的一瞬间，埃丽诺自言自语地说：

"当我再见到他的时候，他就是露西的丈夫了。"

　　埃丽诺坐下来沉浸在往事中，回想起爱德华说过的话，并努力去理解他的全部感情。当然，她也想到了自己所经历过的种种不愉快。

　　詹宁斯太太回来了。尽管她刚刚新结识了一些人，一定有很多话要说，但是，比起她急切地想问埃丽诺的事，一切都显得不再重要。

　　一见到埃丽诺，詹宁斯太太就大声说：

　　"喔，亲爱的是我叫那个年轻人进来找你的，我做得不对吗？你应该不会遇到什么麻烦事吧，他没有表示不愿意接受你的提议吧？"

　　"没有，太太，那是不可能的。"

　　"那么，他要多长时间才能做好准备呢？"

　　"说真的，我对这类仪式知之甚少，不过，我想两三个月内他就能得到完成授职仪式了。"

　　詹宁斯太太惊呼起来："两三个月？天哪！亲爱的，你说得倒轻松！难道上校能等上两三个月！上帝保佑！我都不耐烦了，而且我认为没有必要为费拉尔斯先生等上两三个月，一定能找到别的圣职人员的。"

　　"亲爱的夫人，你想的是什么啊？布兰登上校的唯一目的不就是想帮助费拉尔斯先生吗？"

　　"上帝保佑你，亲爱的，你不会是想劝我相信，上校和你结婚只是为了送给费拉尔斯先生十个畿尼吧？"

　　詹宁斯太太的话刚一出口，埃丽诺这才恍然大悟，连忙做了解释，两个人都不禁为这样的误会开心地大笑起来。

　　一阵惊喜过后，詹宁斯太太说："是啊！牧师的房子是很小，很可能好久没修缮了。啊哈！亏我想得出来，当时我还以为他在为另一栋房子感到抱歉呢！听说他那一幢房子一楼就有五间起居室，能放十五张床呢！真是好笑，太荒谬了！不过，亲爱的，我

们得敦促上校赶在露西去那儿以前帮忙修缮一下牧师住所，好让他们住得舒适一些。"

"但是，布兰登上校似乎认为，牧师薪水太少，他们没办法结婚。"

"亲爱的，上校是个傻瓜，因为他自己每年有两千镑的收入，就以为没有人能靠少少的钱结婚。记住我的话，如果我还活着，我就要在米迦勒节前（九月二十九日，英国四大结账日之一）到德拉福德的牧师住所拜访他们一次，而且露西必须要在那里，否则我是不会去的。"

埃丽诺完全同意詹宁斯太太的看法——他们可能很快就要结婚了，而不会再等下去。

<h2 style="text-align:center">41</h2>

爱德华向布兰登上校致谢后，高兴地去找露西，当他到达巴特利特大厦，快乐的心情无法言喻，以至于第二天詹宁斯太太去表示祝贺时，露西说她从未见过爱德华如此兴高采烈过。

露西的快乐明显地写在脸上，她和詹宁斯太太都兴致勃勃地期望，在米迦勒节之前能够欢聚在德拉福德的牧师住所。对于埃丽诺，露西毫不犹豫地把爱德华得到职位的功劳给了她，又以极大的热情说起她对他们两人的友情，说是无论现在还是将来，达什伍德小姐为他们所做的一切努力都不会使她感到惊讶，因为她相信，达什伍德小姐能够为她所尊重的人做任何事。至于布兰登上校，她不仅愿意把他当做圣人崇拜，而且还真心希望人们把他当做圣人对待，但是在露西内心，她真正渴望的是向教区缴纳的什一税能提高到最大限度，还暗下决心，到了德拉福德，她要尽可能利用他的仆人、马车、牛和家禽。

　　自从约翰·达什伍德最后一次到伯克利街拜访已有一个多星期了，在这段时间内，达什伍德姊妹对约翰·达什伍德夫人除了一次口头问候外，再也没有表示过关心，埃丽诺觉得有必要去看望一次，这是一种义务，尽管这么做不仅违背她自己的意愿，而且也得不到她的同伴的支持。但玛丽安坚决拒绝，还阻止她姊姊，詹宁斯太太也因为太厌恶达什伍德夫人而不愿去，尽管她很想看看达什伍德夫人在最近发生了那件事后变成了什么样子，尽管她非常想以支持爱德华来激怒达什伍德夫人。最后，埃丽诺只好独自去拜访，去见一个她比任何人都更讨厌的女人。

　　达什伍德夫人拒绝见客，但在马车离开这幢房子的时候，她丈夫碰巧出来。看见埃丽诺，达什伍德先生表示非常高兴，告诉她他正准备去伯克利街拜访，并向她保证，芬妮见到她一定会很高兴，邀请她进屋去。

　　他们上楼到了客厅，里面没有人。

　　"我想芬妮在她自己的房间里，我马上就去叫她，我想她绝不会不愿意见你，一定不会的，尤其是现在，不可能有……无论如何，你和玛丽安是我们非常喜欢的人。玛丽安怎么没来？"

　　埃丽诺随便为妹妹找了个借口。

　　"你一个人来也好，因为我有许多话要跟你说。关于布兰登上校的牧师职位的事是真的吗？他真的把它送给了爱德华？我昨天听说了这件事，正要去问问你呢！"

　　"是真的。布兰登上校把德拉福德的牧师职位送给了爱德华。"

　　"真的！天哪，真教人吃惊！他们之间根本没有亲属关系或姻亲关系呀！而且，现在取得牧师职位要花很多钱呢！那个职位有多少薪水？"

　　"大约一年两百镑。"

　　"很好……如果在已故牧师年老多病且快要离职时举荐，上校也许能得到一千四百镑，但他为什么不在前任牧师没死前就把这

件事办好呢？布兰登上校是个有见识的人，怎么会这样呢？我真不明白，在一件如此简单的事情上他竟然这么没有远见！不过，我想几乎每个人的性格中都有令人难以揣测的部分。经过考虑一番后，我觉得事情很可能是这样的：爱德华只是暂时担任这个职务，等真正买走圣职的那个人长大了，上校再正式交给他，一定就是这么一回事，你相信我好了。"

可是，埃丽诺断然否定了他的想法，而且说她就是把布兰登上校的馈赠转达给爱德华的人，完全清楚整件事情，这使她哥哥无话可说，不得不相信了。

"这太令人惊讶了！上校的目的是什么呢？"听了她的话以后约翰·达什伍德大声说。

"很简单，他想帮助费拉尔斯先生。"

"好了，好了，无论布兰登上校的目的是什么，爱德华都是一个非常走运的人！不过，你不要向芬妮说起这件事。虽然我已经把这件事透露给了她，她也强忍着接受了，但她还是不喜欢听到别人总是说起这件事。"

说到这里，埃丽诺不得不发表自己的看法，她认为芬妮会冷静地忍受她弟弟得到这个职位的，因为这件事又不会使芬妮和她的孩子们挨饿受穷。

"费拉尔斯太太，现在还不知道这件事，我想最好尽可能隐瞒她，能瞒多久就多久。当然，他们一旦结婚，恐怕她就会知道一切了。"约翰·达什伍德接着说，声音压得很低。

"可是，为什么要这样呢？可以肯定的是，费拉尔斯太太在得知她儿子有了足够维持生活的收入时是不会满意的，但是，在她最近采取了报复行动后，为什么还要去顾及她会有什么反应呢？她已经和她儿子断绝关系了，还要那些她可以左右的人也都抛弃了他，既然她都这样做了，很难让人想象她还会因为爱德华而产生任何情绪，爱德华的任何事情她都不会感兴趣，她连孩子的舒

适程度都不顾了，怎么可能还有一个身为母亲的担忧呢！"

"噢，埃丽诺，你的话有一定道理，但它是建立在不了解人性的基础上的。当爱德华举行他那不受祝福的婚礼时，他母亲的感受一定就像从来没抛弃他似的，所以一定要尽可能隐瞒她，免得让她难受，费拉尔斯太太永远不会忘记爱德华是她的儿子。"

"你的话让我很惊讶，我认为她已经忘得一干二净了。"

"你冤枉她了，费拉尔斯太太是世上最慈爱的母亲之一。"

埃丽诺默然不语。

"我们现在正在考虑让罗伯特娶莫顿小姐。"停顿了片刻，达什伍德先生说。

埃丽诺觉得她哥哥那一本正经的口气很好笑，她冷冷地回答：

"我想，这位小姐在这件事上没有选择的权利。"

"选择？你这是什么意思？"

"我的意思是，照你的说法，对于莫顿小姐来说，无论是嫁给爱德华还是嫁给罗伯特，都是一样的。"

"当然，是没有什么区别，因为罗伯特现在其实已经被看作长子了。至于其他方面，他们都是不错的年轻人，只是我不清楚哪一个更好。"

埃丽诺没有再说什么，约翰·达什伍德也沉默了一会儿。

"亲爱的妹妹，有一件事——"思考一番之后，约翰·达什伍德友爱地握着埃丽诺的手，压低声音说，"我一定要告诉你，因为你一定会很高兴。我有充分的理由认为，如果不是这样，我一定是不会说的，虽然这事我不是听费拉尔斯太太亲口说的，是芬妮告诉我的，在费拉尔斯太太看来，无论她对你有多么不满意，但是比起爱德华和露西的这件婚事来说要好很多，不会带给她太多烦恼。我很高兴听到费拉尔斯太太从这个角度考虑问题，你知道，这对我们所有人来说都是一个令人满意的结果。费拉尔斯太太说：'两害相权取其轻，本来是无法比较的，如果一定要选择其中之

一，我现在宁愿选择烦恼少的。'当然，现在说这些已没有什么意义，感情已经不再，所有的一切都过去了，但是，我想还是应该告诉你，因为我知道你一定会高兴的。现在，你应该没什么可遗憾的了，亲爱的埃丽诺，你做得很好，非常好。你最近见到布兰登上校了吗?"

即使这番话没有满足埃丽诺的虚荣心，但至少也让她有些飘飘然，她感到非常高兴。这时，罗伯特·费拉尔斯先生进来了，他们一起闲聊了几分钟后，约翰·达什伍德想起来还没告诉芬妮他妹妹来了，便离开客厅找她去了。

在埃丽诺看来，因为母亲的偏爱，罗伯特虽然生活放荡，现在却享受着不合理的恩惠，而他哥哥为人正直，却反而被抛弃。看着罗伯特一副无忧无虑、自鸣得意的样子，更增加了埃丽诺对他的厌恶。

他们在一起还不到两分钟，罗伯特就开始谈起爱德华，因为他也听说了关于牧师职位的事，他很好奇。埃丽诺就像刚才对约翰·达什伍德所说的那样复述了一遍，不料罗伯特听了竟乐不可支，笑得前仰后翻。想到爱德华去做牧师，住在一座小小的牧师住所里，他就觉得滑稽好笑，再加上他由此展开的怪诞联想，想象着爱德华穿着一件宽大的白袍念祈祷文，或宣告谁和谁缔结婚姻，更让他觉得十分荒谬可笑。

埃丽诺一直默默地、严肃地听他说着，眼睛不由自主地盯着他，目光中明显对这种愚蠢举动充满轻蔑之感，不过，罗伯特正在兴头上，对埃丽诺的眼神浑然不觉。最后，罗伯特终于控制住了自己，其实真正使他开心的时刻早已过去了。

"我们可以把这看作一个笑话，不过，说实话，这其实是一件很严肃的事情。可怜的爱德华！他是永远被毁了，为此我感到难过，因为我知道他是个非常善良的人。可怜的爱德华，从小到大，他的言谈举止都不怎么讨人喜欢，可是你知道，人并不是天生就

具有同样的能力，我说的是得体的言谈举止。可怜啊！一想到他要和一群陌生人打交道，真够可怜的！说实话，当我母亲第一个把这件事告诉我时，我是如此震惊，开始时还不肯相信，之后我觉得应该马上采取行动，于是对我母亲说：'亲爱的妈妈，我不知道你打算怎么办，但就我个人而言，如果爱德华真的和那个年轻女子结婚的话，我就永远不再与她见面了。'我当时的确感到万分震惊！可怜的爱德华，他完全是自作自受，如此一来他就永远把自己排除在上流社会之外了！但是，正如我当时对我母亲所说的，对此我一点儿也不感到惊讶，从他所受的教育来看，发生这种事是在预料之中的。我那可怜的母亲简直都快气疯了！"

"你见过那位小姐吗？"

"见过一次。当时她正住在这里，我碰巧进来待了十分钟，一看就知道她是个什么样的人。就是一个乡下姑娘，没半点儿气质，一点也不优雅，更谈不上漂亮，不过正是我认为能够轻易迷住可怜的爱德华的那种姑娘。我母亲对我说完这件事，我马上提出亲自去找他谈，劝他解除婚约，但是一切为时已晚，做什么都来不及了，因为不幸的是，事情发生的时候我不在家，直到我母亲和他决裂之后我才知道，大家闹到那个地步，你知道，已经不是我能干预的了。如果我能早几个小时知道，我想一切很可能还有办法挽救，我一定会这样对爱德华说：'亲爱的兄弟，想想你在做什么！你订了一个丢脸的婚约，而且还是你的家庭一致反对的一个婚约。'总之，我想总会想到办法的，但是现在一切都太晚了，他得要过穷日子了，没错！他真的要挨饿了。"

罗伯特刚刚镇定地做出这样的判断，约翰·达什伍德夫人就走了进来。尽管达什伍德夫人从来没有和外人谈论过这件事，但埃丽诺还是能看出这件事对她精神上造成的影响，因为她进来时表情慌乱，而且力图与埃丽诺亲近些，甚至还对埃丽诺和妹妹很快就要离开伦敦这件事表示关心，说她原本希望能常和她们碰

面——这真是一件不容易的稀罕事！达什伍德先生陪伴在妻子身边，入迷地听着她说话，似乎她的话语中充满了世上最深情、最优美的旋律。

## 42

埃丽诺又到哈利街做了一次短暂的拜访，向哥哥、嫂嫂辞行，约翰·达什伍德恭喜她们不花分文就能走那么远的路程回到巴顿，同时也恭喜布兰登上校要跟她们一起到克利夫兰去。芬妮冷淡地邀请她们，欢迎她们任何时候到诺兰庄园去，而这却是最不可能发生的事，约翰·达什伍德私下热情地对埃丽诺保证，他很快就会去德拉福德看她。

埃丽诺发现，似乎所有的人都决意要把她送到德拉福德，她觉得有些可笑，因为不仅她哥哥和詹宁斯太太把那里看作她未来的家，而且就连露西也一再恳切地邀请她去那里看她，但是，那个地方是她现在最不愿去的，也是最不想住的地方。

四月初的一个清晨，汉诺威广场和伯克利街的两帮人分头从家里出发，然后在某个地方碰面。为了夏洛蒂母子，女士们要多花两天的时间，而帕尔默先生和布兰登上校要晚几天出发，大家相约在克利夫兰见面。

玛丽安虽然在伦敦没有过几天舒心的日子，虽然早就盼望着离开，但是，当真的到了向这幢房子告别的时候，她又悲痛不已。因为正是在这幢房子里，她最后感受到对威洛比的希望与信任，而如今他们之间的一切感情都已消逝。在这个地方，威洛比还在忙于新约会、新计划，而这一切却和她毫无关联，想到这些，在即将离别的时刻，玛丽安怎能不流下伤心的眼泪呢！

埃丽诺在离别时感到非常高兴，因为这里没有值得她留恋的

东西，也没有她因为要永远与之分离而感到遗憾的人，而且她很庆幸自己从对露西的承诺中解脱了出来，也很庆幸自己能不让威洛比在结婚后再见到她妹妹。埃丽诺相信，回到巴顿后，几个月宁静的生活会使玛丽安的情绪恢复平静，也会使她自己的思绪更为平静。

她们一路顺利，第二天进入了萨默塞特郡。在玛丽安翻来覆去的变化无常的看法中，这里一会儿是个令人向往的地方，一会儿又是个令人害怕的地方。第三天中午前，她们抵达了克利夫兰。

克利夫兰是一栋宽敞的新式建筑，坐落在一个倾斜的草坡上，四周环卫着冷杉、花椒、洋槐夹杂着一些杨树，密密层层的，把房子遮得严严实实。周围没有花园，但是娱乐场地相当宽阔，还有大片的灌木丛和幽静狭窄的林间小路，一条光滑的砾石路环绕着庄园，草坪上点缀着零散的树木。

玛丽安走进屋子的时候，意识到这儿距离巴顿只有八十英里，距离库姆不到三十英里，不禁激动了起来。她在屋里待了不到五分钟，趁众人帮助夏洛蒂把孩子交给女管家的时候，她悄然离开了，独自穿过蜿蜒的、刚刚吐露新绿的灌木丛，来到远处的一个高地。站在希腊式的神庙旁向东南眺望，目光深情地停留在地平线尽头的山头上，想象着从那边的山顶上也许能看见库姆大厦。

在这个悲喜交加的时刻，玛丽安的眼泪夺眶而出，不禁大哭起来。当她沿着另一条路回克利夫兰庄园的时候，感受到了乡村的自由、逍遥和快活，决定待在克利夫兰的每一天都要独自外出散步。

她回到庄园的时候，其他人正要出门，于是便和她们一起到附近浏览乡村优美的景色。然后，她们来到菜园，一边观赏墙上的花，一边听着园丁抱怨虫害。在暖房里，夏洛蒂心爱的植物因为霜冻被冻死了，这个消息引来夏洛蒂的哈哈大笑。在家禽饲养场，饲养员失望地谈起老母鸡不在窝里下蛋、鸡被狐狸偷吃了、

一窝小鸡正在迅速死亡，夏洛蒂从这些事中又找到了新的快乐。就这样，上午的时间很快便消磨过去了。

玛丽安完全没有想到这里的天气变化如此之大。上午的天气还很晴朗干燥，晚饭后竟然下起了大雨，而且一直下个不停。玛丽安原本打算趁着黄昏时分步行去希腊式神庙，也许可以在那附近好好逛逛，无奈天公不作美，只好作罢。

一群人平平静静的，时间也静静地流逝。帕尔默夫人照顾孩子，詹宁斯太太在织地毯，大家谈论着留在城里的朋友们，猜想米德尔顿夫人会举办怎样的聚会，帕尔默先生和布兰登上校当晚除了看报纸是否还有别的事可做。埃丽诺虽然对此毫不关心，还是加入她们的谈话中，而玛丽安则有自己的嗜好，那就是无论到了谁家都会寻找藏书室，她很快就找到了一本书，静静地阅读起来。

帕尔默夫人对待客人十分热情，可以说完全尽到了一个女主人的责任，只是因为她缺乏思想和优雅的风度，在礼貌上常有欠缺，但她的爽快和真诚足以弥补这些不足。她那张脸十分可爱，再加上友好的态度，使她显得非常迷人，即使有什么缺陷也并不让人感觉讨厌，因为她很随和，一点儿也不自夸自大。除了她的笑声，埃丽诺能够原谅她的一切。

第二天晚上，两位绅士来了，赶上了一顿很迟的晚餐。一行人增加了两位男士，他们不仅壮大了队伍，而且还为大家带来了许多趣事乐闻。

埃丽诺很少见到帕尔默先生，但在次数有限的见面中她看出，他对她和她妹妹的态度前后发生了很大的变化，她根本无法想象他在自己家里会是什么样子，不过，她很快地发现，他对所有的客人都彬彬有礼，只是偶尔对他妻子和岳母有点粗鲁。埃丽诺认为，他原本完全能成为一个令人愉快的同伴，只是因为他太自负了，总以为自己比一般人都聪明，就像他认为自己比詹宁斯太太

和夏洛蒂都聪明一样。至于他的性格和生活习惯，埃丽诺觉得他和他的同龄人并没有什么不同，比如他的胃口很好、起居不定时、喜欢孩子，但又装作轻视的样子；本该用来办事的上午时间却全耗费在打弹子球上了。总而言之，埃丽诺喜欢他，这种喜欢的程度完全超过了她自己的预料。不过，埃丽诺也不会因为不能更加喜欢他而感到遗憾，她在帕尔默先生身上看到了贪图享乐、自私自利和骄傲自大，这让埃丽诺愉快地想起了爱德华的宽宏大量、朴实无华和谦虚谨慎。

布兰登上校最近去了一趟多塞特郡，回来之后，完全把埃丽诺看作费拉尔斯先生的无私的朋友，也把她看作是自己的知己，和她谈了许多德拉福德牧师住所的事，讲了它的不足之处，以及他自己是如何打算弥补这些不足的想法。上校对埃丽诺的态度像在其他情况下一样，再见到她时所表现出来的坦率的快乐神情和她谈话的亲切感、对她的意见的尊重程度……这一切仿佛都证明了詹宁斯太太关于他有情于她的说法是正确的，同时，如果埃丽诺不像自己一开始认定的那样仍然相信玛丽安才是上校真正喜欢的人，那么，她自己或许也会对此产生怀疑。

但事实上，除了詹宁斯太太向她提过外，这样的想法几乎从没有在她的脑子出现过，她很清楚她和上校之间是值得信赖的朋友关系，因为詹宁斯太太注意到的是上校的行为，而她注意到的是上校的眼神。

当玛丽安得了重感冒而头晕、喉咙痛时，布兰登上校的目光中透着焦虑不安，因为没有用言语表示，所以没有被詹宁斯太太所察觉，而埃丽诺却从中发现了炽热的感情和情人所怀有的惊慌。

来到这里的第三天和第四天傍晚，玛丽安又两次独自出去散步，在令人欣喜的微光中，她不仅走到了灌木丛中的碎石地上，而且走遍了附近的各个地方，尤其是走到了庄园领地的最远地带。那里人迹稀少，古树参天，芳草丛生，一片葱茏滴翠，因为玛丽

安冒失地穿着湿鞋、湿袜子坐在地上，结果患了重感冒。前一两天她还不承认自己生病了，因为病情越来越严重，才引起了大家的关切和她自己的重视，但她不想吃药。尽管她感到头重脚轻、发烧、四肢酸痛、咳嗽、喉咙疼，但她认为好好休息一晚就能完全康复，埃丽诺费了很大的劲才说服她上床时试用了一两种最简单的治疗方法。

## 43

第二天早上，玛丽安还是像平常一样早起，不管谁问她感觉如何，她都说好多了。但是，她一整天都坐在壁炉前不停地发抖，手里拿着书却读不下去，或是无精打采地躺在沙发上，最后，她觉得越来越难受，还提前上了床。布兰登上校只是对她姊姊的镇静自若感到吃惊，虽然埃丽诺不顾妹妹的反对整天陪伴她，照顾她，夜里还强迫她吃了药，但是她和玛丽安一样，相信睡一觉后病情就会好转，因而没有半点惊慌。

但是，玛丽安一整夜都在发烧，难以入眠，姊妹两人的期望落空了。早上，玛丽安坚持要起床，但她根本坐不起来，又不由自主地躺倒在床上。这时，埃丽诺采纳了詹宁斯太太的意见，派人去请帕尔默夫妇的医生。

哈里斯医生检查了之后安慰达什伍德小姐，说她妹妹只要几天就能痊愈，但却又说她妹妹得的是病毒性感冒，并且说出了"传染"两个字。帕尔默夫人一听大吃一惊，很替孩子担心。詹宁斯太太从一开始就对玛丽安的病情看得比埃丽诺严重，现在听到哈里斯医生的诊断，神情显得十分凝重，竭力主张夏洛蒂和孩子必须马上离开，而这让夏洛蒂更加恐惧。帕尔默先生虽然认为她们根本不需担心，但发现妻子十分焦虑，离开的愿望十分强烈，

于是决定让她离开。就在哈里斯先生到达后不到一个小时,夏洛蒂就带着孩子及保姆离开,到巴思山另一边几英里远的帕尔默先生的一个近亲家,在她的恳求下她丈夫答应一两天后就去那里和他们作伴。夏洛蒂也热切地恳求她母亲也去那里陪她,不过,詹宁斯太太有一颗善良的心,这也是她受到埃丽诺真心喜爱的原因。她当众宣布,只要玛丽安还在生病,她就绝不离开克利夫兰,既然是她把玛丽安从她母亲身边带走的,那她就要尽全力无微不至地照料她,代行母亲的职责。埃丽诺发觉,詹宁斯太太任何时候都是个最积极的好帮手,乐意分担她的辛劳工作,而且因为詹宁斯太太在护理方面有较丰富的经验,也给了埃丽诺很大的帮助。

可怜的玛丽安被这场病折磨得无精打采,她感到自己浑身都是病,也不再奢望第二天就能康复,而且一想到这场病毁了第二天的计划,症状变得更加严重。第二天原本是她们踏上回家旅途的日子,一路上她们将由詹宁斯太太的一位仆人照料,再过一天的上午她们就能见到母亲了,而现在不得不耽搁下来。

第二天,病人的情况既没有好转,但也没有加重。帕尔默先生基于真正的仁爱与善良,也为了不被人曲解成吓跑的,尽管他非常不愿意走,但终于被布兰登上校说服了,去履行他对妻子的诺言。当帕尔默先生准备动身的时候,布兰登上校以更大的勇气提出自己也要走,这时詹宁斯太太的好心干预既及时又合适。在她看来,上校在他所爱的人正为她妹妹感到焦虑不安的时候离开,会使他们两人都失去安慰和依靠,于是她告诉上校,她需要他待在克利夫兰,当达什伍德小姐在楼上陪伴她妹妹时,她需要他和她一起玩皮克牌等等,詹宁斯太太的恳求得到了帕尔默先生的热烈支持。在她的极力挽留下,上校只是假意推托了几句,然后立即表示了赞同,因为这其实完全符合他内心强烈的意愿。

帕尔默先生走了两天了,玛丽安的病情依旧。哈里斯医生每天都来看她,仍然坚持说她很快就会复元,埃丽诺也同样乐观,

但其他人却没有那么乐观。詹宁斯太太在玛丽安发病初期就断定她不会痊愈了，布兰登上校听着詹宁斯太太的预言，无法使自己不产生恐惧的想法。他试图说服自己抛弃恐惧，从医生的判断来看，这种恐惧似乎是荒谬的，但是，他每天大部分时间都是一个人独处，因此很容易产生悲观的念头，上校太害怕再也见不到玛丽安了。

第三天早上，布兰登上校和詹宁斯太太的焦虑几乎消除了，因为哈里斯医生诊断后宣布，病人的情况大有好转，她的脉搏有力多了，所有的症状都比上次就诊时减轻很多。埃丽诺更是开心极了，立即高兴地写信给母亲，把玛丽安的病情轻描淡写地交代了一下，甚至还确定了她们动身回家的时间。

但是，这一天的结束并不像开始时那么吉利。黄昏时分，玛丽安又发病了，而且比之前更严重，精神处于极度不安稳的状态。不过，埃丽诺仍然持乐观态度，认为出现这种情况只是因为在给玛丽安铺床时让她坐了一会儿，因而累坏了，休息之后就会没事。埃丽诺给妹妹服了医生开的镇定剂，满意地看着她终于入睡，并决定一直守在妹妹身边，以观察效果。这个时候，詹宁斯太太早已上床睡觉，完全不知道病人有什么变化，她的女仆——也是主要照顾玛丽安的人之一——正在女管家的房间里休息，于是只剩下埃丽诺和玛丽安在一起。

玛丽安睡得越来越不安稳，埃丽诺目不转睛地盯着她不停地翻身，听着她不断地发出呢喃呓语，正打算把妹妹从痛苦的睡眠中唤醒，不料玛丽安突然从床上爬了起来，疯狂地大声问道：

"妈妈来了吗？"

"还没有。"埃丽诺回答，心里已是惊恐万分，急忙扶着玛丽安躺下，又说："不过，我想她很快就会来了。你知道，从巴顿到这里有很长一段路程呢！"

"但是，要她千万不要从伦敦绕道过来！如果她去伦敦的话，

我就永远见不到她了。"玛丽安急切地喊道。

埃丽诺发现玛丽安已经神志不清了，很是吃惊，一边努力安慰她，一边摸了摸她的脉搏。此时，她的脉搏比任何时候都更微弱、更急促，嘴里仍然在发狂似的喊着妈妈，埃丽诺心里十分恐惧，感到事态非常严重，于是她当机立断，决定马上派人去请哈里斯医生，同时派人去巴顿把母亲接来。做了决定之后，她马上想到找布兰登上校商量一下，于是拉铃叫来女仆替她照顾妹妹，然后急忙下楼去客厅找布兰登上校。

她当即向上校说出了自己的恐惧和困难。对于她的恐惧，上校既没有勇气也没有信心帮她消除，他更加恐惧地默默听着她说。但是，她的困难马上得到了解决，上校毫不犹豫地提出，由他去巴顿把达什伍德太太接来，埃丽诺没有表示反对，简短而真诚地向他表示了感谢。接着，上校立即吩咐仆人送信给哈里斯医生，并去驿站租借马车，埃丽诺则上楼给母亲写了一封短笺。

埃丽诺的内心对上校充满感激和敬佩之情。此时此刻，像布兰登上校这样的朋友给人的安慰是多么大啊！母亲在来的路途上有这样的人作伴，是多么令人庆幸啊！他的理性能指引母亲该怎么办，他的关怀能减轻母亲的痛苦，他的友情能使母亲得到安慰！

这个时候，无论上校有怎样的感受，但他的头脑是冷静的，行动迅速而确实。他快速做了所有必要的安排，并准时牵来了马，然后严肃地看了一眼埃丽诺，紧握了一下她的手，低声说了几个她也没听清的字，就急匆匆地钻进了马车，这时大约是午夜十二点。埃丽诺回到妹妹的房间，等候医生的到来，同时观察妹妹。这一夜，对于两姊妹来说是一样痛苦难熬的。玛丽安辗转难眠，不断地呓语，埃丽诺则忧心如焚，而陪伴她的女仆总是暗示她的女主人詹宁斯太太的一贯看法——玛丽安没有痊愈的希望了，这更使她备受折磨。

昏迷中的玛丽安仍然断断续续地提到母亲，这让埃丽诺感到

极度痛苦，责备自己一直没把妹妹的病当一回事。埃丽诺盼望帮妹妹消除病痛，但她又怕所有的努力都无济于事，一切都耽搁得太久了。她还胡思乱想着母亲悲痛欲绝的样子，因为她来得太晚了，不能见到她心爱的孩子，或者说不能见到她清醒的孩子。

　　哈里斯医生来的时候，已经是凌晨五点多了，虽然来晚了，但是他的意见多少弥补了一点他晚到的过失。他承认病情发生了意想不到的恶化，但病人不会有生命危险，并且非常自信地认为一种新疗法一定能治好玛丽安的病，这种自信多少给了埃丽诺几分希望。治疗结束后，哈里斯医生答应过三四个小时再来，他离开时，病人和焦虑的照顾者都比之前镇定多了。

　　詹宁斯太太一早听说了夜里发生的事，大为关切，不断责备她们没有叫醒她帮忙。现在，詹宁斯太太认为她先前的担忧完全是有理由的，这使她内心毫不怀疑会发生那件悲惨的事。她很想安慰埃丽诺，但她又深信玛丽安有危险，觉得安慰也毫无作用，这让詹宁斯太太很悲伤。像玛丽安这么年轻、漂亮的一个姑娘，在生命之花灿烂之季却迅速凋谢、死亡，任何人都会为之感到痛惜，而詹宁斯太太更有理由给予无限的怜悯。三个月来，玛丽安和她一直生活在一起，受到她的照顾，而且玛丽安还遭受到极大的伤害和打击，有好长一段时间都不快活。看着深陷痛苦之中的埃丽诺，詹宁斯太太一样同情她。至于她们的母亲，她想，玛丽安对于她母亲来说大概就像夏洛蒂对于她自己一样宝贝，因此她给予达什伍德太太发自肺腑的同情。

　　哈里斯先生准时进行了第二次诊视。他上次开的药并没有发挥作用，高烧仍然没有退，玛丽安只是更安静了，但并没有清醒一些，有那么一瞬间，埃丽诺看见哈里斯医生的眼神里流露出了恐慌。不过，哈里斯医生很快就镇定下来了，他决定尝试一种新药，对于它的疗效，他和上次一样充满信心。最后，他向大家做了一番鼓舞人心的保证，可是这些话埃丽诺已置若罔闻。现在，

埃丽诺完全处于绝望之中，除了在想起母亲的时候，悲伤情绪一直持续到中午。她始终守在妹妹的床边，脑子里胡乱想着各种悲惨的情景及朋友们痛苦的样子，而詹宁斯太太的话更使她的情绪跌到最低点。詹宁斯太太毫无顾忌地说，玛丽安这次严重的病情，完全是因为她受到失恋的打击，几个星期来闷闷不乐造成的。

　　大约中午的时候，埃丽诺又开始怀着希望，希望能从妹妹的脉搏中发现细微好转的迹象，因为前几次希望的落空，她没有把自己的行动告诉任何人。她小心谨慎地观察着，一遍又一遍地检查着玛丽安的脉搏，最后，她外表的冷静掩饰不住内心的激动，大胆地说出了自己的判断——玛丽安的病情好转了。尽管詹宁斯太太检查了之后也认为玛丽安的病情暂时好转了，但她还是劝埃丽诺不要过于乐观。埃丽诺提醒自己不要抱太大希望，可是，玛丽安的种种好转迹象已深深地植入她的心里，她明显地感觉到了希望，而且还感觉到希望给她带来的焦躁不安。她俯下身去仔细观察妹妹，半个小时过去了，那可喜的迹象依然存在，甚至还出现了别的好转迹象——从玛丽安的呼吸、皮肤和嘴唇观察，一切都证明病情正在好转，尤其是玛丽安还用疲倦但清醒的目光凝视着她，这让埃丽诺兴奋不已。此刻，忧虑和希望交织着，埃丽诺的心情一刻也不能平静。四点钟时，哈里斯医生来了，他检查后向埃丽诺说，她妹妹的病情好转得很快，大大出乎他的意料，并向她表示祝贺，埃丽诺这才感到了安慰，不禁流下了欣喜的眼泪。

　　玛丽安在各方面都大有好转，哈里斯医生宣布她已完全脱离危险了。詹宁斯太太也许对自己的预感在上次病危时被部分证实而感到满意，她表示相信医生的判断，并真诚地为玛丽安的康复感到开心。

　　埃丽诺的快乐并没有溢于言表。玛丽安恢复了健康，重新获得了生命，又回到了朋友们和溺爱她的母亲的身边，想到这些，她不由得感到无比欣喜，对仁慈的上帝充满了炽烈的感激之情。

不过，她觉得现在还不是真正高兴的时候，妹妹还在病中，病情还有可能复发，因而她把快乐藏在心里，什么也没有说。

整个下午埃丽诺一直守护在妹妹身边，观察着她的每一个眼神、每一次呼吸。经过反复仔细的检查，她发现所有的好转迹象都持续着，直到六点钟，当玛丽安平静、安稳地进入梦乡的时候，埃丽诺的一切疑惧才彻底消除了。

该是布兰登上校返回的时间了。埃丽诺相信，母亲一路上一定是提心吊胆，上校也是，可怜的人儿！但十点钟或十点多一点时，他们都会从可怕的悬念中得到解脱。

七点钟，玛丽安仍然沉睡在甜美的梦乡中，于是埃丽诺来到客厅和詹宁斯太太一起用茶。因为担惊受怕，早餐、午餐她都没有吃什么，现在带着愉快的心情吃茶点，感觉非常惬意。詹宁斯太太劝她用完茶点后，在她母亲到来之前去休息一下，让她去照顾玛丽安，但是在这种时候，埃丽诺没有感到丝毫疲劳，她一分钟都不愿意离开妹妹。于是，詹宁斯太太陪着她上楼到了病人的房间，看到一切都很正常，便满意地回到自己房中写信、睡觉去了。

这是一个寒冷的暴风雨之夜，狂风在房子周围呼啸，雨点敲击着窗户，可是埃丽诺的心情却快乐无比。玛丽安在狂风中熟睡着，而正在赶路的人虽然会遇到种种不便，但是等待他们的将是令人快意的消息。

时钟敲了八下。如果是敲十下的话，埃丽诺会确信一辆马车正向房子驶来，但是现在还太早，他们根本不可能到达。但是，埃丽诺感觉自己确实听到了马车声，于是她走进旁边的更衣室，打开一扇百叶窗，想听清楚究竟是怎么回事。天哪！她的耳朵并没有欺骗她，她看见了一辆马车闪烁的车灯，在昏暗的灯光下，她分辨出那是一辆由四匹马拉着的马车，这说明她的母亲当时是多么惊恐，也说明了他们为什么会来得如此迅速。

　　埃丽诺的心情从来没有像此时这样难以平静过，母亲一定充满了怀疑、恐惧，或是绝望！现在她需要平静，她需要的是尽可能快速告诉母亲这个好消息！她急忙把詹宁斯太太的女仆叫来照顾妹妹，接着就匆匆跑下楼去了。

　　埃丽诺走过一道门廊的时候，听到门厅那边传来嘈杂的声音，她确信他们已经进屋了，于是朝客厅跑去，可是她看到的却是威洛比。

**44**

　　一见到威洛比，埃丽诺大惊失色，不由自主地往后退了几步，随即一股怒火涌上心头，她立即转身就要离开。她的手已经抓住了门锁，这时，威洛比急忙上前阻止她，并用一种与其说是恳求，不如说是命令的语气说：

　　"达什伍德小姐，我恳求你等一下，半个小时，哪怕十分钟也行。"

　　埃丽诺坚决地回答："不！先生，我不想待在这里，你不会有事找我。我想一定是仆人们忘了告诉你帕尔默先生不在家。"

　　威洛比激动地说："即使他们告诉我，帕尔默先生和他的亲属全都下地狱了，我也不会离开这里。我是来找你的，只找你一个人。"

　　埃丽诺非常惊讶地说："找我？好吧！先生，请你赶快说，也请你不要这么激动，如果你做得到的话。"

　　"请你坐下，这两点我都能做到。"

　　埃丽诺又犹豫起来，不知道该怎么办。她突然想到布兰登上校随时可能会回来，如果上校发现威洛比在这里，那情形该是多么尴尬啊！可是，她刚才已经答应听他说了，而且她很想知道他

究竟要说什么。经过片刻考虑之后，她决定保持沉默，尽可能让威洛比赶快把话说完。于是，她默默地走到桌子旁边坐下来，威洛比在她对面的椅子上坐下来，两人沉默了好一会儿，谁也没有说话。

"请你快点说吧！先生，我可没有时间。"埃丽诺不耐烦地说。

威洛比坐在那儿像是在沉思，似乎没有听见她的话。

过了一会儿他突然说："你妹妹——我刚才听仆人说，已经脱离危险了。感谢上帝！她真的脱离危险了吗？是真的吗？"

埃丽诺不想告诉他这些，没有回答，于是他更加急切地问：

"看在上帝的份上，请你告诉我，她是脱离危险了吗？"

"我们希望她已经脱离危险了。"

威洛比站起来，走到房间的另一头。

"如果我半个小时前就知道这个情况——可是，既然我已经来了——"他坐回椅子上，装作快活的样子说："又有什么关系呢？达什伍德小姐，让我们一起高兴吧！仅此一次，也许这是最后一次了。我现在心情好极了，请你坦率地告诉我——"

说到这里，他的两颊一下子变得通红。

他又继续说："你认为我究竟是一个混蛋呢？还是一个笨蛋？"

埃丽诺万分惊讶地看着他，以为他一定是喝醉了，否则很难解释这样奇怪的来访、奇怪的举止，于是她立即站起来说：

"威洛比先生，我劝你现在回库姆去，我没有闲工夫和你待下去。不管你找我有什么事，最好还是等到明天再说。"

威洛比露出富于表情的笑容，用镇定的语气说："我明白你的意思，是的，我喝醉了，在马尔博罗我喝了一品脱黑啤酒，还吃了冷牛肉。"

"马尔博罗？"埃丽诺惊讶不已，越来越不明白他到底想干什么了。

"我今天早上八点离开伦敦，从那时到现在，我只在马尔博罗

停过一次马车，花十分钟吃了一点东西。"

看到威洛比说话时的镇定和他的眼神，埃丽诺相信，无论他是基于什么不可原谅的愚蠢动机，但他绝对不是喝醉了才来到克利夫兰的，她考虑了一下，然后说：

"威洛比先生，你应该非常清楚，在发生了那些事情后，你冒昧地来到这里，而且非要找我谈，那你一定有什么特殊理由。说吧！你来这里干什么？"

威洛比认真地说："我想，如果可能的话，使你比现在少恨我一点。我想做些解释，想为过去的事表示歉意，想把心里的话都告诉你，并让你相信，尽管我一直是个笨蛋，但我并不一直是个混蛋。我想，希望透过解释能得到玛——你妹妹的一点宽恕。"

"这就是你来这里的目的？"

"是！我发誓。"威洛比激动地回答，这使埃丽诺想起了过去的威洛比，也使她不由自主地觉得他的话是发自内心。

"如果你是为这个来的，那你不用再说什么了，你现在就可以满意了，因为玛丽安已经宽恕了你，她早就宽恕你了。"

"她早就宽恕我了！如果她能听到我要讲的话，她就更有理由原谅我了。那么，现在听我说，好吗？"威洛比急切地说。

埃丽诺点了点头。

威洛比思考了一下，然后说："我不知道，关于我对你妹妹的行为，你们会有怎样的评价，也许你们认为我是基于邪恶的动机，也许你们把我想得很坏，但是，我一定要把我的一切事情都告诉你，看看能否改变你们对我的看法。我最初与你们家交往的时候，只想在我不得不待在德文郡的日子过得愉快些，并没有别的用心和意图。当然，我是很喜欢你妹妹可爱的容貌和有趣的举止，而她对我的态度，几乎从一开始就是一种……现在回想起她的态度、她的神情，简直令人吃惊，当时我的心竟然麻木不仁！但是，我必须承认，在开始时，玛丽安对我的态度只是激起了我的虚荣心，

我不关心她的幸福，只想到自己快活，于是我以一贯寻欢作乐的伎俩，千方百计地讨她喜欢，却从来没有打算要回报她的爱情。"

听到这里，达什伍德小姐用愤怒、轻蔑的目光盯着他，打断了他的话：

"你不必讲下去了，威洛比先生，也不值得我听下去，这一段开场白已经够了，后面的话不会有什么意义，不要让我痛苦地听你说了。"

"不！我一定要你听完。我的财产从来就不多，但我总是过着奢侈的生活，总是和那些有钱人交往。我想，自从我成年以后，甚至在成年以前，我的债务就在逐年增加，尽管史密斯太太去世后我可以摆脱困境，但谁知道那会是什么时候的事，可能遥遥无期，于是我一直想娶个有钱的女人，以此来改变我的窘迫处境。因此，要我去爱你妹妹是不可能的，我是卑鄙、自私、残忍的，对于我的恶劣品行，你以任何愤怒、轻蔑的态度斥责，一点都不过分。我努力想要赢得玛丽安的爱情，却从来没有想过去爱她。但是，尽管我当时的行为很自私、虚荣和可恨，但有一点必须说明，那就是我并不知道这样做会伤害她，因为我当时根本不懂得什么是爱。但是我后来懂得了吗？这是值得怀疑的，因为如果我真的懂得了什么是爱，我会为了满足我的虚荣心和贪欲而牺牲我的爱情吗？或者，我会为了这些而牺牲玛丽安对我的爱情吗？但是我却这样做了。为了避免陷入贫穷的生活，我现在已经富有了，但却失去了带来幸福的一切东西，而玛丽安的爱情原本可以使贫穷变得完全不可怕。"

"这么说，你当时的确一度认为你爱上了她。"埃丽诺有点心软地说。

"世上有多少男人能够抵御这样的魅力和柔情呢？我发现自己不知不觉地爱上了她，我生命中最幸福的时刻就是和她在一起度过的那段时光。当时，我觉得自己的感情是无可指责的，自己的盘算也是正当的。但是，即使在当时我已经完全决定了向她求婚的时候，我却还是日复一日地拖延着不去做这件事，因为我不愿意在极其窘迫的境况下订婚。在这件事情上我不想做任何解释，也不想听你数落我多么荒唐。在我的良心要求我必须去做的时候，我却犹豫不前，事实证明我是个狡猾的笨蛋，因为我谨小慎微地寻找机会，最后却使自己成为一个永远受人蔑视的可怜虫！但在当时，我的确下定了决心，一有机会就约玛丽安单独相会，用行动证明我的追求是正当的，向她坦白我的爱情。但是，就在这时候，就在我有机会私下对玛丽安说这件事前的几个小时发生了一件不幸的事，它毁掉了我的一切决定，同时也毁掉了我的幸福。史密斯太太发现了一件事……"

说到这儿他有些迟疑，低垂着眼皮，过了一会儿才接着说：

"不知道她是怎么听说的，我猜是一位远房亲戚告诉她的，那个远房亲戚的目的就是让我失去史密斯太太的欢心，失去继承权，失去这门亲戚关系……我想，我不必再解释了……"

他的脸涨得通红，用询问的目光看着埃丽诺，随后又继续说：

"你和布兰登上校的关系非常亲密，他大概早就把那件事告诉你了。"

"是的！"

埃丽诺的脸也红了，但一想到那件事，她的心也再度变得冷酷起来，不再对威洛比有丝毫的同情。

"这些我都听说了，我不知道你在那件可怕的事情上如何为自己开罪。"

威洛比大声说："请你好好想一想，你是听谁说的，难道其中没有私心吗？我承认，伊丽莎的身份和人格应该受到我的尊重。我并不想为自己辩解，说我做得对，但是我也不能让你认为一切错都在于我，而伊丽莎因为受到了伤害就毫无错误，好像因为我是个放荡的人，她就一定是个圣人。如果她的感情不那么热烈，

她的认知不那么肤浅的话——但是，我不是要为自己辩护。伊丽莎对我的一片深情，应该受到好一些的对待，我经常自责地回忆起她的柔情，那种在很短的时间内就让我心动的情感。噢，我希望，我真的希望，从来就没有发生过那件事。我不仅伤害了伊丽莎，而且还伤害了另一个人，这个人对我的爱——我可以这样说吗？并不亚于伊丽莎，而这个人的人格真是高尚啊！"

"尽管谈论这件事让我很不愉快，但是我必须说，你对那个不幸姑娘的冷漠态度并不能为你残忍抛弃她的行为做辩解，你也不能把她先天或后天的原因造成认知方面的缺点作为你肆意妄为的借口。你应该知道，当你在德文郡尽情享乐，高兴地追求新欢的时候，她却陷入了极端悲惨的境地。"

"我敢发誓，当时我并不知道这一点！我记得我把我的地址告诉了她，而只要稍有一点普通常识就可以找到我。"威洛比激动地说。

"先生，当时史密斯太太说了些什么？"

"她一见到我就指责我对伊丽莎犯下的过错，我的慌乱可想而知。史密斯太太一生清白，不晓世故，观念保守，她一定痛恨我的行为。我无法否认我做错了，所以努力想要平息史密斯太太的怒气，结果徒劳无益。我相信，在此以前她就曾怀疑我行为不检点，而这次我来艾伦罕对她不够关心，陪伴她的时间很少，因而对我更加不满。总之，这件事让我和她彻底决裂了。其实，如果我答应史密斯太太的要求，是可以摆脱困境的，并且依然维持我的财产继承人的地位。她提出，如果我愿意娶伊丽莎，她就原谅我的过错。但这是不可能的！于是，她正式宣布不喜欢我了，把我赶出她家，这件事就发生在我走之前的那个晚上，我一直反复思考下一步该怎么办？不过很快就有了结果。我爱玛丽安，我相信她也爱我，可是这些都无法让我克服对贫穷的恐惧，我本来就贪图享受，奢靡的社交生活又增强了我的欲望，我有绝对的把握，

如果我向我现在的妻子求婚，是不会遭到拒绝的。事情就这么决定了，我不再有任何顾虑，我必须去伦敦求婚。可是，在离开德文郡前，我还必须面对一个严峻的场面，因为约好了那天去你们家吃饭，如果我不能赴约，就必须表示道歉，究竟是写信还是亲口说，我一直举棋不定。去见玛丽安吧！我感到很可怕，担心见到她之后我还能否坚持自己的决定，但事实证明我低估了自己的能力，因为我去了，不仅见到了她，还见到了她很痛苦，并在她痛苦时离开了她，还希望永远不要再见到她。"

"你当时为什么要来我家呢？写一张便条就可以了，为什么一定要来呢？"埃丽诺用责备的口吻说。

"如果我悄然离去，一定会让周围的人怀疑我与史密斯太太之间发生了什么事，为了满足我的自尊心，我必须这么做，于是我决定在去霍尼顿的途中顺便到别墅去一下。可是，见到你妹妹确实让我很难过，而且只有她一个人在，不知你们到哪里去了。想想吧！我头一天晚上离开她的时候，还决定要向她表白爱情呢，只要再几个小时，我和她的命运就将永远结合在一起了。我记得，当我从别墅走向艾伦罕的时候，我心满意足，我喜欢世上的每一个人，但是，在巴顿的最后一次见面中，我是怀着罪恶感去见玛丽安的。当我告诉她我必须马上离开德文郡时，她是那样悲伤，那样失望，我是永远不会忘记的，这些和她对我的信任是分不开的！啊！上帝！我真是个狠心的混蛋！"

两人沉默了一会儿，埃丽诺首先开口说：

"你告诉她你很快就会回来吗？"

"我不知道告诉了她些什么，我想不起来了，回想这些让我受不了。你亲爱的母亲表示出的慈爱和信任更让我深受折磨，那太痛苦了，你是无法想象的。达什伍德小姐，回忆这些痛苦能让我从中得到安慰，我的愚蠢和卑鄙是我过去一切痛苦的根源，但我已经得到了报应，我罪有应得。我终于走了，离开了巴顿，离开

了我所爱的一切，去和那些我只能冷漠相待的人在一起。在去伦敦的路上我回忆起往事，因为我是一个人骑马走的，旅途很乏味，想起往事让我快乐许多；而展望未来，一切都那么令人期待！现在，回想起巴顿，回想起那美丽的景色，啊！那真是一次令人愉快的旅行。"

他停了下来。

"先生，你都说完了吗？"埃丽诺不耐烦地说，她虽然同情他，但是希望他赶快离开。

"说完了？你忘了城里发生的事吗？我写的那封无耻的信！玛丽安给你看了吗？"

"看过，你们来往的信件我都看过了。"

"当我收到她的第一封信的时候，实在难以用言语来形容我的心情，简单地说，那时非常非常的痛苦。上面的每一个字就像一把把刀插在我的心头，得知玛丽安人就在城里，对我来说犹如晴天霹雳！如果玛丽安知道了我现在的情况，她会怎样责备我啊！因为我了解她的感受、她的看法，甚至比对我自己的更了解。"

在这次不同寻常的谈话中，埃丽诺的情绪经历了多次变化，现在虽然缓和了下来，但她觉得自己有义务制止威洛比再说出类似于刚才所说的那些话。

"你应该自重，威洛比先生，请你记住，你已经结婚了，你只要说那些你良心上认为需要说给我听的话！"

"玛丽安在信中对我说，尽管我们分别了好几个星期，但她仍像以前一样爱我，并深信我也像以前一样爱她。她的话唤醒了我的悔恨之情，我之所以说唤醒，那是因为我回到伦敦后，一天到晚忙于交际和放荡，心渐渐平静了下来，从某种意义上来说，我正在变成一个冷酷无情的无赖。我对她冷淡了，以为她也对我冷淡了，我对自己说，我和她之间的恋爱不过是无足轻重的小事，犹如过眼云烟，然后消除了所有的自责和顾虑，还不时暗地里想：

'如果她出嫁了，我将由衷地感到高兴。'但是她这封信让我更看轻了自己，我真实地感到，对我来说，她比任何女子都可爱、可亲，而我却无耻地对待她。但是，我和格雷小姐的婚事刚刚确定下来，是不可能退婚的，我唯一能做的就是躲避你们。我没有回信给玛丽安，想以这样的方式让她不再惦念我，我甚至决定不去伯克利街拜访你们，但最后我认为，比较聪明的办法就摆出一副冷漠的态度，表示我们之间只是普通的朋友关系。所以，那天早上，我看着你们所有人出了家门后，便进去留下了名片。"

"你看着我们出了家门？"

"你听了可能会很吃惊，我看见过你们无数次，又有无数次差点儿和你们相遇。有好几次，当你们的马车驶过的时候，我急忙躲进商店，不让你们看见，还有，我住在邦德街，几乎每天都能看见你们当中的某一位。因为不愿意让你们见到我，我时时都保持警惕，所以我们才会在那么长的一段时间里都没碰面。我也尽可能回避米德尔顿夫妇，回避我们双方可能认识的其他任何人。但是，我不知道米德尔顿夫妇到城里来了，竟然意外地遇见了约翰·米德尔顿爵士，时间应该是他们进城的当天，也就是我去詹宁斯太太家留下名片的第二天。他邀请我晚上去他家参加一个舞会，如果他没有告诉我你们姊妹都要去的话，我一定会去的。第二天早上，我又收到了玛丽安的一封短信，字里行间仍然是那么深情、率真，毫不做作，充满了信任，这让我的行为显得更可恨。我曾经想回信，但一句话也写不出来，从那时起我就无时无刻不想念着玛丽安。如果你同情我，就请你理解我当时的处境吧！我全身心地思念着你妹妹，但却不得不充当另外一个女子的亲密爱人！那三四个星期是我一生中最难过的日子。那天晚上我们终于不期而遇了，我伤害了一个多么可爱的人啊！那是个多么痛苦的夜晚！一边是天使般美丽的玛丽安，用那样温柔的声音呼唤着我的名字。啊！上帝！她向我伸出手，一双迷人的眼睛焦急地望着

我，要我做出解释。而另一边是如恶魔般嫉妒的索菲亚……哎呀！说这些干什么，现在一切都过去了。那晚我只想尽快逃走，但我走之前还看了玛丽安一眼，她脸色惨白，像个死人般，这就是我看到她最后的一眼，她留在我脑海中的最后样子，简直太可怕了！可是今天，当我想到玛丽安真的要死去时，当我往这里来的时候，仿佛玛丽安又出现在我眼前，不断地出现，还是那个样子，还是那种死人般惨白的脸色。"

而后是一阵短暂的沉默，两人都思绪万千。威洛比首先从沉思中惊醒，说：

"让我赶快说完，然后离开这里吧！你妹妹确定脱离危险了吗？"

"我们确信她脱离危险了。"

"你那可怜的母亲知道这个消息吗？她向来是那样的溺爱玛丽安。"

"可是，威洛比先生，你对那封信，你自己写的那封信，有什么要解释的吗？"

"没错！我要特别加以解释。你知道，那晚之后的第二天早上，你妹妹又写了一封信给我，你一定已经知道信的内容了。当时，我正在埃利森夫妇家吃早饭，我的所有信件都从我的住所送到了那里。索菲亚首先注意到了玛丽安的信，信封的尺寸、纸张的精致、秀丽的笔迹立即使她起了疑心。在此以前，有传言说我在德文郡和一位年轻的小姐相爱，索菲亚早就有所耳闻，而她在头一天晚上看到的情况显示，她知道了那位年轻的小姐长什么模样，这时她比以往任何时候都更加嫉妒。因此，她假装开玩笑（那是恋爱中的女人很喜欢玩的把戏），拆开信读了起来，不过，她的无礼行为马上得到了报复，因为她读到了使她痛苦的东西。我可以无视索菲亚的痛苦，但却不能不理会她的恶意，无论如何我必须让它平息，简单地说，你觉得我妻子写信的文笔如何？文

雅、细腻，充满真正的女人味，不是吗?"

"你妻子的! 但那封信是你的笔迹呀!"

"是! 但我只是恭顺地抄写了一遍而已，并签上了我的名字，我感到羞愧。信是索菲亚写的，她用礼貌的措词表达了她自己的想法，她因此得意洋洋。但我当时有什么办法? 我们订婚了，一切都在准备之中，结婚的日子几乎定下来了——我现在觉得自己说起话来像个笨蛋，什么准备、日子，不过都是借口! 我还是直说吧! 我需要她的钱，当时我的境况是为了不使关系破裂，什么事都干得出来的。说穿了是无论我回信的措词隐含着什么意思，无论玛丽安和她的朋友们怎么看我的人品，这些又有什么关系呢? 总之，我的行为只会产生一种结果: 我承认自己是个混蛋，至于怎么做的无关紧要。当我漫不经心地抄写回信并和玛丽安的几件信物告别的时候，心里暗想: '我永远失去她们了，再也不可能和她们有什么交往了，她们绝对会把我看成无耻之徒，只会认为我是个烂人。'玛丽安写给我的三封信和她的那绺头发，全放在我的皮夹子里，但我不得不把信件交出来，甚至不能吻一下，而那绺头发则被那位女士愤恨地搜查出来了。啊! 那亲爱的头发——所有的信物，都被她拿走了。"

埃丽诺严肃地说，但语调中却自然地流露出了对他的同情:

"你错了，你太应该受到责备了! 你不应该用这样的语气说话，无论你谈论的是威洛比夫人还是我妹妹，一切都是你自己的选择，并没有人强加于你，你这是自作自受。但是，至少你妻子有权要求你以礼相待，有权要求你尊重她，她一定爱你，否则不会和你结婚的。不好好地对待她，轻蔑地谈论她，这并不能弥补你对玛丽安犯下的过错，我认为也不能让你的良心得到解脱。"

威洛比深深地叹了口气: "请不要谈起我的妻子，她不值得你同情。我们结婚的时候，她知道我不爱她，但我们还是结婚了，随后去了库姆享受蜜月，然后又回到城里寻欢作乐。达什伍德小

姐，现在你是同情我呢？还是我所说的根本毫无用处？你认为，我的罪过减轻一点了吗？有时候，我的愿望并非总是卑劣的。"

"你的确减轻了一点罪过。总之，你并不像我原来认为的那么卑劣，你的心还没那么恶毒，不过，我不知道你也遭到了不幸，你太不幸了。"

"你妹妹康复后，你能把我对你说的话转告她吗？请让我在她的心目中像在你的心目中一样，也稍稍减轻一点罪过吧！你说她已经宽恕我了，那么，请答应我，把这些告诉她，让她更了解我的心，了解我的真实感情，让我能得到她出自本能的感情，也能得到她充满温情的原谅，而不是基于宽宏大量的宽恕。请告诉她我的痛苦和忏悔，请告诉她我的心从来都是忠于她的，如果你愿意，请告诉她此刻的我比以往任何时候都更爱她。"

"我一定把那些对你来说可以让你减轻一点罪过的事告诉她。但是，到现在你还没有跟我解释你今天为什么要来这里，也没有解释你是怎么得知她生病的。"

"昨天晚上，在特鲁利剧院的休息厅里，我偶然碰见了约翰·米德尔顿爵士。当他看见我后，竟跟我说起话来，这完全出乎我意料，而这是近两个月来的第一次，因为自从我结婚后他就和我绝交了，对此我并不感到惊讶和怨恨。当时，这个善良诚实而头脑糊涂的人，怀着对我的愤怒和对你妹妹的关心，把他认为会让我的良心感到不安的事告诉了我。他直截了当地说：'玛丽安·达什伍德在克利夫兰得了斑疹伤寒，生命垂危，上午收到詹宁斯太太的一封信，说她危在旦夕，把帕尔默夫妇吓跑了……'听到这个消息，我大为震惊，我无法装出一副无动于衷的样子，就连迟钝的约翰·米德尔顿爵士也察觉到这一点。他见我痛苦模样，心也软了下来，对我的敌意也减少了几分，甚至在分别时还差一点跟我握了手，他还提醒我不要忘了曾经答应过送给他一只小猎犬的事。得知你妹妹生命垂危，而且在她生命的最后时刻依然认为

我是世上最大的混蛋，蔑视我，仇恨我，我心里是什么滋味呀？我又怎么知道，她是不是认为我对她的行为完全是基于某种卑鄙的动机呢？我深信只有一个人能帮助我，那就是你。我立即决定到这里来，今天早上八点就坐上马车。"

埃丽诺没有回答，陷入了沉思之中。一个才貌出众的人，生性坦率诚实、多情善感，却因过早独立生活，而养成游手好闲、放荡、奢侈的习惯，对他的心灵、品格和幸福造成了不可弥补的影响，使他变得放荡、虚荣，而放荡虚荣又使他变得冷漠、自私。因为虚荣，他不惜损害别人来满足自己可耻的欲望，而当他真正堕入情网时，对奢侈的追逐又要求他牺牲爱情。可以说，所有使他犯下过错的不良思想，也让他受到了惩罚。他不顾自己的良心、感情和幸福，毅然抛弃了爱情，但这种爱情却支配了他的全部思想，而他毫不犹豫地追求的婚姻，对她妹妹造成了极大痛苦，如今看来，事情已无可挽回，对他来说更是一种无法弥补的不幸。威洛比的话把埃丽诺从沉思中拉回到了现实，他站起来准备走了。

"我待在这里已毫无用处，我该走了。"

"回城里吗？"

"去库姆，我去那儿办点事，过两天再回城里。再见。"

威洛比伸出手，埃丽诺不能拒绝，他亲切地握紧了她的手。

"你现在对我的看法真的比以前好多了吗？"

他说着松开她的手，斜靠着壁炉，似乎忘了要离开。

埃丽诺肯定地表示确实是这样，同时表示原谅他、同情他、祝福他，甚至对他的幸福表示了关心——就如何得到幸福，对他的行为提出了温柔的忠告，而威洛比的回答却显得他自己对此不抱希望。

"至于这一点，我现在是得过且过，根本谈不上什么家庭幸福。不过，如果你们能让我觉得有人在关心我的行为和命运的话，这会成为我生存的一种动力，会让我时时告诫自己。当然，我永

远地失去玛丽安了，如果我能重新获得自由的话……"

埃丽诺用责备打断了他的话。

"那么，让我们再说一声再见吧！我要走了，只是今后最害怕听到一件事。"

"你指什么？"

"你妹妹的婚事。"

"这太离谱了，你已经永远地失去她了。"

"但别人会得到她的芳心。如果那个人偏偏是我最不能容忍的人……我无法再待下去了。我不能让你知道我最不能原谅的人竟是被我伤害最深的人，且以此来换取你的同情。再见，上帝保佑你！"

说罢，他几乎是跑着离开了客厅。

## 45

在威洛比走后，甚至在他的马车声消失以后好长一段时间，埃丽诺仍然沉浸在纷繁的思绪中，以至于忘记了她妹妹。

威洛比——半小时前还令她深恶痛绝的最卑劣的人，尽管有千错万错，但是这些过错已使他遭受到痛苦的折磨，也多少引起了她对他的同情和怜悯，因此，当她想到从此以后他和她们家再无任何关系时，心中不免感到了一丝遗憾和惆怅。但是，她很快意识到，自己之所以会产生这种感情，完全是因为威洛比的愿望，而与他的品行优劣无关。埃丽诺发现，一些无关紧要的细节，却左右了她的看法，其中包括他那英俊的外表和坦率、多情的性格——其实这算不上什么优点；以及他对玛丽安仍有强烈的爱——其实沉迷于其中甚至不能算无辜。经过很长一段时间，埃丽诺才感到这种对自己看法的影响稍稍减弱。

最后，埃丽诺回到玛丽安身边，发现她刚好醒来，舒服地睡了一觉之后已使她的精神恢复了许多。埃丽诺思绪万千，过去的事——威洛比的来访、现在的事——玛丽安的脱离危险、将来的事——母亲的到来，这一切使她情绪激动，丝毫没有疲劳之感，只是担心不小心向妹妹泄漏了实情。不过，在威洛比走后不到半个小时，又传来了一辆马车的声音，埃丽诺再次奔下楼，她知道一定是妈妈来了。为了不使母亲多忍受一秒钟的痛苦，她立即跑进大厅，而母亲刚好进门。

达什伍德太太一路上提心吊胆，甚至认定玛丽安已经不在人世了，连话都说不出来。埃丽诺不等母亲开口询问，立即告诉了她令人欣慰的消息，向来容易激动的母亲一下子兴奋得不知如何是好，就像她之前被吓得不知所措一样。她在女儿和布兰登上校的搀扶下走进客厅，流下了喜悦的泪水，尽管她仍然说不出话来。她一遍又一遍地拥抱埃丽诺，并不时转过身去紧握布兰登上校的手，目光中充满对上校的无限感激，同时也表示她深信上校也在分享此刻的幸福，不过，上校分享这种幸福时表现得比达什伍德太太更加沉默。

达什伍德太太平静下来后，第一个愿望就是去看望玛丽安，于是两分钟之内她就和自己亲爱的孩子在一起了，因为分离、不幸和危险，玛丽安对她来说比任何时候都更加宝贝。因为玛丽安的身体还很虚弱，需要安静地休养，大家的快乐情绪都表现得比较克制。达什伍德太太坚决要整夜守在玛丽安身边，埃丽诺依从了母亲的愿望，然后睡觉去了。

埃丽诺已经一天一夜未合眼了，再加上好几个小时都是在焦急中度过的，因此她太需要好好休息一下了，但她仍感到很兴奋，根本无法平静下来。

威洛比不断出现在她的脑海中，"可怜的威洛比"——她现在允许自己这样称呼他了，并时而责备自己以前不该苛责他，时而

又觉得自己做得没错。而让埃丽诺感到十分为难的是，她已答应把他的话转告给妹妹，但却担心这会对玛丽安产生影响。

她害怕这么一解释，会影响玛丽安将来的幸福，一时之间，埃丽诺甚至希望威洛比成为一个鳏夫，但是她马上想起了布兰登上校，内心深感自责。埃丽诺清醒地意识到，玛丽安应该对布兰登上校的不幸和忠实给予报答，而根本不应该对他的情敌——威洛比的不幸和忠实给予任何回报，于是埃丽诺又真心希望威洛比太太不要死去。

因为达什伍德太太之前就知道玛丽安生病了，虽然埃丽诺在信中说得并不严重，但她已经有些心神不宁了，因此，当布兰登上校赶到巴顿时，所引起的震惊并没有想象中的剧烈，她原本就打算当天出发到克利夫兰。在布兰登上校尚未到达之前，她就做好了准备，凯里夫妇随时会来将玛格丽特接走，因为她不想把玛格丽特带到一个可能会被传染的地方。

玛丽安的病情每天都在好转，达什伍德太太处于万分快乐之中，并宣称自己是世上最幸福的母亲。埃丽诺听着母亲的话，看着她喜悦的神情，有时难免想到，母亲是否还记得她和爱德华之间的事。事实上，埃丽诺在给母亲的信中对自己的失落心情只是轻描淡写，达什伍德太太对此深信不疑，因而只想着那些能使她更加快乐的事。玛丽安度过了危险，再次回到亲人身边，达什伍德太太的确应该感到高兴，同时她开始意识到，当初因为自己的错误判断而鼓励玛丽安和威洛比恋爱，才使玛丽安陷入不幸，还险些使她丢了性命。埃丽诺没有想到，除了玛丽安逐渐康复这件事，她母亲之所以如此高兴还有其他的原因。

当母女两人可以私下交谈的时候，达什伍德太太对埃丽诺说：

"埃丽诺，你还不知道我为何快乐呢！布兰登上校爱上了玛丽安，这是他亲口对我说的。"

埃丽诺没有说话，专注地听着母亲讲，时而高兴，时而难过，

时而讶异，又时而平静。

"亲爱的埃丽诺，你从来都不像我，遇事总是很镇定。我确信布兰登上校和你们姊妹中的任何一个结婚都是很棒的一件事，而且我认为，玛丽安和他在一起会更幸福。"

埃丽诺不想问母亲这样认为的理由，因为母亲完全不能根据她和妹妹的年龄、性格和感情等方面进行分析，并说出任何理由，母亲总是自由联想她认为有趣的事情，因此她没有提问，只是淡淡一笑。

"昨天我们赶路的时候，上校把他的心里话都告诉了我，相当突然，也相当意外。一路上我开口闭口都在谈论我的孩子，而上校也掩饰不住自己的悲伤，我发现他的痛苦和我的一样强烈。我猜测，也许他认为纯粹的友谊不该怀有这样深切的同情，或许他什么都没想，而是无法抑制他的感情，把他对玛丽安的诚挚、温柔和忠贞的爱情告诉了我。他爱她，他从第一眼看见玛丽安的那一刻起就爱上她了。"

埃丽诺这才发现，并不是布兰登上校说了什么、表白了什么，而是她母亲又像往常一样，运用她那丰富的想象力，把事情按照她自己的意愿想象成自己所希望的样子。

"上校对玛丽安的爱，远远超过了威洛比那真假难辨的爱，他的爱热烈得多，更真诚、更专一。在明知玛丽安爱上了那个卑鄙的年轻人之后，他依然爱她，依然无怨无悔地爱着她，他的心多么高贵啊！多么坦率、真诚啊！他不会欺骗任何人的。"

"布兰登上校的出色人品是众所周知的。"

她母亲严肃地回答："我知道，如果不是这样的话，在有了前车之鉴后，我是不会鼓励这样的爱情的，甚至也不会为此感到高兴。可是上校如此真诚、友善地来接我，足以证明他是个高尚的人。"

"他的人品并不仅仅表现在一件好事上，即使不是基于对玛丽

安的爱情，他的人道主义也会促使他这样做的。詹宁斯太太、米德尔顿夫妇长期以来就和他交往密切，他们一直都很喜爱他、敬重他，至于我本人，虽然最近才了解他，但我非常钦佩他、尊敬他。如果玛丽安和他在一起能够幸福的话，我会和你一样高兴，这件婚事将是我们家最幸运的事。对了，你是怎么回答他的？你给他希望了吗？"

"哎呀！亲爱的，在当时的那种情况下，我还能谈什么希望，你要知道，玛丽安那时正奄奄一息呢！事实上，上校并没有请求我给予他希望或鼓励，只是他信任我，他向我抒发了内心不可抑制的感情，而不是向一个母亲提出请求。可是，过了一段时间，我倒是跟他说，如果玛丽安还活着（我相信她会的），我的最大快乐就是促成他们的婚事。自从我们到达这里，得知玛丽安脱离危险的消息后，我向他重申了我的希望，并设法鼓励他。我告诉他，只要短短的一段时间，一切问题都会解决的。玛丽安的心不会永远浪费在威洛比这样的人身上，上校的优点一定能很快赢得她的心。"

"不过，从上校的情绪来看，他并不像你一样乐观。"

"上校认为玛丽安的感情陷得太深，经过很长时间也难以有所改变，而且他非常缺乏自信，甚至悲观地认为，即使玛丽安从失恋中解脱了，但他们两人的年龄和性格上相差太大，恐怕也不能使玛丽安喜欢上他。但在这一点上，他完全错了。他和玛丽安的年龄差距大正好是个有利条件，说明他的性格定型了，而我深信他的性格绝对是可以让你妹妹感到幸福的那种。而且他的相貌、举止也不错，我并不是因为偏爱而变得盲目，他的确不如威洛比英俊，但他的神情中有一种更讨人喜欢的气质。不知道你记不记得，威洛比的眼神里常常有一种我不喜欢的神情。"

埃丽诺并不记得有这么回事，但母亲没等她回答又接着说：

"在我看来，上校的举止，不仅比威洛比的更讨人喜欢，而且

能吸引玛丽安。上校有礼貌，关心他人，为人正直，富有男子气概，而威洛比的言谈举止矫揉造作、不合时宜，两相比较之下，上校和玛丽安的真实性格更合适、和谐得多。我敢肯定，即使威洛比真的讨人喜欢，而不是像他的行为实际证明的那样，玛丽安和他结婚也不会像和布兰登上校结婚那样幸福。"

埃丽诺并不完全赞同母亲的意见，但达什伍德太太没听见她的反对意见，就已感到满意了。

"我住在巴顿，玛丽安住在德拉福德，两地相距并不远，更何况我听说那是个大村子，附近一定会有像我们现在住的这种小房子或别墅，也适合我们居住。"

可怜的埃丽诺，又一个要她去德拉福德的新计划！

"还有他的财产！你知道，人人都关心这一点，尤其是到了我这个年纪。尽管我不知道也不想知道他究竟有多少财产，但我敢肯定那个数目一定很大。"

因为有人进来了，打断了她们的谈话，于是埃丽诺离开了，打算好好考虑这件事。她祝愿布兰登上校能够获得成功，但同时又情不自禁地为威洛比感到痛苦。

## 46

虽然玛丽安的病情很严重，但是发病的时间并不长，再加上年轻、体质好，并有母亲的细心照护，她的身体痊愈得非常顺利，在她母亲到达的第四天，她已经能走进帕尔默夫人的化妆室了。在玛丽安的请求下，布兰登上校来看望她，她急切地就上校把她母亲接来一事向他表达了感激之意。

上校走进化妆室，看到玛丽安形容憔悴，当接过她伸出来的苍白的手时，他显得异常激动。埃丽诺猜测，他的激动一定不仅

仅是因为他对玛丽安的爱，也不仅仅是他意识到别人已经知道了他的爱情所向，因为埃丽诺很快从玛丽安忧郁的眼神和变化的神情中发现，因为玛丽安与伊丽莎太像了，此刻上校的脑海里一定浮现出许多过去不幸的情景，加上玛丽安凹陷的眼睛、苍白的皮肤、孱弱的身体、感激的热情，进一步强化了那不幸的情景。

对于眼前的景象，达什伍德太太也注意到了，但她的想法和埃丽诺的却大不相同。对于上校的举动，她认为不过是感情的自然流露，而对于玛丽安的言谈举止，她确信已经萌发了一种超乎感激之情的情愫。

又过了一两天，玛丽安的身体明显好多了，达什伍德太太开始说起回巴顿的事。经过商议，在布兰登上校和詹宁斯太太的请求下，达什伍德太太同意乘坐上校的马车回家，这可以让玛丽安在旅途中舒适一些，而在达什伍德太太和詹宁斯太太的邀请下，上校高兴地答应在几星期内去巴顿别墅拜访。詹宁斯太太生性热情、善良，不仅自己殷勤好客，而且还代别人表示殷勤好客之情。

离别的日子到了，玛丽安向詹宁斯太太做了一次长长的特别道别，那是一个真诚的、充满感激和敬意的祝福，由此看来她已意识到自己过去在礼貌上的疏忽。然后，她以朋友般的热诚向布兰登上校道别。在上校小心翼翼的搀扶下，玛丽安上了马车，然后达什伍德太太和埃丽诺也上了车。达什伍德母女启程后，布兰登上校和詹宁斯太太谈论了她们一会儿，紧接着也告别了，詹宁斯太太离开了克利夫兰，布兰登上校则回德拉福德去了。

达什伍德母女走了两天之后，玛丽安经受了颠簸的旅途但没有感到特别疲劳，一路上大家对她亲切爱抚、关怀备至，尽一切可能让她感到舒适，也从她身体的舒适和心情的平静中得到了莫大安慰。对于埃丽诺来说，曾经目睹玛丽安长期备受痛苦的煎熬，现在看到妹妹心定神静，她感到格外高兴，并相信这是经过认真思考的结果，最后必将让妹妹感到满意和快乐。

接近巴顿的时候，一些熟悉的景色缓缓映入眼帘，那里的每一片土地、每一棵树木都有着一段痛楚的回忆，玛丽安变得沉默了起来，她转过脸，出神地凝视着窗外，对此埃丽诺既不讶异也没有责备。当埃丽诺搀扶妹妹下车时，发现玛丽安一直在流泪，她认为这是一种很自然的感情流露，不禁心生爱怜之情，而玛丽安克制着情绪默默流泪这一行为，令埃丽诺极为赞赏。在此以后，玛丽安的言行可以说完全听从了理性的支配。她们一走进起居室，玛丽安就以坚定的目光环视四周，似乎决心立即要让自己习惯于会联想起威洛比的所有东西。玛丽安很少说话，但她努力快乐地表达每一句话，尽管她有时抑制不住发出一声叹息，但随即总要代之以笑容。晚饭后，她想弹钢琴，第一眼看到的是一部歌剧乐谱，那是威洛比帮她找来的，里面有一些他们喜欢的二重唱，封面还有他亲笔写下的她的名字，她摇摇头，把乐谱放到一边。弹奏了一会儿后，她抱怨指力太弱，便合上了琴盖，不过，她坚定地表示以后要多加练习。

第二天早上，玛丽安仍保持着这种理性。经过休息，她的身心状况都十分良好，言谈举止显得更有精神了。她想象着玛格丽特回家后全家人团聚的快乐，还谈到大家共同的消遣和娱乐，并把这些说成是唯一值得期待的乐事。

"等天气放晴，我的体力也恢复了之后，我们每天一起散步，走到很远的地方去，我们要到丘陵那边的农舍里看看孩子们怎么样了，要到约翰·米德尔顿爵士在巴顿和艾比兰新种的植物园去，还要常到普顿奥利的遗址去，去探索它的地基原貌，我们会很快乐的，一定会度过一个愉快的夏天。我已经订了一个计划，我决定要好好学习一番，每天六点之前要起床，一直到吃晚饭前的这段时间，我的全部精力都要练习钢琴、唱歌或读书。我们自己的书房里除了消遣之类的书籍外，已经没有什么可读的了，但是巴顿庄园有许多书值得一读，还有，从布兰登上校那里可以借到一

些现代作品。只要我每天坚持读六个小时的书，一年内就能获得大量的知识，而这些是我现在觉得很欠缺的。"

埃丽诺对妹妹制定的这一计划感到很佩服。过去很长一段时间里，玛丽安都陷入无精打采、自怨自艾的状态中，而现在又走向另一个极端，打算完全置身于理性的学习和自我克制之中，想到这些，埃丽诺有些忍俊不禁。可是，当埃丽诺想起自己对威洛比的诺言，又不禁叹了口气，她十分担心在告诉了玛丽安一些事情后，可能再度使她心神不宁，至少在一段时间内破坏这种忙碌而平静的生活，于是埃丽诺决定等妹妹身体康复之后再告诉她。

她们回到巴顿后天气一直不好，两三天之后，终于出现了一个温暖宜人的早上，达什伍德太太同意玛丽安在埃丽诺的搀扶下外出散步。

因为玛丽安身体还很虚弱，姊妹俩慢慢地走出家门。转到别墅后面，那座小山的全貌出现在她们眼前，玛丽安停下来，举目望着它，平静地说：

"那儿，就在那儿……"玛丽安一只手指着小山，"在那个山冈上，我摔倒了，第一次见到了威洛比。"

在说"威洛比"的名字时，她的声音低沉下来，但随即又恢复了正常，接着说：

"现在我可以平静地遥望那个地方，我很高兴！我们能谈论这件事吗？埃丽诺，我希望我现在可以理性地谈论这件事。"她有些迟疑地说。

埃丽诺温柔地鼓励她继续说下去。

"至于说到遗憾，所有与他有关的事，我现在已经完全没遗憾了。我不想跟你谈我以前对他的感情如何，而只想谈现在我的想法。目前，如果我能有理由认为他不是一直在做戏，不是一直在欺骗我的感情，我就感到很知足了，尤其是在听说了那个不幸的姑娘的遭遇后，如果他并不像我有时想象的那样卑劣的人……"

　　玛丽安顿住了，埃丽诺听到这番话感到很高兴，于是问道：

　　"如果你能有理由相信这一点，你真的会安心吗？"

　　"会！会让我的心情更加平静，因为不仅怀疑一个对我那么好的人竟然心怀不轨是可怕的，而且会显得我是个什么样的人啊？我会处于什么地位啊？要知道，只有最不体面、最不谨慎的爱情，才会让我处于……"

　　"那么，你是如何解释他的行为的呢？"

　　"我想把他的行为看作……如果能想成只是缺乏定性，非常非常的缺乏定性，我会很高兴啊！"

　　埃丽诺没有说话，她正在考虑，是马上告诉她，还是等到她身体更健康一些以后再告诉他。姊妹俩默默地走了好几分钟。

　　"我的意思并不是说希望他的行为原本有多好，当他回想起来一定也不愉快，而我希望他回想起这段往事来不要比我痛苦。"最后玛丽安叹口气说。

　　"你比较过你自己的行为和他的行为吗？"

　　"没有，但是我把自己的实际行为和应当表现出来的理性行为做了比较，并和你的行为做了比较。"

　　"我们的处境并没有多少相似之处啊！"

　　"和我们的行为比较起来，我们的处境更为相似。亲爱的埃丽诺，对于那些你肯定会责备的东西，不要好心地为我辩解了，因为在患病期间我已经认真、平静地思考过了。仔细回想过去，自从去年秋天与威洛比相识的时候开始，我所表现出来的除了轻率的行为和对别人不友好的态度之外，就没有别的了；因为感情的不幸让我万分痛苦，而面对痛苦我又缺乏坚强，几乎把我送进了坟墓。我很清楚，我的病完全是自作自受，因为甚至在知道自己错了的时候，仍然毫不顾自己的身体，如果我死了，那是自取灭亡。但是，当我这样思考以后，病情竟逐渐好转，我对自己的康复感到讶异，那是因为我渴望活下去，渴望向上帝、向你们补偿我的罪过，这强烈的愿望让我活了下来。天哪，如果我死了，会给你——我的照顾者、朋友和姊姊，带来多大的痛苦啊！你看到了我在那段日子里所有表现出来的烦躁、自私的行为，你了解我的一切胡思乱想，我会在你的记忆中留下怎样的形象啊？还有我们的母亲，你怎么安慰她啊！我无法表达自己是多么痛恨自己。每当回想过去，我都会看到被我忽视的义务、被纵容的缺点，我似乎伤害了每一个人。对詹宁斯太太的仁慈，我回报以轻蔑，简直就是忘恩负义；对米德尔顿夫妇、帕尔默夫妇、斯蒂尔姊妹，甚至对每一个交情一般的人，我都是傲慢无礼的、偏颇的，根本无视于他们的优点，对他们的礼貌竟以厌烦的态度相待；对约翰·达什伍德、芬妮——即使是对他们，我也没有表现应有的礼貌。而对你，尤其是对你，你受到我的无礼对待更甚于母亲，因为只有我了解你的心事，知道你的痛苦，可是这有什么用呢？并没有引起我的同情和怜悯。你为我树立了最好的榜样，可是这又有什么用呢？我有没有对你多关心一些呢？我有没有学习你的忍耐和克制力，为你分担一点礼貌性的应酬呢？没有！在知道你的不幸之后，我的行为依然故我，没有做任何努力去尽义务，也没表现出友爱之情。我向来都只想着自己的痛苦，从不考虑别人的痛苦，尽管我自称对你充满无限的爱，但却时常让你为我痛苦。"

对于妹妹的自责和悔悟，埃丽诺立即真诚地给予了称赞和鼓励。玛丽安紧握着姊姊的手回答说：

"你太好了！未来一定会为我作证的，我已经制定了计划，如果我能坚持，我就能克制自己的感情、改善自己的脾气，它们将不再使别人感到烦恼，也不再折磨我自己了。从今以后，我将只为我的家人活着，对我来说，你、妈妈和玛格丽特就是我的整个世界，你们将分享我全部的爱，永远不会有什么能让我离开你们，离开我们的家。如果我去参与社交活动，表示我的态度已变得谦恭、我的心灵已得到洗涤，我能做到保持温良恭俭让的礼貌。对

于威洛比，如果说我很快就能忘掉他，那是假话，无论环境和看法如何改变，都不能让我忘记他，但这种感情将受到控制，将为信仰、理性和忙碌所遏止。"玛丽安停顿了一下，接着小声补充说："如果我能了解他的心，那么，一切都将变得更容易接受了。"

埃丽诺一直在考虑是否冒险告诉玛丽安，听到这番话后，她马上做出了决定。埃丽诺简要、如实地叙述了威洛比为自己辩解的几点理由，恰如其分地传达了他的悔恨，而只是轻描淡写地谈及他现在还爱她。玛丽安默默地听着，眼睛直盯着地面，浑身发抖，嘴唇比生病时还要苍白，她心中有上千个疑问，但一个也没有问。玛丽安仔细地听着每一个字，心脏剧烈地跳动，她的手不由自主地紧紧抓住了姊姊的手，已是泪流满面。

埃丽诺怕玛丽安太疲劳了，扶着她往家里走。尽管玛丽安一直没问什么，但埃丽诺知道她对什么事感兴趣，因而一路上都在说威洛比及他们之间的谈话。她们刚一回家，玛丽安就感激地亲吻了一下姊姊，哭泣着说了句"告诉妈妈"，然后慢慢地朝楼上走去。玛丽安现在有理由独自静静地思考了，埃丽诺不会去打扰她，只担心这番话究竟会造成什么后果。埃丽诺决定，如果玛丽安没有勇气重提此事，她会主动提起这个话题，她想着走进客厅，去做玛丽安吩咐她做的事情。

## 47

达什伍德太太听了威洛比的辩解和告白，她为他能够开脱一部分罪过而感到高兴，同时为他感到愧惜，也祝他幸福，但是，过去的感情已经不复存在，没有什么能使他再次获得完全的信任，没有什么能使人忘记玛丽安因他而遭受的痛苦，也没有什么能够洗刷他对伊丽莎犯下的罪行，因此，任何事情都不能使威洛比重

新得到达什伍德太太的敬意，同时任何事情也损害不了布兰登上校的利益。

如果达什伍德太太能够亲耳听到威洛比的辩解，亲眼看到他那痛苦的样子，受到他的神情举止的感染，她可能会更加同情他，但是，要让埃丽诺去唤起别人产生她曾经感受到的那种感情，她既没有这个能力，也没有这个愿望，她只想简单、如实地说明事情真相。

晚上，她们在一起的时候，玛丽安坐在那里忐忑不安，然后主动说起了威洛比，不过她的脸涨得通红，声音颤抖。

"希望你们相信，我明白了所有的事，就像你们希望的那样。"玛丽安说。

达什伍德太太马上想去安慰玛丽安，但被埃丽诺的神情阻止了，她很想听听妹妹的看法。玛丽安缓缓地说：

"埃丽诺今天早上告诉我的事，对我来说是极大的安慰，我已经听到了我想要听到的事。"

她的声音有些哽咽，但她很快又镇定下来，更冷静地继续说：

"我现在完全满意了。事实上，我并不指望有什么变化，在知道那些事后，我和他在一起是永远不会幸福的，我不会信任他、尊重他，因为那些事不会从我的头脑中消除。"

"这我知道，我知道！和一个放荡的人在一起会幸福吗？和一个严重伤害了我们最亲爱的朋友也是世上最好的男人的人在一起会幸福吗？这样的人是不能让我的玛丽安幸福的！"她母亲大声说。

玛丽安叹了口气，只是重复说："我并不指望有什么变化。"

埃丽诺说："你这样思考问题，正像一个有头脑、有见识的人思考问题，而且我相信，在这一点及其他许多方面，你和我一样都充分认识到，如果你和他结婚，一定会使你陷入大麻烦和失望之中。他对你的感情会反复无常，也不会顾及养家，你会永远贫

穷，连他自己也承认他挥霍无度，而他的全部行为说明他根本不懂得什么叫做'克己'。他对金钱的需求，加上你缺乏生活经验，依靠那么一点点收入，一定会带来许多苦难，而且这种苦难不会因为你以前不知道或完全没想到而减轻几分。我知道，当你意识到自己的艰难处境时，你的自尊会促使你尽可能节约，哪怕你自己缩衣节食也不会有任何抱怨，但是，对于阻止在你们结婚前就已开始的经济崩溃，单单依靠你一个人的努力能有什么作用呢？另外，如果你试图节制他的享乐，难道你就不担心，结果不是你说服他放弃享乐，而是他开始厌恶你，并对使他陷入困境的婚姻感到后悔吗？"

玛丽安的嘴唇不停地颤动，她反复说着"自私"这个词，那语气仿佛是说："你真的认为他自私吗？"

埃丽诺回答："他的全部行为，自始至终都是建立在自私的基础上的，包括你和他之间这件事。因为自私，他先是玩弄你的感情；因为自私，当他后来决定向你求婚时又迟迟不肯表白；因为自私，最后他离开了巴顿。他自己的享乐，或者说他自己的奢侈生活，在任何情况下都是他高于一切的人生原则。"

"没错，他从来没把我的幸福放在心上。"

埃丽诺接下去说："现在，他对自己做过的事感到懊悔了，为什么呢？因为他发现这样做没有使他感到心满意足，没有让他感到幸福，事实上，他的境况并不窘迫——他遭受的不是这样的不幸，他只是觉得他所娶的女人性情不如你温柔、可爱，但这就意味着他和你结婚就会幸福吗？不幸之处是不一样的，那时他就会因为缺少金钱而感到痛苦，而因为他现在的婚姻并不存在这个问题，他才会认为无所谓。如果你们结了婚，他会拥有一个在性情上无可指责的妻子，但他会总是觉得缺钱，总是觉得贫困，很有可能他很快就会认为，对家庭幸福来说，一笔丰厚的产业比一个只是性情温柔可爱的妻子重要得多。"

玛丽安说："我同意，一切都是因为我的愚蠢造成的，我也没有什么好懊悔的。"

达什伍德太太说："还不如埋怨你母亲的轻率吧！我的孩子，我是应该负责任的。"

玛丽安不愿意母亲说下去，她不想让母亲感到自责。埃丽诺高兴地看到她们都认识到了自己的错误，为了继续话题，她决定不再谈论妹妹和威洛比之间的事，以免减低妹妹的兴致。

埃丽诺说："我想，从整个事件可以得出一个结论，威洛比的一切罪过都起因于他最初对伊丽莎·威廉斯的不道德行为，这个罪过是他其他罪过的根源，也是他现在产生一切不满和抱怨的根源。"

玛丽安深有感触地赞同这个结论，而她们的母亲则基于友谊和愿望，马上热烈地列举了布兰登上校所受到的伤害和美德，可是玛丽安似乎都没有留意听她说的话。

正像埃丽诺预料的那样，在之后的两三天里，玛丽安并没有像过去那样继续恢复体力，但是她仍然努力表现得愉快和轻松，显示她的决心并未动摇，这使埃丽诺坚信，随着时间的推移，她的身心很快就会康复的。

玛格丽特回来了，一家人又团聚一起，恢复了过去平静的生活。

埃丽诺开始迫不及待地希望得到爱德华的消息。自从离开伦敦后，她就没有听到过他的任何消息，甚至不知道他现在确切的行踪。因为玛丽安生病的缘故，埃丽诺与她哥哥有书信往来，约翰·达什伍德在第一封信里有这么一句话："……我们不知道爱德华的消息，也不敢对这样一个忌讳的话题询问什么，不过我们猜测他还在牛津。"除此以外，她哥哥在以后的任何一封信中再也没有提到过爱德华。但是，埃丽诺一定会得到有关爱德华的消息的。

一天早上，她们家的男仆汤玛斯去埃克塞特办事，回来后在

伺候进餐的时候，达什伍德太太询问办事的结果，她感到很满意，而男仆在回答了女主人的问话后顺口说：

"太太，我想你已经知道了吧！费拉尔斯先生结婚了。"

玛丽安大吃一惊，眼睛直直地盯着埃丽诺，看到姊姊的脸色一下子变得惨白，瘫坐在椅子里，玛丽安顿时痛苦了起来，而达什伍德太太在回答仆人的询问时，眼睛茫然地看着同一个地方，当她从埃丽诺的脸色看出她非常痛苦的时候，不禁大为震惊，随即又见玛丽安悲痛的样子，一时之间，她简直不知所措，不知道应该照顾哪个孩子。

男仆只知道玛丽安小姐生病了，于是叫来了一个女仆，和达什伍德太太一起把玛丽安扶进了另一个房间。此时，玛丽安已经缓过来了，于是她母亲把她交给玛格丽特和女仆照料，自己回到埃丽诺身边。埃丽诺虽然心如乱麻，但已恢复了理智，能开口询问汤玛斯消息的来源了，但达什伍德太太马上抢了发问权。

"谁告诉你费拉尔斯先生结婚了？汤玛斯。"

"今天早上在埃克塞特，我看见费拉尔斯先生了，还有他的夫人，就是斯蒂尔小姐。他们乘坐一辆四轮马车，停在新伦敦旅馆门前，当时我正拿着巴顿庄园萨莉的一封信，替她送给她当邮差的兄弟。我走过那辆马车的时候，碰巧抬眼看了一下，看见了最年轻的那位斯蒂尔小姐。我摘下帽向她致意，她认出是我之后，跟我打了招呼，并问起了你，还问起了几位小姐，尤其是玛丽安小姐，她还吩咐我向你们转达她和费拉尔斯先生的问候，最衷心、最殷切的问候，并要我向你们转达他们非常抱歉没有时间来看望你们，他说他们急着赶路，不过她说回来的时候一定来看望你们。"

"那么，她告诉你她结婚了吗？"

"是，太太，她笑着说一到了这儿她就改了姓。她一直是个和蔼可亲、心直口快的年轻女士，而且举止温文尔雅，于是我就祝

她幸福了。"

"费拉尔斯先生和她都在马车里吗?"

"是,太太,我看见他坐在车厢的后面,但他没有抬头看我,他从来就是一位言语不多的绅士。"

埃丽诺不难解释爱德华为什么没有露面,达什伍德太太也可能找到了同样的解释。

"马车里没有别人吗?"

"没有,只有他们两人。"

"你知道他们从哪儿来的吗?"

"他们从城里来的,露西小姐——费拉尔斯夫人是这样告诉我的。"

"他们打算继续往西走吗?"

"是,但不是要到很远的地方去,他们很快就会回来,那时候一定会来这里。"

达什伍德太太看着女儿,可是埃丽诺心里很清楚,他们是不会来的。从这个消息中,她更清楚地认识了露西这个人,而且她相信爱德华永远不会再接近她们了。她轻声对母亲说,他们可能去了普利茅斯附近的普拉特先生的家。

汤玛斯的话似乎说完了,不过看起来埃丽诺还想听到更多一些消息,于是她母亲继续询问。

"你看见他们出发了吗?"

"没有,太太,马刚刚牵来,我不能耽搁太久了,担心误事。"

"费拉尔斯夫人好吗?"

"太太,她说她好极了。她是个非常漂亮的小姐,而且看起来非常心满意足的样子。"

达什伍德太太想不出别的问题了,于是吩咐汤玛斯把餐桌上的东西都撤走。玛丽安早已打发人来说她不想再吃什么,达什伍德太太和埃丽诺也没有了食欲,或许只有玛格丽特认为自己的日

子过得还算快乐，胃口不错，不像两个姊姊最近总是心神不定，动不动就不吃饭。

当水果和葡萄酒摆上桌的时候，只剩下达什伍德太太和埃丽诺两个人。她们长时间都处于沉思之中，达什伍德太太不敢发表任何评论，唯恐出言有失，也不敢贸然安慰女儿，担心适得其反。达什伍德太太此刻认识到，她过去相信埃丽诺的解释其实是完全错误的，因而感到自责。埃丽诺把一切说得轻描淡写，是为了不增添她的痛苦，因为当时她正为玛丽安的事感到悲伤，可是女儿的体贴却让她产生了误解，以为埃丽诺对爱德华的感情并没有多强烈。因为这个看法，她现在觉得自己一直以来对待埃丽诺是不公平的，是忽视的——不！几乎是不仁慈的，玛丽安的痛苦明显而强烈地流露出来，使她的柔情和关怀都倾注在玛丽安一个人身上，完全忘记了自己还有一个女儿埃丽诺，而这个女儿坚强地忍受着几乎同样强烈的痛苦。

## 48

埃丽诺现在发现，对于一件不幸的事，无论事前经过如何理性的思考，无论做好了怎样的心理准备，当它实际发生后给人带来的感觉是完全不一样的。事实上，她过去总是抱有一线希望，希望出现什么事，使爱德华不能和露西结婚，或说希望爱德华做出某种决定、朋友们从中斡旋、露西遇到其他良缘，从而使大家皆大欢喜。但是，爱德华现在结婚了，埃丽诺责备自己不该心存幻想，而幻想的破灭大大增加了她的痛苦。

爱德华竟然这么快就结婚了，甚至在他能够享有那笔牧师薪水前就结婚了，一开始确实使埃丽诺感到吃惊，不过她很快就想到，很可能是露西基于对自己利益的深谋远虑，宁愿不顾一切赶

快结婚，也不愿冒险耽搁下去。他们结了婚，在城里结了婚，现在正急着赶往她叔叔家里，而爱德华来到距离巴顿不过四英里的地方，看到了她母亲的男仆，听到了露西的话，他做何感想呢？

埃丽诺想，他们很快就会在德拉福德定居下来。德拉福德，这个那么多人希望她去的地方，这个她充满兴趣而又想躲避的地方！埃丽诺几乎已经看到，他们住在牧师住所里，露西既想要保持体面的漂亮外表又必须勤俭持家，同时还担心别人看出她在节俭，她继续千方百计地做着对自己有益的事，极力讨好布兰登上校、詹宁斯太太以及每一个有钱的朋友。埃丽诺想象不出爱德华是什么样子，她也不想看见，无论他是否幸福，这都不会使她感到高兴。

埃丽诺以为可以感到安慰的是，她们在伦敦的亲戚会写信告诉她们这件事，并且提供详情，但是日子一天天过去了，却没有收到任何来信。埃丽诺不知道该责怪谁，但对那里的每一位朋友都感到不满，认为他们不是没脑子就是太懒惰。

"妈妈，你什么时候写信给布兰登上校？"埃丽诺问道，她太急于想得到他们的消息了。

"亲爱的，我上个星期给他写了封信，我希望能再见到他，恳切地邀请他来巴顿做客，或许今天、明天，或是任何一天，他就会出现在我们面前。"

这让埃丽诺有了盼望，布兰登上校一定能带来一些消息。这时，一位骑马的男士吸引了埃丽诺的目光，她情不自禁地走到窗户前。那个人在她家门口勒住了马，是一位绅士，应该是布兰登上校，现在她可以听到更多的消息了，身体不禁颤抖起来。但是，这个人不是布兰登上校，既不是他那种风度，也没有他那么高大，如果可能的话，她会认为是爱德华。她仔细地看了看，他刚刚下马，她没有搞错，的确就是爱德华。埃丽诺离开窗边，坐了下来，心里对自己说："他特意从普拉特先生那儿来看望我们，我一定要

镇定，一定要控制住自己的情绪。"刹那间，埃丽诺发觉其他人同样意识到是怎么一回事，她看见母亲和玛丽安的脸色都变了，两人相互看了看，耳语了几句。此时此刻，她多么希望自己能说出话来，希望她们对他不要表现出冷淡和轻蔑的态度，可是她根本说不出话来，只好随她们自行其是了。

她们静静地等待着客人的出现。先是听到他走在砾石小道上的脚步声，一会儿，他进了走廊，又过了一会儿，他出现在她们面前。

爱德华走进房间时表情并不快乐，而且面色发白，局促不安，看起来他好像担心受到不好的对待。但是，达什伍德太太的行为像她女儿所希望的那样，她强作笑颜地迎上前去，把手伸给他，并祝他幸福。

爱德华的脸红了，结结巴巴地回答了一句，谁也听不懂他在说什么。埃丽诺的嘴唇动了动，心想应该和她母亲刚才所说的话一样，随后她希望自己也和他握握手，但是太晚了，爱德华已经坐了下来，于是她努力表现出坦率的态度，开始谈起了天气。

玛丽安坐得远远的，不让别人看到她悲痛的样子，玛格丽特了解一部分实情，她认为自己应该保持尊严，于是在离爱德华尽可能远的地方坐下，一言不发。

埃丽诺表示对于干燥的气候感到很高兴，之后出现了一段尴尬的沉默。达什伍德太太结束了这种局面，她希望爱德华离家时费拉尔斯太太一切都好，爱德华急忙给予了肯定的回答。

又是一阵尴尬的沉默。

埃丽诺虽然害怕自己的声音泄露她激动不安的心情，但她决意使自己振作起来，于是问道：

"费拉尔斯太太在朗斯特普尔吗？"

"不！我母亲在城里。"爱德华露出惊讶的神情。

"我的意思是——"埃丽诺说，同时从桌上胡乱拿起一件针线

活儿，"问候爱德华·费拉尔斯太太。"

埃丽诺不敢抬眼看，但她母亲和玛丽安都把目光投向了爱德华。爱德华的脸红红的，神情似乎很茫然，看起来疑惑不解。他迟疑了一会儿，说：

"也许你指的是……我弟弟……你指的是……罗伯特·费拉尔斯太太。"

"罗伯特·费拉尔斯太太！"

玛丽安和她母亲万分惊愕地重复着，而埃丽诺虽然说不出话来，但她带着同样惊讶的眼神盯着爱德华。爱德华猛地从座位上站起来，走到窗户前，显然不知所措，随手拿起放在那儿的剪刀，一边说话一边剪着剪刀的皮套，结果把两样东西都弄坏了。他急切地说：

"也许你们还不知道……你们可能还没听说，我弟弟最近和……和最年轻的……露西·斯蒂尔小姐结婚了。"

除埃丽诺外，他的话引起了所有人无法形容的惊愕反应。埃丽诺正埋头在针线活儿上，只感觉万分激动，头脑里一片空白。

"他们上个星期结的婚，现在在道利希。"

埃丽诺再也坐不住了，几乎是跑出了房间。门刚一关上，欢乐的眼泪就夺眶而出，她尽情地流泪，似乎这欢乐的泪水永远也流不尽。爱德华之前一直看着别的地方，这时他看见她急急忙忙地跑出去了，也许还看见——甚至听见——她的激动表现。之后，爱德华马上陷入沉思之中，无论达什伍德太太说什么、询问什么、慈爱地表示什么，都无法把他从沉思中唤醒。最后，他一言不发地离开了，他朝村子里走去，把惊讶和困惑留给了屋子里的人，任凭她们去猜测。

## 49

尽管爱德华解除婚约一事看起来不可思议，但他确实是自由了，而由此带来的好处所有人都不难推测了。

在经历了一种轻率的私订的婚约之后，在那个婚约失败的时候，爱德华需要的只是马上另订一个婚约。事实上，爱德华这次来巴顿的目的很简单，就是向埃丽诺求婚。照理说，在订婚这种事情上爱德华应该是有经验的，可他竟表现得惴惴不安，实在令人讶异。

不过，爱德华花了多久的时间做出决定，他是怎样表白的，又是怎样被接受的，这些都无需赘述。当爱德华到达巴顿三个小时后，大约四点钟的时候，他已经赢得了埃丽诺的心，并得到了她母亲的同意，他现在真正是世上最幸福的人了。爱德华的确是大喜过望，他得到的不仅仅是一个心满意足的婚约，更重要的是，他毫无自责地获得了自由，从一个长期使他痛苦的爱情纠葛中、从一个他早已不爱的女人那里彻底解脱了出来，而且马上得到了另一个女人的爱，而这原本是他一想起来就感到绝望的事，可以说，他从不幸的深渊一下子跃升到了幸福的巅峰。爱德华滔滔不绝地谈到这种变化，毫不掩饰内心的喜悦之情，这种表现是她们以前从未见过的。

他向埃丽诺敞开了心扉，承认了自己的弱点和错误，以一个二十四岁的人所具有的理性态度分析了自己和露西之间的幼稚恋情。

"这是我愚蠢轻率、不了解世事和无所事事的结果。我十八岁时脱离了普拉特先生的照管，如果我母亲能让我做点事情，我想——我敢肯定，这种事绝不会发生。尽管我离开朗斯特普尔时

很喜爱露西，但是，如果当时我有所追求，忙于其他事务而几个月见不到她，尤其是在进一步了解世事后，我很快就会摆脱这种幼稚的恋情。可是，我回到家却无所事事，自那时起整整十八个月的时间，既没有帮我选择一个职业，也不允许我自己选择任何职业，我甚至连大学都没读，直到十九岁才进入牛津。那个时候，我除了沉溺于幼稚的恋情中之外，完全无事可做，再加上我母亲没帮我安排个舒适的家，我没有朋友，和我弟弟合不来，讨厌结识新朋友，所以我自然经常去朗斯特普尔，在那里总觉得自由自在，而且总是受到欢迎。就这样，从十八岁到十九岁，我大部分时间都是在那里度过的。再说露西，她表现出的一切都是那么和蔼可亲、温文尔雅，长得也很漂亮，至少我当时是这么认为的，因为我很少接触其他的年轻女子，没办法做比较，看不出她有什么缺点。因此，尽管我们订婚这件事很愚蠢，但从当时的情况来看，这并不是一个不可宽恕的行为。"

仅仅几个小时，达什伍德母女的心情就发生了翻天覆地的变化，每个人都度过一个不眠之夜。达什伍德太太高兴得有些不知所措，简直不知道该如何疼爱爱德华和称赞埃丽诺，不知道该如何为爱德华没有伤害自己就获得解脱而感激上帝，也不知道该如何给他们充裕的时间互诉衷情，她只是尽情地享受着快乐。

玛丽安只能用眼泪来表示她的喜悦。虽然她对姊姊的爱是真心诚意的，但难免会做比较，内心不禁充满懊悔。

那么，埃丽诺的心情又是怎样的呢？从得知露西嫁给了别人、爱德华解除了婚约、她的希望得到证实的那一刻起，埃丽诺的心情就难以平静，而且感慨万千。之后，随着一切疑惑的消除，看到爱德华正式地解除了婚约，看到他向自己求婚，正像她过去一直希望的那样向她表白了忠贞的爱情，她不禁把自己之前的处境和现在的处境两相比照，心中悲喜交加，经过了好几个小时才让自己平静下来。

现在，爱德华至少要在这里待一个星期，因为无论有多么重要的事，他都不会放弃和埃丽诺在一起的快乐，而少于一个星期的时间根本不够他们畅谈过去、现在和将来。热恋中的人总是有说不完的悄悄话，而且没完没了，一个话题至少得反复谈论二十遍才能说完。

露西的婚事让所有人感到讶异，这当然成了两个恋人最先谈论的话题之一。埃丽诺对露西和罗伯特都熟悉，因此，无论从哪个角度看，她都认为这是一件最离奇、最不可思议的事情。让她百思不解的是，他们是怎么凑到一起的，罗伯特又是被怎样的魅力所吸引而和露西结婚的，因为她亲耳听见他说过露西是没气质、不优雅、长相不漂亮的乡下姑娘，更何况这个姑娘已经和他哥哥订了婚，而他哥哥为此还被他的家庭抛弃了。在埃丽诺看来，发生这件事她心里当然很高兴，不过还是觉得事情太荒谬了，令人难以想象。

爱德华只能试着解释，设想他们可能先是偶然相遇，一个人善于阿谀奉承，一个人有着强烈的虚荣心，于是逐渐导致了现在的后果。埃丽诺记起了罗伯特在哈利街对她说的话，关于他会出面调解他哥哥的事情等等，于是她向爱德华复述了那些话。

爱德华马上说："那正像罗伯特的为人，也许，从他们刚认识起他就产生了那种想法，而露西开始时也许只想寻求他的帮助，那种想法可能是后来才有的。"

其实，露西和罗伯特之间的事情究竟是怎么发生的，爱德华像埃丽诺一样不清楚，因为自从离开伦敦后他一直待在牛津，露西的情况都是从她寄来的信件中得知的，而且一直以来，露西的信既没有减少也一直充满深情，爱德华从来没有过丝毫怀疑。最后，当露西写信来挑明那件事的时候，他惊呆了，完全处于一种惊讶、颤栗和快乐交织的情绪中。他拿出那封信，放在埃丽诺的手里。

亲爱的先生：

　　我确信我早已失去了你的爱情，我认为我有权利去爱另一个人，而且我相信和他在一起一定会幸福，就像我曾经认为我和你在一起一定会幸福一样。当你的心已经被别人占据的时候，我是不屑于接受你的爱情的，我衷心地希望你的选择能够使你得到幸福，而如果我们不能做永远的朋友，那可不是我的过错。我可以保证，我对你没有恶意，并相信你是一个宽宏大量的人，不会让我们感到难堪，因为你弟弟完全赢得了我的爱情。我们两人已不能分离，否则无法活下去，我们刚刚从教堂结婚回来，现在正在去道利希的途中，打算在那里待几个星期，因为你亲爱的弟弟对那里充满好奇。不过，我们认为我应该写信告诉你。

　　　　　　你忠实的、诚挚的祝福者、朋友和弟媳
　　　　　　露西·费拉尔斯

　　PS. 我已销毁了你的所有来信，有机会我会把你的画像还给你。请销毁我写给你的信，希望你能保存有我头发的那个戒指。

　　埃丽诺看完信，没有说什么，就还给了爱德华。

　　"我并不是想征求你的意见，要是在以前，无论如何我也不会把她的信给你看。作为一个弟媳，写出这样的东西已经够糟糕的了，更何况是作为一个妻子！她写的信让我觉得很丢脸！"

　　过了一会儿，埃丽诺说："不管事情是怎么发生的，他们一定是结婚了，你母亲自作自受，这惩罚恰如其分。她因为对你不满，所以把一笔资产给了罗伯特，让他经济独立，因而有能力自己做选择，实际上，你母亲是在用每年一千镑来收买一个儿子，去做被剥夺了财产继承权的另一个儿子打算做却没法做的事。我想，

罗伯特和露西结婚给她的打击并不亚于你和露西结婚给她的
打击。"

"她受到的打击一定更大，因为罗伯特一直是她的宠儿，所以
她应该也会很快就原谅他。"

爱德华不知道他母亲和罗伯特现在的关系如何，因为他还没
有和家里的任何人联系过。在收到露西的信后不到二十四小时，
爱德华就离开了牛津，他心里只有一个目标，就是选择最近的路
赶到巴顿，而在他确定他和埃丽诺的命运前，什么事情也做不了。
从爱德华如此积极追求这一种命运的情况看来，可以想象的是，
尽管他曾经嫉妒布兰登上校，尽管他在评价自己时很谦虚，他却
没有预料到自己会受到这样痛苦的对待。当然，现在他可以说那
正是他预料之中的事，而且还说得绘声绘色。一年后他对这件事
又会怎么说，那就留给他们夫妻去想象了。

现在看来，露西让汤玛斯给她们带口信是想欺骗她们，让她
们对爱德华产生怨恨，对于这一点，埃丽诺完全清楚了，爱德华
也彻底觉悟了，明白露西是个什么样的人了，他毫不怀疑她能够
做出任何卑鄙的事。在认识埃丽诺前，虽然爱德华已经发现了露
西的无知和狭隘，但他把这些缺点归咎于她缺乏教育，直到收到
她的最后一封信之前，他一直认为她是个心地善良的姑娘，而且
执著地爱着他，正是基于这个看法，爱德华才没有解除婚约。其
实，早在他母亲知道这个婚约并大发雷霆前，爱德华已经为自己
的轻率行为感到懊悔了。

"当我母亲不承认有我这么一个儿子，我陷入孤立无援的时
候，我认为，无论我的真实感情如何，让露西选择是否继续保持
婚约是我的责任。在我一无所有的情况下，没有什么东西可以引
诱人的贪婪欲望和虚荣心，而露西又是那样真诚、热情地坚持要
与我同甘共苦，我怎么想得到，她的动机除了无私的爱情还会有
什么其他目的呢？即使是现在，我也无法理解，到底是基于什么

动机或什么好处，让她愿意委身于一个她丝毫不爱而且全部财产只有两千镑的人，当时她根本无法预见布兰登上校会送我一份牧师薪水。"

"她是无法预见，不过也许她想到，说不定会出现对你有利的情况，你的家庭最后或许会接纳你，而且继续保持这个婚约对她并无损失，因为她的行为已经证明了，这个婚约既不能束缚她的意愿，也不能束缚她的行动。这当然是一个体面的婚约，可能让她赢得了朋友的尊重，即使最终没有出现什么有利的情况，对她来说，嫁给你总比单身要好。"

爱德华马上认识到，露西的行为再自然不过了，她的行为动机也再明显不过了。

埃丽诺开始严厉地责备爱德华，数落他和她们在诺兰庄园共处了那么长时间，他应该为自己的不专一感到自责。

"你的行为当然是大错特错的，因为不仅是我确信你对我有感情，就连我哥哥、嫂嫂都产生了误解，一心期待着在你当时的处境下永远不可能发生的事情。"

爱德华只好辩解说，那是因为他没有意识到自己内心的真实感情，而误信了婚约的力量。

"我当时想得很简单，认为我已经和别人订婚，和你在一起不会有危险，而且只要想到婚约，就能使我的心和我的名誉一样圣洁。我觉得自己爱慕你，但我总是对自己说这不过是友情，直到我开始把你和露西进行比较，才知道我有多糊涂啊！从这之后，我觉得自己不应该在苏塞克斯待得太久，但是我之所以仍然继续待在那里，我的理由是：危险是我一个人的，除我自己外，不会伤及任何人。"

埃丽诺嫣然一笑，摇了摇头。

爱德华听说布兰登上校即将来到巴顿，为此十分高兴，他不仅希望和布兰登上校做朋友，而且希望使上校相信，对于上校把

德拉福德的牧师职位给他这件事，他现在不像以前那样感到不愉快了。

爱德华说："我当时很不礼貌地表达了感激之情，他现在一定会认为，对于他的馈赠我并不领情。"

就连爱德华自己都感到讶异的是，他还从未去过德拉福德。他以前对那个地方没啥兴趣，现在埃丽诺告诉他有关牧师住宅、花园、牧师享用的土地、教区范围、土地状况、什一税的比例等情况，而这些都是她从布兰登上校那儿听到的，并且听得非常专心。

现在，爱德华和埃丽诺之间只有一个问题了——一个有待克服的困难。爱情把他们牵系在一起，对彼此的深入了解能让他们很幸福，但唯一缺少的是一笔赖以为生的财产。爱德华有两千镑，埃丽诺有一千镑，再加上德拉福德的牧师薪水，这些就是他们全部的财产。达什伍德太太不可能资助他们什么了，而他们两人还没有热恋到忘乎所以的程度，他们并不认为一年三百五十镑会给他们带来舒适的生活。

爱德华对母亲可能改变对他的态度多少抱有一些希望，他期待母亲能提供生活所需的差额，可是埃丽诺并不指望，因为爱德华既然不能和莫顿小姐结婚，而在费拉尔斯太太的令人高兴的言辞中，也只是把爱德华选择她说成比选择露西·斯蒂尔的不幸要小一点，所以，她认为罗伯特这样冒犯他母亲的唯一结果只会让芬妮获得好处。

爱德华来到巴顿四天后，布兰登上校也来了，让达什伍德太太开心极了，这是自她迁居巴顿以来，第一次迎来那么多客人。爱德华享有先来者的特权，于是布兰登上校每天晚上去巴顿庄园过夜，第二天清晨一大早就回到别墅。

布兰登上校从克利夫兰回到德拉福德的三个星期时间里，每天晚上几乎只想一件事，那就是三十五岁和十七岁之间的差距确

实太大了，他带着这样的心情来到巴顿，因而只有看到玛丽安恢复了元气，受到玛丽安的友善欢迎，听到她母亲鼓励的话，心情才能好起来。上校还不知道露西结婚的消息，因此，他到访的最初几个小时几乎是在讶异中度过的，达什伍德太太向他详细讲述了整件事情的发生始末，他这才发现自己为费拉尔斯先生所提供的帮助让埃丽诺可以从中获得好处，也让他更有理由感到庆幸了。

毋庸置疑地，在交往的过程中，两位先生对彼此的好感日益增加，因为他们都天性善良、通情达理，在性格和思想方面也很相似，即使没有其他原因，也足以使他们结交友谊，更何况他们分别爱着姊妹俩，而姊妹俩又互爱，这就使他们很快相互尊敬成为必然，而如果没有姊妹俩的亲密无间，他们的友谊就只能日久见人心了。

这几天，她们开始陆续收到城里的来信，如果是几天前，埃丽诺见到城里的来信浑身就会颤抖，而现在的她完全是以一种喜悦的心情去阅读那些信的。

詹宁斯太太来信告诉她们露西和罗伯特之间的奇事，发泄她对那个负心女子的愤怒，倾诉了她对爱德华的同情，她说因为爱德华过分喜爱那个道德败坏的轻佻女子，现在待在牛津的他心都碎了。

她写道："我认为这件事太诡谲了，因为两天前露西还来我这里待了两三个小时。没有一个人看出一点端倪，就连南茜这个可怜人儿，也没想到会发生这样的事！第二天她哭着来找我，她害怕费拉尔斯太太去找她算账，也不知道该如何去普利茅斯，因为露西在出走结婚前把她的钱全借走了，一定是露西想要显显阔，但南茜可就惨了，她半毛钱也没有了，于是我很乐意给了她五个畿尼，她想去埃克塞特的伯吉斯太太家待三四个星期，希望能再次碰到博士。露西竟然没带南茜一起走，真是太可恶了！可怜的爱德华，我没法忘掉他，你们应当邀请他来巴顿，玛丽安小姐要

尽力安慰他。"

约翰·达什伍德来信的语气更加严肃，他认为，费拉尔斯太太是世上最不幸的女人，而可怜的芬妮在感情上也遭受了很大的痛苦，在这样巨大的打击下，他认为她们两人还能活着可真是个奇迹呢！罗伯特的罪不可饶恕，露西则更是罪大恶极，他们两人的名字再也没有在费拉尔斯太太面前提起过，即使今后费拉尔斯太太原谅了她儿子，她也永远不会承认露西是她的媳妇，也不会允许她出现在面前。他们两人对这件事严守秘密，更加重了他们的罪行，因为如果这件事引起了怀疑，她必然会采取适当的措施来阻止这个婚事。达什伍德先生向埃丽诺表示，他对这件事感到遗憾，他说与其让露西给这个家庭造成这样更大的不幸，还不如当初让她与爱德华结婚呢！然后，他又这样写道：

"费拉尔斯太太还没有提起过爱德华的名字，对此我们并不讶异，而真正让我们吃惊的是，到目前为止，我们没有收到爱德华的只言片语。也许，他保持沉默是怕惹他母亲生气，因此我打算写封信到牛津，给他一个提示，他姊姊和我都认为，他可以写一封恰当的求情信寄给芬妮，再由芬妮交给母亲。费拉尔斯太太一定不会责怪他的，因为我们都知道，她心肠好，最希望和自己的孩子们好好相处了。"

这段话对于爱德华的前景和行动颇为重要，他决定努力求得和解，但不完全是按照他姊姊和姊夫提出的方式。

爱德华说："一封中肯的求情信！是罗伯特对她忘恩负义并损害了我的荣誉，难道他们想让我为罗伯特的行为而请求母亲原谅我吗？我绝不委曲求全！过去的事既没有让我变得卑躬屈膝，也没有让我感到后悔，尽管我越来越幸福，但绝不委曲求全，而且我也不知道什么样的求情对我来说是'恰当'的。"

"你当然可以请求原谅，因为你惹她生气了，而且我认为你现在完全可以大胆地承认你又订了一个让她生气的婚约。"

爱德华同意了。

"当她原谅了你后，也许当你承认第二个婚约和第一个婚约同样轻率的时候，你可以稍稍有一些谦恭的表示。"

爱德华说不出反对这么做的理由，但仍然拒绝写求情信。爱德华觉得，如果一定要做出让步的表示，那他宁肯口头表达也不愿采取写信的方式。为了不使他觉得难受，他们决定不写信给芬妮，而是爱德华亲自去伦敦，当面恳求芬妮的帮助。

玛丽安现在变得理性多了，她公正地说："如果他们真的愿意促成这次和解的话，我会认为，约翰·达什伍德和芬妮也不是毫无优点。"

布兰登上校待了三四天后，两位先生便一起离开了巴顿，立即赶往德拉福德，好让爱德华了解一下他未来的住所，并帮助他的恩人和朋友决定一下哪些地方需要修缮，在那里待两天后，他将前往伦敦。

## 50

费拉尔斯太太在进行了一番适度的抗拒之后，同意见爱德华，然后宣布他又是她的儿子了。

费拉尔斯太太的家庭最近一直处于动荡不安的状态中。多年来，她一直有两个儿子，但是几周前，爱德华因为罪过而"消失"，她失去了一个儿子，然后，十四天之前，罗伯特因为同样的罪过而"消失"，她一个儿子也没有了，而现在，因为爱德华的"复活"，她又有一个儿子了。

尽管爱德华再次获得了"生存"的权利，但在他说出他目前的婚约前，他并不觉得自己的继续"生存"是有保障的，因为一旦他宣布这个婚约，恐怕还会像第一次一样迅速失去"生存"的

权利。他小心翼翼地说出了这件事，但出乎意料的是，费拉尔斯太太表现得十分镇静。听完之后，她尽可能举出一切例证好言规劝他不要和达什伍德小姐结婚，然后告诉他，如果和莫顿小姐结婚，他会得到一个既有钱财又有地位的女人，随后还把两个人进行了一番比较。她说，莫顿小姐是贵族的女儿，有三万镑财产，而达什伍德小姐只是平民的女儿，财产不会超过三千镑。但是，当她发现，尽管爱德华承认她说的千真万确，但完全不想听从她的意愿，鉴于以往的经验教训，最明智的做法还是遂了他的心愿。于是，为了维护做母亲的尊严，为了防止一切对她的好心的猜疑，经过一段快快不快的时间后，她终于宣布了她的判决，同意爱德华与埃丽诺结婚。

接下来，费拉尔斯太太需要考虑的是，为了增加他们的收入，她能资助他们什么。但有一点已非常明确，虽然爱德华现在是她唯一的儿子，但已不是她的长子了，因为她把长子的权利给了罗伯特。费拉尔斯太太认为，既然她每年必须给罗伯特一千镑，就没有任何理由反对爱德华为了最多二百五十镑的收入去做牧师，同时她允诺可能在现在或将来给爱德华一万镑财产，除此之外，她再也不会多给他们一毛钱了。不过，这已经足够了，完全补足了爱德华和埃丽诺所需要的数目，而且远远超乎了他们的期望。

就这样，他们有惊无险地得到了一笔完全能够满足他们需要的财产。在爱德华获得牧师职位后，除了等待房子外，他们的婚事已是水到渠成，为了使埃丽诺住得更舒适，布兰登上校正将房子进行大规模的改造和修缮。他们耐心地等待了一段时间，可是工匠们拖拖拉拉的，使工程一再延期，迟迟不能竣工。在遭受了一次又一次的失望后，埃丽诺改变了自己最初设想的一切不准备就绪就不结婚的决定，在初秋时节，他们在巴顿的教堂里举行了婚礼。

他们结婚后的第一个月居住在布兰登上校的庄园里，这样一

来，他们就可以直接监督和指挥牧师住所的改建工程，可以亲自选择糊墙纸、规划灌木丛，并设计出一条弯弯曲曲的小路。詹宁斯太太的预言虽然乱点鸳鸯，但大致上是实现了，因为她在米迦勒节之前一定可以到牧师住所拜访爱德华和他的妻子，而且像她确信的那样，埃丽诺和她的丈夫是世上最幸福的伴侣。其实他们也没别的奢望，只希望布兰登上校和玛丽安早日缔结良缘，他们养的乳牛能吃到上好的牧草，而埃丽诺和爱德华对目前的一切均感到心满意足。

他们刚搬入牧师住所，几乎所有的亲戚朋友都赶来拜访。费拉尔斯太太特意来看看这一对夫妻，看他们是否幸福，因为当初答应他们结婚时，她还感到羞愧呢！达什伍德夫妇也不惜破费从苏塞克斯远道而来，向他们祝贺新婚愉快。

一天早上，埃丽诺和约翰·达什伍德一起在德拉福德教堂前散步。

"亲爱的妹妹，我并不是说我感到失望，这样说未免太过分了，但你的确是世上最幸运的女人之一。坦白说，如果能称呼布兰登上校为妹夫，我会更高兴。他在这里的财产、地位和房子……所有的一切都是那样值得尊敬，那样的优越出色，还有他的树林！我在多塞特郡其他地方，从未见到过像这里长得这么好的树木呢！我想，也许玛丽安对他的吸引力并不大，但是，你可以常邀请他们来这里，和你们待在一起，因为布兰登上校似乎很少出门，总是待在家里。如果两个人总是碰到一起，又难得见到其他人，谁也说不准会发生什么事，而且你总能把玛丽安打扮得漂漂亮亮的……简而言之，你可以给她一个机会，你应该明白我的意思。"

费拉尔斯太太虽然来看望了儿子媳妇，对他们的态度也相当慈爱，但其实他们从来没有得到过她的欢心和宠爱，这一切还要归功于罗伯特的愚蠢行为和他妻子的狡猾奸诈，因为才几个月的

时间他们就又赢得了费拉尔斯太太的欢心和偏爱。露西的自私自利与精明算计，最初使罗伯特陷入窘境，现在又成了使他摆脱窘境的重要手段，因为一旦得到机会，露西就会施展谦卑恭敬、大献殷勤、百般奉承的本领，很快地便平息了费拉尔斯太太对罗伯特的愤怒，而且重建了罗伯特的地位，使他完全赢得了母亲的青睐。

露西的所作所为和她所获得的圆满成功，可以作为鼓舞人心的例证，说明一个为了自身利益而不屈不挠地追求的人，无论开始时多么无可奈何、困难重重，最后也一定能够获得命运之神赐予的一切好处，而除了时间和良心之外，无须付出别的代价。

事实上，罗伯特当初认识露西并去巴特利特大厦拜访时，只是为了他哥哥，他打算劝说她放弃这个婚约。因为露西和爱德华之间除了感情并不牵涉其他麻烦，罗伯特很自然地认为，经过一两次谈话就能解决问题。但是，在这一点上罗伯特完全错了。尽管露西很快就给了他希望，让他觉得凭着自己的能言善辩很快就会说服她，但却总是需要下一次见面、下一次谈话，才能得到确切的结果，每次他们分手之后，露西总会出现新的疑问，只有和他再交谈半个小时才能解决。透过这种手段，露西一步步把罗伯特抓在了自己手心里，往后的事情就顺理成章了。渐渐地，他们不再谈论爱德华，而是谈论罗伯特，罗伯特对于这样的话题总是兴致勃勃，而露西马上就会显示出和他本人同样的兴趣。总之，事情很快就明朗了——罗伯特已经完全取代了他哥哥。罗伯特为他赢得了胜利而自豪，为他欺骗了爱德华而骄傲，为不经母亲同意就秘密结婚而感到得意，这之后发生的事情大家已经知道了。他们在道利希非常快乐地过了几个月，因为露西有许多亲戚朋友可以交往，而罗伯特则设计出了几座豪华别墅。他们回到城里后，在露西的怂恿下，罗伯特采取了请求宽恕最简单的方法，很快就得到了费拉尔斯太太的宽恕。尽管在接下来的好几个星期露西一

直没有得到宽恕，但她坚持不懈地表示谦卑，主动承担罗伯特的
罪过，对自己受到的冷遇表示感激。就这样，费拉尔斯太太开始
傲慢地注意到露西，而露西则把这种傲慢地注意说成是费拉尔斯
太太对她的关爱，因而感激不尽，露西很快就得到了最受宠爱、
最有影响的地位。对于费拉尔斯太太来说，露西变得与罗伯特和
芬妮一样重要，而爱德华因为曾经打算和她结婚却一直没有得到
宽恕，埃丽诺虽然在财产和出身方面都胜过她，但却被认为是闯
入这个家庭的不受欢迎的人，与此同时，露西在所有方面都被公
认为是最讨人喜欢的孩子。罗伯特和露西在城里定居下来，得到
了费拉尔斯太太非常慷慨的帮助，并以可以想象得到的最好的方
式和达什伍德夫妇和平相处。假如撇开露西和芬妮之间的嫉妒和
恶意不谈（她们各自的丈夫当然参与到了其中），假如撇开露西和
罗伯特夫妻之间频繁的争吵不谈，他们的生活还是比较和谐的。

那么，爱德华究竟做了什么以至于他失去了长子的地位，这
个问题让很多人不解，而罗伯特究竟又做了什么以至于得到了长
子的地位，这个问题可能会使很多人更加不解。就把它当做一种
命运的安排吧！从它的原因看是很不公平的，但从它的结果看又
是很公平的。从罗伯特的生活派头和说话气势来看，他从来没有
为给自己的财产太多、给他哥哥的财产太少而感到不安；如果从
爱德华欣然地履行自己在各方面的义务、从他越来越钟爱他的妻
子、从他总是神采奕奕的表情来判断，他对自己的命运和罗伯特
一样感到满意，而且他和罗伯特一样一点儿也不希望和对方调换
位置。

埃丽诺结婚后，经过用心安排，总是尽量和家人在一起，因
而她母亲和妹妹的大部分时间都是在她那里度过的。达什伍德太
太经常到德拉福德，一方面是因为想散散心，一方面是策略上的
考虑，因为她和约翰·达什伍德都希望玛丽安和布兰登上校能够
在一起，只是她采取的方式比约翰·达什伍德所说的更加光明磊

落。尽管女儿的陪伴很宝贵，但是达什伍德太太宁愿放弃这样宝贵的东西，而把它让给她所尊敬的朋友。况且能看到玛丽安和布兰登上校结婚，也是爱德华和埃丽诺的愿望，他们两人很同情遭受痛苦的上校，对上校的恩惠非常感激，并且一致认为玛丽安和他结婚是对他的最好的安慰和报答。

在大家的共同愿望的作用下，尽管过了很久玛丽安才茅塞顿开，但她毕竟是明白了一件事——在这种情况下，还能怎么办呢？

玛丽安天生就有一种与众不同的命运。她注定要发现自己的看法是错误的，而且用她的行动去否定她曾经最坚持的恋爱准则，她注定要克服在十七岁时所形成的爱情观念，而且怀着强烈的敬意和真挚的友谊，自愿地把心献给那个人！而那个人，因为过去曾遭受一次打击，遭受的痛苦并不比她轻，而且在两年前，她还认为他已经老得不能结婚了，更何况他还要穿法兰绒背心呢！

不过，玛丽安并没有像她当初天真的期望那样，不可抗拒地成为感情的牺牲品，也没有像她后来冷静下来后所做的决定那样，准备一辈子和母亲守在一起，唯一的乐趣就是阅读。如今她已十九岁，她服从了命运的安排，接受了她的第二次爱情，开始担负起新的任务，住进了一个新家，成为了一个妻子、一个女主人、一个村子的女庇护人。

布兰登上校现在得到了他应有的幸福，这是喜爱他的人们所期待的。他过去的一切苦难都从玛丽安那儿得到了慰藉，有了她的爱情和陪伴，他的思想又活跃起来，他的情绪又快乐起来。玛丽安发现，在使上校获得幸福的同时，自己也获得了幸福，这也是喜爱他的人们非常乐于见到的。依照玛丽安的性格，她从来就不会半心半意地爱一个人，于是她的心，很快就像它曾经献给威洛比一样，现在已完全献给了她的丈夫。

威洛比听到玛丽安结婚的消息，感到极度的痛苦。在此之后不久，史密斯太太故意宽恕他，以此将对他的惩罚推到顶点，并

明确表示，她同意他选择一个品行良好的女子结婚，这使威洛比有理由相信，如果当初他的行为不那么卑劣，能够善待玛丽安的话，他马上就会获得幸福，而且也会很富有。威洛比打从内心对自己的不道德行为感到悔恨，这一点毋庸置疑；有一段时间只要他一想起布兰登上校就满心嫉妒，一想起玛丽安就懊悔不已，这一点也毋庸置疑。但是，要说他永远得不到安慰、远离浮华的社交界、形成阴郁的性格，或是心碎而死，一定是不可能的，因为他活着就是为了尽情地享乐。他的妻子并非总是情绪不好，他的家也并非总是沉闷乏味，在对马和狗的饲养和逗乐中，在各种各样的运动中，他都得到了不少的家庭欢乐。

尽管威洛比因为永远失去玛丽安而变得粗野，但一直眷恋着她，他总是不忘关切发生在玛丽安身上的一切，她在他内心深处已是一个完美无缺的女性典范，因而即使在往后的日子里，仍有许多新出名的美人出现在他身边，但他却对她们嗤之以鼻，因为她们根本无法与布兰登太太相提并论。

达什伍德太太经过慎重考虑，选择了留在巴顿别墅，而对约翰·米德尔顿爵士和詹宁斯太太来说，让他们感到幸运的是，玛丽安出嫁之后，玛格丽特已是适合社交的年龄，已到了有意中人的年纪了。

在巴顿和德拉福德之间，因为强烈的情感联系着，自然是音信往来不断，而说到埃丽诺和玛丽安的优点和幸福，有一点颇值得一提——不仅姊妹俩住得近，常常碰面，感情更加亲密，她们的丈夫也情同手足。